BRUNETTI
ET LE MAUVAIS AUGURE

DU MÊME AUTEUR

Chez le même éditeur

Mort à la Fenice
Mort en terre étrangère
Un Vénitien anonyme
Le Prix de la chair
Entre deux eaux
Péchés mortels
Noblesse oblige
L'Affaire Paola
Des amis haut placés
Mortes-Eaux
Une question d'honneur
Le Meilleur de nos fils
Sans Brunetti
Dissimulation de preuves
De sang et d'ébène
Requiem pour une cité de verre
Le Cantique des innocents
La Petite Fille de ses rêves
Brunetti passe à table
La Femme au masque de chair

DONNA LEON

BRUNETTI ET LE MAUVAIS AUGURE

Roman traduit de l'anglais (États-Unis)
par William Olivier Desmond

calmann-lévy

Titre original anglais :
A QUESTION OF BELIEF
Première publication : William Heinemann, Londres, 2010

COUVERTURE
Maquette : Constance Clavel
Photographie : © Richard Manning/AgeFotostock

ISBN 978-2-7021-4373-5

Pour Joyce DiDonato

L'empio crede con tal frode
Di nasconder l'empietà.

L'impie croit par la ruse
Pouvoir cacher son impiété.

Mozart, Da Ponte,
Don Giovanni

1

Brunetti s'apprêtait à céder à son envie de quitter son bureau lorsque l'inspecteur Vianello y fit son apparition. Le commissaire avait lu un premier rapport sur le trafic d'armes en Vénétie dans lequel il n'était pas une fois question de Venise ; un deuxième sur le transfert de deux jeunes recrues à la *Squadra Mobile* avant de s'apercevoir que son nom ne figurait pas parmi les personnes à qui il était destiné ; puis il en avait parcouru un troisième sur les nouvelles réglementations édictées par le ministère concernant les retraites anticipées. *Survolé* aurait été plus exact, vu le niveau d'attention qu'il avait consacré au document. Celui-ci était posé sur son bureau, tandis qu'il regardait par la fenêtre, espérant que quelqu'un vienne lui verser un seau d'eau froide sur la tête, ou qu'il se mette à pleuvoir, ou qu'il allait être miraculeusement arraché à la chaleur prisonnière des locaux et à l'insupportable mois d'août à Venise.

Par conséquent, de tels *Dei ex machina* n'auraient pu être mieux accueillis que ne le fut Vianello quand il entra, la *Gazzetta dello Sport* à la main. « Qu'est-ce que c'est que ce *truc* ? » demanda Brunetti en désignant le journal imprimé sur papier rose et accentuant inutilement le dernier mot. Il savait évidemment de quoi il s'agissait, mais que Vianello puisse être en possession de la *Gazzetta dello Sport* lui échappait.

L'inspecteur regarda le journal comme s'il était lui-même surpris de l'avoir à la main. « Je l'ai trouvé dans l'escalier.

J'avais prévu de le descendre dans la salle des officiers et de le laisser là.

— Un instant, j'ai cru qu'il était à toi, dit Brunetti avec le sourire.

— Ne sois pas si méprisant, protesta Vianello, qui s'assit et jeta le journal sur le bureau de Brunetti. La dernière fois que j'ai mis le nez dedans, il y avait un long article sur les équipes de polo de la région de Vérone.

— De polo ?

— Apparemment. J'ai cru comprendre qu'il y avait sept équipes en Italie, ou peut-être seulement autour de Vérone.

— Avec chevaux, casaques blanches et bombes sur la tête, c'est ça ? » ne put s'empêcher de demander Brunetti.

Vianello acquiesça. « Il y avait des photos. Le marquis Machin et le comte Chose, des villas, des palazzi.

— Tu es sûr que le soleil ne t'a pas tapé sur la tête et que tu ne confonds pas avec quelque chose que tu aurais lu dans, je ne sais pas moi… *Chi*, par exemple ?

— Je ne lis jamais *Chi*, répondit vivement Vianello.

— Personne ne le fait, reconnut Brunetti, qui n'avait jamais rencontré quiconque admettant lire ce canard. Les informations qu'il colporte sont véhiculées par les moustiques et s'infiltrent dans notre cerveau quand on est piqué.

— Et c'est *moi* qui serais victime d'un coup de chaleur. »

Un silence amical régna entre eux pendant quelques instants ; ni l'un ni l'autre ne se sentait assez d'énergie pour discuter de la canicule. Vianello se pencha en avant pour décoller sa chemise de son dos.

« C'est pire sur le continent, dit finalement l'inspecteur. D'après les collègues de Mestre, il faisait quarante et un degrés dans les bureaux en façade, hier après-midi.

— Il me semblait qu'ils avaient l'air conditionné.

— Je crois qu'il y a plus ou moins une directive de Rome qui interdit de le brancher à cause du risque d'un nuage brun de pollution, comme il y a trois ans. (Il haussa les épaules.) Nous sommes donc mieux ici que dans leurs clapiers en verre et en béton. » Il regarda par la fenêtre ouverte, qui laissait entrer à profusion la lumière du matin. Les rideaux ondulaient paresseusement, mais au moins ils bougeaient.

« Et ils ont vraiment coupé l'air conditionné? demanda Brunetti.

— C'est ce qu'ils m'ont dit.

— J'aurais tendance à ne pas les croire.

— Moi non plus. »

Après quelques instants, Vianello reprit : « Je voulais te demander quelque chose. »

Brunetti le regarda et hocha la tête. C'était moins fatigant que de parler.

L'inspecteur passa la main sur le journal puis s'enfonça dans son siège. « Est-ce que?..., commença-t-il, s'arrêtant comme s'il cherchait la meilleure formulation. Est-ce que par hasard, tu lis ton horoscope?

— Pas spécialement », répondit Brunetti après, lui aussi, un moment d'hésitation. Puis voyant la confusion de Vianello, il ajouta : « Ce que je veux dire, c'est que je n'ai jamais ouvert un journal pour le lire. Mais il m'arrive d'y jeter un coup d'œil si j'en trouve un ouvert à cette page. Ça ne va pas plus loin. » Il attendit que Vianello explique les raisons de sa question. Comme rien ne venait, il demanda : « Pourquoi? »

Vianello changea de position sur son siège, se leva pour défroisser son pantalon et se rassit. « C'est ma tante, la sœur de ma mère. La dernière à être en vie. Anita. Elle le lit tous les jours. Peu importe pour elle que ses prédictions se réalisent ou non, même si, à vrai dire, les horoscopes sont toujours très évasifs. "Vous allez faire un voyage." Elle va acheter des légumes au marché du Rialto, le lendemain : c'est un voyage, non? »

Vianello avait souvent parlé de sa tante à Brunetti au fil des ans. C'était la sœur préférée de sa défunte mère et sa tante préférée, sans doute parce qu'elle était la personne à poigne de la famille. Elle avait épousé, dans les années cinquante, un apprenti électricien qui était parti chercher du travail à Turin quelques semaines après la noce. Elle avait attendu près de deux ans pour le revoir. Zio Franco avait eu la chance de trouver un emploi chez Fiat, où il avait pu poursuivre sa formation et devenir maître électricien.

Zia Anita l'avait rejoint à Turin, où ils vécurent six ans. Puis ils étaient venus s'installer à leur compte à Mestre après la naissance de leur fils aîné. La famille s'était agrandie, la petite entreprise aussi : toutes deux avaient prospéré. Franco approchait des quatre-vingts ans quand il prit sa retraite et, à la surprise de ses enfants, qui avaient grandi sur la terre ferme, il était revenu habiter Venise. Quand on avait demandé à Anita pourquoi ses enfants ne les y avaient pas suivis, elle avait répondu : « C'est de l'essence qui coule dans leurs veines, pas de l'eau salée. »

Brunetti se satisfaisait de rester assis à écouter tout ce que Vianello lui racontait sur sa tante. Cette distraction l'empêcherait d'aller à la fenêtre toutes les deux minutes pour voir… pour voir quoi ? S'il neigeait ?

« C'est alors qu'elle a commencé à les regarder à la télévision, disait Vianello.

— Les horoscopes ? » demanda Brunetti, intrigué. Il ne regardait la télévision qu'occasionnellement, en général sous la pression d'un membre de la famille, et il n'avait aucune idée de la variété des programmes qu'on pouvait y trouver.

« Oui, surtout des cartomanciens et des gens qui prétendent lire votre avenir et résoudre vos problèmes.

— Des cartomanciens ? répéta Brunetti. À la télévision ?

— Oui. Les gens appellent et on leur tire les cartes pour leur dire à quoi ils doivent faire attention, ou on leur promet de les aider s'ils sont malades. D'après ce que m'en disent mes cousins.

— Elle doit faire attention à ne pas tomber dans l'escalier, ou se méfier d'un beau brun ? »

Vianello haussa les épaules. « Je ne sais pas. Je ne les ai jamais regardés. Je trouve ça ridicule.

— Je ne dirais pas ridicule, Lorenzo. Étrange, peut-être, mais pas ridicule. Et peut-être pas si étrange que ça, si l'on y réfléchit un peu.

— Pourquoi ?

— Parce que c'est une vieille femme, répondit Brunetti, et que nous savons bien – si Paola était là, ou Nadia, elles m'accuseraient d'avoir des préjugés à la fois contre les femmes et les vieux – que les vieilles femmes croient à ce genre de choses.

— Ce n'est pas pour ça qu'on brûlait les sorcières ? »

Si Brunetti avait eu jadis l'occasion de lire de longs passages du *Malleus Maleficarum*, il ignorait tout des raisons pour lesquelles les vieilles femmes avaient été la cible favorite des inquisiteurs. Peut-être parce qu'il y a beaucoup d'hommes stupides et méchants et que les vieilles femmes sont faibles et sans défense.

Vianello reporta son attention sur la fenêtre et la lumière. Brunetti comprit que l'inspecteur n'avait pas envie qu'on le bouscule ; il finirait par en venir à un moment ou un autre à ce qu'il voulait dire. Pour l'instant, autant le laisser étudier la lumière et en profiter pour l'observer. Vianello avait toujours mal supporté la chaleur, mais il semblait plus oppressé que jamais cet été. Ses cheveux, collés à son crâne par la transpiration, parurent à Brunetti plus clairsemés que dans son souvenir. Sa peau semblait aussi bouffie, en particulier autour des yeux. Vianello interrompit sa méditation. « Mais penses-tu sérieusement que les vieilles ont davantage tendance à croire à ces trucs-là ? »

Brunetti réfléchit avant de répondre : « Aucune idée... Veux-tu dire, davantage que le reste de la population ? »

Vianello hocha la tête et se tourna à nouveau vers la fenêtre comme pour faire danser le rideau par la seule force de sa volonté.

« D'après tout ce que tu m'as raconté sur elle durant toutes ces années, ça n'a pas l'air d'être son genre, finit par dire Brunetti.

— Pas du tout, c'est vrai. C'est ce qui me rend le plus perplexe. Elle a toujours été la tête pensante, dans la famille. Mon oncle Franco est un brave homme, et il a été un très bon électricien, mais il n'aurait jamais eu l'idée de créer sa propre boîte tout seul. Il n'en aurait pas été capable d'ailleurs. Mais elle l'a fait, et c'est elle qui a tenu la comptabilité jusqu'à leur retraite, quand ils sont revenus habiter ici.

— Elle n'a pas l'air du genre à commencer sa journée par vérifier les prédictions pour les natifs du Verseau, insista Brunetti.

— C'est ce que je ne comprends pas, dit Vianello levant les mains en un geste d'effarement. Qu'elle puisse être comme ça. Cela relève peut-être de quelque rituel personnel. Comme de ne pas sortir de la maison tant qu'on ne connaît pas la température extérieure, ou vouloir savoir à tout prix quelles sont les personnes célèbres nées le même jour que soi. Des gens chez qui on ne soupçonnerait jamais ce genre de choses. Ils semblent parfaitement normaux, et un jour tu découvres qu'ils ne partent pas en vacances si leur horoscope leur déconseille de voyager à cette époque. » Il haussa les épaules et répéta : « C'est ce qui me rend le plus perplexe.

— Je ne vois toujours pas très bien pourquoi tu as tenu à m'en parler, Lorenzo.

— Je n'en suis pas bien sûr moi-même, reconnut l'inspecteur avec un sourire. Les dernières fois où je suis allé chez elle – j'essaie d'y passer une fois par semaine –, il y avait ces fichues revues qui traînaient un peu partout. Elle n'essayait même pas de les cacher. *Votre Horoscope. La Sagesse des Anciens*. Des trucs dans ce genre.

— Tu ne lui en as pas parlé ? »

Vianello secoua la tête. « Je ne savais pas comment aborder le sujet. » Il leva les yeux sur Brunetti. « Je suppose que je craignais qu'elle soit fâchée, si je lui en parlais.

— Qu'est-ce qui te fait dire ça ?

— Rien en particulier, admit Vianello en tirant un mouchoir pour s'éponger le front. Elle a vu que je les regardais – que je les avais remarquées, si tu préfères. Mais elle n'a rien dit. Pas même une plaisanterie, ou que c'était les gosses qui les avaient laissées, ou l'une de ses amies venue lui rendre visite qui les avait oubliées. Il me semble qu'il aurait été normal qu'elle fasse une remarque. Après tout, c'était comme si j'avais trouvé des revues sur les motos ou sur la pêche et la chasse. Mais elle a presque agi comme si elles n'existaient pas. Je crois que c'est ça qui m'a le plus inquiété. » Vianello adressa un long regard inquisiteur à Brunetti. « Tu lui dirais quelque chose, toi, n'est-ce pas ?

— Comment ça ?

— Si c'était ta tante.

— Peut-être. Ou peut-être pas, répondit prudemment Brunetti. Et ton oncle ? Tu ne peux pas lui poser la question, à lui ?

— Sans doute que si, je pourrais, mais parler à Zio Franco, c'est comme parler à tous ceux de sa génération : il faut qu'ils tournent tout à la dérision, qu'ils vous donnent une claque dans le dos et vous offrent un verre. C'est le meilleur des hommes, mais il ne fait pas attention à grand-chose.

— Pas même à elle ? »

Vianello mit un certain temps avant de répondre. « Probablement pas. » Nouveau silence, puis il ajouta : « Oh, pas de façon spectaculaire. Les hommes de sa génération ne font pas vraiment attention à leur famille, je crois. »

Le mouvement de tête qu'eut Brunetti trahit autant l'approbation que le regret. Exact, ils n'y faisaient pas attention, ni à leur femme, ni à leurs enfants, ils n'en avaient que pour leurs collègues et leurs amis. Il avait souvent pensé à cette différence de... de sensibilité, non ? Peut-être était-ce simplement culturel. Il connaissait beaucoup d'hommes, encore aujourd'hui, pour qui manifester ses sentiments était un signe de faiblesse.

Il ne se rappelait pas quand, pour la première fois, il s'était demandé si son père aimait sa mère, ou les aimait, lui et son frère. Il avait toujours supposé que c'était le cas, comme tous les enfants. Mais l'expression de ses émotions n'était rien moins qu'étrange : des journées de silence complet ; d'occasionnelles explosions de colère ; quelques rares moments d'affection et de bonheur quand son père leur disait à quel point il les aimait.

Le père de Brunetti n'avait certainement pas été de ceux à qui on confiait des secrets, ou à qui on faisait des confidences. Un homme de son temps, de sa classe, de sa culture. Était-ce simplement une façon d'être ? Il essaya de se rappeler comment se comportaient les pères de ses amis, en vain.

« Tu crois que nous aimons nos enfants davantage? demanda-t-il à Vianello.

— Davantage que qui? Et qui ça, *nous*?

— Nous, les hommes. Ceux de notre génération. Davantage que nos pères.

— Je ne sais pas. Vraiment pas. » Vianello se passa le bras dans le dos pour décoller sa chemise, puis s'essuya le cou avec son mouchoir. « Si ça se trouve, nous respectons simplement d'autres conventions. Ou peut-être attend-on de nous que nous nous comportions autrement. Je ne sais pas, conclut-il en s'enfonçant dans son siège.

— Pourquoi m'en as-tu parlé? De ta tante? demanda Brunetti.

— Je crois que je voulais me rendre compte de l'effet que ça faisait, et que si j'en parlais, je saurais si ça valait ou non la peine de s'inquiéter.

— À ta place, je commencerais à m'inquiéter le jour où elle voudra te lire les lignes de la main, Lorenzo », dit Brunetti dans l'espoir de détendre l'atmosphère.

Vianello lui adressa un regard meurtri. « J'ai bien peur que nous n'en soyons pas loin, dit-il, incapable de répondre par une plaisanterie. Tu crois qu'on pourra avaler un café, avec cette chaleur?

— Pourquoi pas? »

2

Dans le bar du Ponte dei Greci, Mamadou, le Sénégalais que Sergio avait engagé l'année précédente pour l'aider, se trouvait derrière le comptoir. Les deux policiers avaient l'habitude d'y voir Sergio ; le tenancier, homme trapu, bourru et grognon, avait certainement surpris assez de conversations privées de policiers, depuis le temps qu'il exerçait, pour donner des décennies de grain à moudre à un maître chanteur. Sergio faisait tellement partie des murs de son établissement qu'il en était devenu pratiquement transparent pour le personnel de la questure.

On pouvait difficilement en dire autant de Mamadou. Il portait une djellaba beige et un turban blanc. Grand et mince, son visage à la peau sombre respirait la santé, et sa silhouette, derrière le bar, évoquait plutôt un phare, son turban immaculé réfléchissant la lumière des fenêtres qui donnaient sur le canal. Il refusait de porter un tablier, mais jamais on ne voyait la moindre tache sur ses djellabas.

Lorsqu'il entra, Brunetti eut l'impression que l'établissement était mieux éclairé, et il leva la tête pour voir si Mamadou avait allumé, ce qui aurait été superflu par une journée aussi ensoleillée. Mais c'étaient les fenêtres. Non seulement il ne les avait jamais vues aussi propres, mais toutes les affichettes pour les glaces, les sodas et les différentes marques de bière avaient été décollées ou grattées, initiative qui multipliait par deux le flot de lumière qui entrait dans le bar. On avait enlevé les vieilles revues et les journaux du rebord des fenêtres, et il n'y avait plus trace des menus constellés de chiures de mouche qui y traînaient depuis des années. Tout cela avait été remplacé par un tissu blanc, avec un vase de fleurs séchées roses sur l'un des rebords.

Brunetti remarqua également que le présentoir en plastique cabossé qui contenait d'ordinaire des pâtisseries et des brioches avait été remplacé par un modèle en verre à trois étagères. Il fut soulagé de voir que les mêmes pâtisseries s'y trouvaient toujours : Sergio n'était peut-être pas un maniaque du ménage, mais question gâteaux et *tramezzini*, il connaissait son affaire.

« Rénovation urbaine ? » demanda-t-il à Mamadou en guise de salut.

La réponse du Sénégalais arriva sous la forme d'un sourire éclatant, telle une lumière secondaire sous celle du turban. « *Si*, commissaire. Sergio est au lit avec une sorte de grippe d'été, et il m'a demandé de m'occuper de la boutique le temps qu'il se remette. » Utilisant un chiffon si blanc qu'il aurait pu être une extrémité de son turban, Mamadou donna un coup sur le comptoir et demanda aux deux policiers ce qu'il pouvait leur offrir.

« Deux cafés, s'il vous plaît. »

Le Sénégalais se tourna et s'activa à la machine. Inconsciemment, Brunetti s'attendit à entendre les bruits et coups familiers, comme toujours quand Sergio détachait le filtre pour vider le marc précédent, le cognait contre le rebord du récipient puis faisait claquer le distributeur de café moulu frais. Il y eut bien les mêmes sons, mais en plus feutrés ; et quand Brunetti leva les yeux, il constata qu'il y avait, sur la barre de bois que Sergio heurtait depuis des dizaines d'années avec la coupe de métal, un renfort en caoutchouc qui atténuait effectivement le son. Le nom du fabricant de la machine, Gaggia, avait été débarrassé de la crasse accumulée et des taches de café que Brunetti avait toujours vues depuis la première fois où il avait mis les pieds dans l'établissement.

« Jamais Sergio ne va reconnaître son bar, remarqua Vianello.

— J'espère bien que si, inspecteur. Et j'espère aussi qu'il sera content.

— Et le présentoir? demanda Vianello avec un mouvement de menton en direction des pâtisseries.

— C'est un ami qui me l'a trouvé, expliqua Mamadou en donnant un coup de torchon affectueux sur la surface en verre. Ça les tient même au chaud. »

Brunetti et Vianello n'échangèrent pas de regards, mais le silence prolongé qui suivit les explications du barman eut le même effet. « Il l'a *acheté* pour moi, inspecteur, précisa Mamadou d'un ton plus retenu, mais insistant sur le verbe. J'ai la facture.

— Il vous a fait une fleur, dans ce cas, dit Vianello avec un sourire. C'est bien mieux que le vieux machin en plastique, avec sa fente sur le côté.

— Sergio s'imagine que les gens n'y font pas attention, répondit Mamadou, ayant retrouvé son timbre normal.

— Ah! s'exclama Vianello, avec celui-ci, on n'a qu'une envie, glisser la main dedans et se servir. » Joignant le geste à la parole, il prit une petite serviette en papier et retira une brioche à la crème de l'étagère du haut. Il mordit dans la viennoiserie, et son menton et le devant de sa chemise se couvrirent de sucre glace. « Celles-là, ne les changez pas, Mamadou », dit-il en se pourléchant la moustache.

Le barman posa les deux cafés sur le comptoir, plus une soucoupe en porcelaine à côté de Vianello.

« Tiens, pas d'assiette en carton, observa l'inspecteur. C'est bien. » Il posa ce qui restait de la brioche sur la soucoupe.

« Ça n'a aucun sens, inspecteur, dit Mamadou. D'un point de vue écologique, je veux dire. D'utiliser tout ce carton, juste pour faire une assiette qu'on jette après une seule utilisation.

— Mais qu'on recycle », fit observer Brunetti.

Mamadou rejeta la suggestion d'un haussement d'épaules, réaction à laquelle Brunetti était habitué. Comme tout le monde à Venise, il n'avait aucune idée de ce qui arrivait aux détritus que sa famille triait si soigneusement : il pouvait simplement espérer.

« C'est une question qui vous intéresse ? demanda Vianello. Le recyclage ? ajouta-t-il pour préciser sa pensée.

— Oui.

— Pourquoi ? » Mais avant que le barman puisse répondre, deux hommes entrèrent, commandèrent des cafés et allèrent s'installer à l'autre bout du comptoir.

Une fois les nouveaux arrivants servis et Mamadou revenu, Vianello renouvela sa question. « Ça vous intéresse parce que ça fait faire des économies à Sergio ? De ne pas utiliser des assiettes en carton ? »

Mamadou reprit tasses et soucoupes et les mit dans l'évier. Il les rinça rapidement et les disposa dans le lave-vaisselle.

« Je suis ingénieur, inspecteur, répondit-il finalement. Si bien que ça m'intéresse professionnellement. En termes de cycles de consommation et de production.

— Je me doutais que vous aviez fait des études, dit Vianello. Mais je ne savais pas comment vous le demander. » Après un silence pour voir comment Mamadou accueillait cette remarque, il ajouta : « Ingénieur en quoi ?

— En hydraulique. Les usines de retraitement des eaux usées. Des choses dans ce genre.

— Je vois. » Vianello prit un peu de monnaie dans sa poche, la tria, et posa le montant exact sur le comptoir.

« Si vous voyez Sergio, dit Brunetti tandis que les deux policiers se dirigeaient vers la porte, passez-lui le bonjour et souhaitez-lui un prompt rétablissement de notre part.

— Je le ferai, commissaire », répondit Mamadou, avant de se tourner pour se diriger vers les deux autres consommateurs. Brunetti s'était attendu à ce que Vianello revienne sur le sujet de sa tante, mais son besoin d'en parler avait dû rester à la questure et Brunetti, qui n'avait pas spécialement envie de poursuivre cette conversation, ne le remit pas sur le tapis.

Dehors, les deux hommes s'arrêtèrent involontairement, assommés par le soleil. La questure n'était qu'à deux minutes, mais avec cette chaleur on aurait dit que la distance s'était accrue le temps qu'ils boivent leur café, et qu'elle était maintenant à l'autre bout de la ville. Le soleil inondait les rives du canal. Des touristes étaient attablés sous les parasols de la trattoria, de l'autre côté du pont. Brunetti les étudia un instant, guettant un mouvement de leur part. Se pourrait-il que la chaleur les ait complètement desséchés, qu'ils ne soient plus que des coquilles vides, comme des carapaces de sauterelles ? Puis un serveur apporta un grand verre de breuvage noirâtre à une table, et le client bougea lentement la tête à son arrivée.

Ils se mirent en route. Les étendues d'eau, comme le savait Brunetti, avaient normalement l'avantage de rafraîchir les lieux où elles se trouvaient ; mais la surface lisse et d'un vert sombre du canal semblait se contenter de refléter et d'intensifier lumière et chaleur. Elle générait de l'humidité mais ne procurait aucun soulagement. Ils poursuivirent laborieusement leur chemin.

« Je n'aurais jamais pensé qu'il était ingénieur, dit Vianello.

— Moi non plus.

— Et ingénieur hydraulique, en plus », ajouta l'inspecteur, sans cacher son admiration. L'entrée de la questure n'était plus qu'à quelques mètres d'eux. Le gardien, c'était compréhensible, avait battu en retraite à l'intérieur.

Brunetti s'essuya le visage du revers de sa manche de chemise, stupéfait d'avoir été assez bête pour ne pas mettre une chemisette aujourd'hui. « Depuis combien de temps est-il ici ? demanda-t-il, se dirigeant vers les marches.

— Je ne sais pas exactement. Trois, quatre ans. J'imagine qu'il est entré illégalement et qu'il a fini par avoir des papiers. Il avait tendance à disparaître quand je venais en uniforme. » Le souvenir fit sourire Vianello. « Un grand type comme lui. Remarquable, sa manière de disparaître instantanément. À croire qu'il s'évaporait.

— Moi aussi, ça va finir par m'arriver, dit Brunetti tandis qu'ils arrivaient au premier étage.

— Quoi donc ?

— M'évaporer.

— Espérons que cela ne lui arrivera pas.

— À qui ? À Mamadou ?

— Oui. Sergio ne peut plus faire autant d'heures. Et il faut reconnaître que l'endroit a meilleure allure. En un seul jour.

— La femme de Sergio n'est pas en bonne santé, dit Brunetti. C'est une chance qu'il l'ait trouvé.

— Drôle de boulot, tenir un bar, observa Vianello. Il faut être là toute la journée, sans jamais savoir quel genre d'ennuis vont vous tomber dessus chaque fois que quelqu'un entre, et il faut être toujours poli.

— Un peu comme ici, au fond », dit Brunetti.

Vianello rit et prit la direction de la salle des officiers, laissant Brunetti s'attaquer tout seul à la volée de marches du second.

3

Trois jours plus tard, assis à son bureau, Brunetti se demandait s'il ne serait pas possible de conclure une sorte d'accord avec les criminels de Venise. Ne pourrait-on les convaincre de laisser les gens tranquilles jusqu'à la fin de la canicule ? Il aurait fallu pour cela qu'ils s'organisent, mais les activités criminelles étaient désormais trop diversifiées et internationales pour imaginer une trêve. Jadis, quand les crimes étaient purement des affaires locales, que les voyous étaient bien connus et faisaient partie du tissu social, la chose aurait été envisageable et les malfrats, ayant autant à souffrir de la chaleur que les policiers, auraient même pu accepter de coopérer. « Au moins jusqu'au 1er septembre », dit-il à voix haute.

Trop oppressé par la chaleur pour seulement ouvrir un des dossiers qui traînaient sur son bureau, Brunetti poursuivit sa rêverie : comment convaincre les Roumains d'arrêter de faire les poches des touristes, les Gitans d'envoyer leurs gosses cambrioler les maisons ? Et ce n'était qu'à Venise. Sur le continent, les requêtes auraient été autrement sérieuses : comment demander aux Moldaves d'arrêter de vendre des mômes de treize ans et aux Albanais de renoncer à vendre de la drogue ? Il considéra même un instant la possibilité de convaincre les Italiens – des hommes comme Vianello et lui – de renoncer à rechercher des prostituées mineures et de la drogue bon marché.

Il était en permanence gêné par la transpiration qui coulait subrepticement sur différents endroits de son corps. En

Nouvelle-Zélande, lui avait-on dit, les hommes d'affaires travaillaient en short et chemisette quand il faisait trop chaud. Et les Japonais eux-mêmes, paraît-il, avaient décidé de tomber la veste dans les mêmes circonstances. Il sortit son mouchoir et essuya l'intérieur de son col. C'était le genre de temps à voir deux automobilistes s'entre-tuer pour une place de parking. Ou à cause d'une réflexion désobligeante.

Puis le cours de ses pensées se tourna vers la promesse qu'il avait faite à Paola de discuter, ce soir, de leurs projets de vacances. Lui et sa famille, des Vénitiens, allaient se transformer en touristes, mais des touristes allant dans l'autre direction, loin de Venise, pour laisser la place aux millions de voyageurs attendus cette année. L'année dernière : vingt millions. Que Dieu ait pitié de nous.

Il entendit un bruit à la porte, leva les yeux et vit la signorina Elettra, que la lumière qui entrait à flots par la fenêtre illuminait comme le halo d'un projecteur. Était-ce possible ? Était-il imaginable, depuis dix ans que la secrétaire de son supérieur ensoleillait la morosité de ses jours par son apparence impeccable, que la chaleur ait même eu raison d'elle ? Était-ce bien un faux pli qu'il voyait sur le côté gauche de son chemisier blanc ?

Brunetti cligna des yeux, les ferma un instant, et vit, quand il les rouvrit, qu'il avait été victime d'une illusion ; ce qu'il avait pris pour un faux pli n'était qu'une ombre portée, dans cet éclairage intense. La signorina Elettra s'arrêta à la porte et jeta un coup d'œil derrière elle. Une autre personne apparut alors à ses côtés.

« Bonjour, dottore », dit-elle.

L'homme qui la suivait sourit. « *Ciao*, Guido. »

Voir Toni Brusca hors de son bureau municipal pendant les heures d'ouverture était comme voir un blaireau hors de son terrier en plein jour. Brusca lui avait toujours fait penser à cet animal : il avait des cheveux noirs épais avec une mèche blanche sur un côté, un corps compact sur des jambes courtes et une ténacité incroyable lorsqu'il avait décidé de s'attaquer à un problème.

« J'ai rencontré Toni dans les couloirs », expliqua la signorina Elettra. Brunetti ignorait que tous les deux se connaissaient. « Je lui ai proposé de le conduire jusqu'à votre bureau. » Elle recula d'un pas et adressa au visiteur son sourire numéro un. Ce qui signifiait soit que Brusca était l'un de ses amis, soit que la signorina Elettra, calculatrice instinctive, pleine de ruse, savait que l'homme était le responsable du service du personnel de la ville et, à ce titre, potentiellement utile.

Brusca lui répondit par un signe de tête amical et s'avança vers Brunetti en regardant autour de lui. « Tu as nettement plus de lumière que moi », dit-il, sincèrement admiratif. Brunetti remarqua qu'il tenait un porte-documents.

Brunetti fit le tour de son bureau pour aller serrer la main de Brusca et lui donner quelques tapes amicales sur l'épaule. Il remercia la signorina Elettra d'un mouvement de tête et celle-ci lui répondit par un sourire, mais pas son numéro un, avant de quitter la pièce.

Le commissaire indiqua l'une des deux chaises à son visiteur et s'assit sur l'autre face à lui. Il attendit que Toni prenne la parole, supposant qu'il n'était pas seulement venu pour discuter des avantages respectifs de leurs bureaux. Toni n'était pas du genre à gaspiller son temps et son énergie, quand il voulait qu'une chose soit faite ou cherchait un renseignement : il était déjà comme ça en classe, au lycée. La meilleure tactique avait toujours consisté à attendre sans s'énerver, ce que Brunetti avait l'intention de faire.

Il n'eut pas à patienter bien longtemps. « Je voudrais te demander ton avis, Guido », dit Brusca. Il sortit un dossier en plastique transparent de son porte-documents et en tira un certain nombre de feuilles.

Une fois le porte-documents posé sur le sol et les documents sur ses genoux, il regarda son ami. « Des tas de gens me disent des choses, à la municipalité. Et certaines éveillent parfois ma curiosité, si bien que je pose quelques questions autour de moi et que j'en apprends de nouvelles. Et étant donné que mon bureau est au rez-de-chaussée, avec son unique fenêtre, étant donné aussi que mon boulot m'autorise à me montrer curieux des activités des uns et des autres – et aussi parce que je suis poli et très minutieux –, les gens ont tendance à répondre à mes questions.

— Même si, en réalité, elles ne te concernent pas directement sur un plan professionnel ? demanda Brunetti, qui devinait le motif de la visite de Brusca.

— Exactement.

— Et c'est ce que tu as là ? » voulut savoir Brunetti avec un mouvement du menton vers les papiers. De même que Toni Brusca, le policier n'aimait pas perdre son temps.

Brusca lui tendit les feuilles qu'il avait retirées du dossier transparent. « Jette un coup d'œil là-dessus. »

Le premier document présentait l'en-tête du tribunal de Venise. Le côté gauche comportait quatre colonnes intitulées respectivement « Numéro du dossier, Date, Juge, Numéro de la salle d'audience ». Après une épaisse ligne verticale, il y avait un encadré intitulé « Résultat ». Brunetti compta trois autres documents identiques. La qualité des reproductions était en revanche variable et l'un d'eux était tellement flou qu'il était à peine lisible. Un tampon avec la date avait été apposé en bas à droite de chaque page, à côté de celui du ministère de la Justice et d'une signature impeccable. Les dates variaient, mais la signature était toujours la même. Par deux fois, le coup de tampon du ministère de la Justice avait été donné sans soin et avait bavé. Brunetti avait l'impression d'avoir passé sa vie à consulter ce genre de documents. Sur combien de feuilles semblables lui-même avait-il donné un coup de tampon avant de le transmettre à la personne suivante ?

Mais ceux-ci n'étaient pas les documents judiciaires qu'il avait l'habitude de lire au cours de ses enquêtes, transcriptions de témoignages ou attendus des conclusions du ministère public au cours d'un procès, ou encore copies d'un verdict. Ceux qu'il avait sous les yeux étaient à usage interne exclusivement, et s'il les interprétait bien, traitaient des audiences préliminaires. Il ne vit pas ce qu'ils avaient en commun, la signature mise à part.

Il regarda Brusca, qui était resté impassible. Brunetti revint aux documents. Il y chercha des correspondances et se rendit compte que les audiences avaient souvent été renvoyées ou ajournées, et que la plupart des cas avaient été examinés par la même juge. Il connaissait son nom et n'avait pas une bonne opinion d'elle ; toutefois, si on lui avait demandé pourquoi, il aurait été incapable de le dire. Des réflexions entendues par hasard, une certaine manière de prononcer son nom quand il arrivait dans une conversation, et une chose qu'un informateur lui avait dite, des années auparavant. Pas exactement « dite », mais sous-entendue – et pas sur elle, mais sur quelqu'un de sa famille. Le nom du fonctionnaire du tribunal qui avait signé ces papiers ne lui disait rien.

Il leva de nouveau la tête vers son ami. « Mon hypothèse est que ces renvois pourraient profiter à l'une des deux parties, dans chaque cas, et que la juge Coltellini a joué un rôle dans ces reports d'audience. » Brusca l'encouragea d'un signe de tête et montra les papiers d'un mouvement du menton, comme pour motiver un étudiant prometteur. « S'il y a encore quelque chose à remarquer, je dirais que la personne qui a signé ces documents est également impliquée.

— Araldo Fontana, dit Brusca. Du tribunal. Il y est entré comme greffier en 1975, il a été promu greffier en chef dix ans plus tard. Et occupe toujours ce poste depuis. Il doit prendre sa retraite le 10 avril 2014.

— Et de quelle couleur sont ses sous-vêtements ? demanda un Brunetti impassible.

— Très drôle, Guido.

— Bon. Oublie les sous-vêtements et parle-moi de lui.

— En tant que greffier en chef, il veille à ce que tous les documents soient enregistrés et transmis en temps voulu.

— Enregistrés et transmis, ce qui veut dire ?... »

Brusca changea de position et croisa les jambes, puis fit un mouvement de va-et-vient avec la main. « Il y a un dépôt central où l'on conserve tous les documents concernant les affaires en cours. Lorsqu'on en a besoin lors d'une comparution ou d'un procès, il incombe aux greffiers de les apporter à la bonne salle d'audience pour que le juge puisse les consulter. Si besoin est. Puis, l'audience terminée, les greffiers les rapportent au dépôt où ils sont de nouveau enregistrés. Une fois le jugement rendu, tous les documents relatifs à l'affaire sont transférés dans des archives.

— Mais ?

— Mais il arrive que des papiers manquent, ou ne soient pas transmis, si bien qu'en leur absence, le juge n'a pas d'autre choix que d'ajourner l'audience. Et si celle-ci est proche d'une période de vacances, le juge peut estimer plus sage de la repousser après les congés, mais dans un cas comme dans l'autre, il consulte le registre pour vérifier les dates disponibles, si bien que les délais peuvent être assez longs. »

Brunetti hocha la tête. D'après ce qu'il avait compris, c'était ainsi que fonctionnait le système. « Vu que t'écouter revient à entendre battre le cœur de la déesse Rumeur, explique-moi donc ce qui se passe ici. »

Brusca esquissa un sourire, qui ne dénotait ni humour ni amusement, mais une compréhension de la nature humaine telle qu'elle était, non comme on voulait qu'elle soit. « Avant de te parler de ce qui se passe peut-être, j'ai quelque chose à te dire. » Il marqua un temps d'arrêt assez long pour être sûr d'avoir toute l'attention de Brunetti. « C'est quelqu'un de *convenable*, ce Fontana. Le terme est désuet, mais Fontana lui-même est d'un autre temps. À croire qu'il serait de la génération de nos parents. C'est comme ça que les gens parlent de lui. Il vient tous les jours au bureau en costume cravate, fait son travail, il est poli avec tout le monde. Durant toutes ces années, pas une seule fois je n'ai entendu dire du mal de lui alors que, comme tu le sais, si on a un reproche à faire à un fonctionnaire de la ville, il a toutes les chances de m'être répété. Tôt ou tard, tout finit dans mon bureau. Mais il n'y a jamais eu un mot contre Fontana, sauf pour dire qu'il était ennuyeux et timide. »

Brunetti eut l'impression que Brusca avait terminé ses préliminaires, et il lui demanda donc pour quelles raisons, dans ce cas, son nom figurait sur tous ces documents. « Pourquoi as-tu estimé nécessaire de me les montrer ? ajouta-t-il. Et comment sont-ils arrivés entre tes mains ? »

Brusca regarda ses genoux, puis Brunetti, puis le mur, puis revint à Brunetti. « C'est un employé du tribunal qui me les a donnés.

— Dans quel but ? »

Brusca haussa les épaules. « Peut-être pour que cette information sorte du palais de justice.

— Dans ce cas, c'est réussi, observa Brunetti sans sourire. Vas-tu me dire le nom de cette personne ? »

Brusca fit non de la tête. « Ça n'a pas d'importance et de toute façon, je lui ai promis le secret.

— Je comprends », dit Brunetti, sincère.

Après avoir attendu en vain que Brusca ajoute quelque chose, il le relança. « Dis-moi ce que ça veut dire. Ou ce que tu penses que cela veut dire.

— Tu veux parler des reports d'audience ?

— Oui. »

Brunetti s'enfonça dans son siège, croisa les mains sur sa tête et étudia le plafond.

« Dans le cas d'un divorce qui tourne au vinaigre et où de l'argent est en jeu, cela rendrait service au plus riche ; ces reports lui donneraient le temps de mettre sa fortune à l'abri. Imagine, expliqua alors Brusca, que les documents soient dirigés vers la mauvaise salle d'audience, le jour d'une confrontation. Dans ce cas, le juge est tout à fait en droit d'ordonner un renvoi jusqu'au moment où il disposera des documents.

— Je crois que je commence à comprendre.

— Pense aux affaires dans lesquelles tu as témoigné, Guido, et à toutes ces piles de dossiers alignées le long des murs. Pas une salle d'audience qui n'en soit pleine.

— Est-ce que tout n'est pas informatisé, à présent ? demanda soudain Brunetti, se souvenant des circulaires distribuées par le ministère de la Justice.

— Chaque chose en son temps, Guido.

— Ce qui veut dire ?

— Ce qui veut dire que le processus prendra des années. Je travaille au service du personnel, je suis donc bien placé pour savoir qu'on a chargé deux personnes de cette mission.

Il leur faudra des années, sinon des décennies. Certains des dossiers qu'ils ont à transcrire remontent jusqu'aux années cinquante et soixante.

— La transmission des documents incombe à Fontana, n'est-ce pas ?

— Oui.

— Et la juge ?

— Elle passe pour avoir été un certain temps la prunelle de ses petits yeux éteints.

— Mais ce n'est qu'un simple employé, bon sang. Et elle est une juge. Sans compter qu'il a vingt ans de plus qu'elle.

— Ah, Guido, dit Brusca, qui se pencha en avant et tapota du doigt le genou de Brunetti, tu ne vas pas me faire croire que tu as un esprit aussi étriqué. Coupable d'un double préjugé, de classe et de genre. Il n'y a pas de juste milieu pour toi : l'amour, l'amour, l'amour, ou le sexe, le sexe, le sexe.

— Et comment devrais-je les voir ? demanda Brunetti, se forçant à avoir l'air curieux et non offensé.

— Dans le cas de Fontana, tu pourrais peut-être penser amour, amour, amour, du moins d'après ce que j'ai entendu dire. Mais dans le cas de madame la juge, tu serais mieux avisé en pensant argent, argent, argent. » Brusca soupira et reprit, sur un ton moins emphatique : « Nombreux sont les gens, à mon avis, qui sont davantage intéressés par l'argent que par l'amour. Ou même que par le sexe. »

Aussi passionnant qu'il eût été de creuser un peu cette hypothèse, Brunetti était davantage intéressé par les informations et demanda donc si la juge Coltellini était l'une de ces personnes.

Toute envie de plaisanter s'évapora et Brusca prit une mine et un ton sinistre. « Elle appartient à une famille âpre au gain, Guido. » Brusca se tut un instant avant d'ajouter, comme s'il révélait un mystère qu'il venait tout juste de résoudre : « C'est étrange. On croit volontiers que l'amour de la musique ou de la peinture se transmet d'une génération à une autre dans une famille. Dans ce cas, pourquoi pas la cupidité ? » Comme Brunetti ne réagissait pas, Brusca insista : « Tu n'y as jamais pensé, Guido ?

— Si, répondit honnêtement Brunetti.

— Ah », se contenta de dire Brusca. Sur quoi, il abandonna les généralités pour les cas d'espèce. « Son grand-père était cupide. Son père l'est toujours. Elle tient ça d'eux, cela lui est venu naturellement, si je peux dire. Si sa mère n'était pas morte, j'irais jusqu'à dire qu'elle envisagerait froidement toute proposition qu'on lui ferait de la lui acheter.

— Toi-même, as-tu eu des ennuis avec elle ?

— Non, jamais, répondit Brusca, l'air sincèrement surpris par la question. Comme tu le sais, je reste dans mon minuscule bureau d'employé municipal et je consigne dans leurs dossiers tout ce qui concerne les employés : qui a été engagé, à quel poste, à quel salaire, date de la retraite. Je fais mon travail, les gens me parlent et me racontent des choses, et je dois de temps en temps passer un coup de fil pour poser une ou deux questions. Pour éclaircir un point quelconque. Et il arrive que les réponses qu'on me donne me surprennent, sur quoi on m'en dit un peu plus, ou on me parle d'autre chose. Et avec les années, j'ai fini par me persuader que mon boulot consiste à tout savoir.

— Et les gens te font assez confiance, observa Brunetti, pour sortir de tels documents du tribunal. »

Brusca hocha la tête, mais d'une manière si mesurée que Brunetti lui demanda : « Parce que tu as le cœur pur et les mains propres ? »

L'homme éclata de rire et l'ambiance de la pièce devint plus légère. « Non. Mais parce que les questions que je leur pose sont tellement banales et barbantes qu'il ne viendrait à l'esprit de personne de ne pas me dire la vérité.

— Voilà une technique que j'aimerais maîtriser », avoua Brunetti.

4

Ils se séparèrent sur cette note amicale, en dépit d'un reste de gêne, l'un et l'autre évitant de poser la question qui aurait pu fâcher : pourquoi Brusca était-il venu voir Brunetti, et que voulait-il qu'il fasse des informations qu'il lui avait données ? Brusca ayant clairement indiqué que Coltellini était poussée par l'appât du gain, il était facile d'en conclure qu'elle se laissait soudoyer par les personnes qui avaient intérêt à ce que leur affaire fût renvoyée. Mais que la chose fût facile à conclure ne la rendait pas vraie pour autant et n'aurait pas constitué une preuve devant un tribunal.

En revanche, les motivations du greffier, le signor Fontana, étaient moins claires pour Brunetti. L'amour, l'amour, l'amour, voilà qui ne suffisait pas pour corrompre un homme décrit comme « convenable » – mais dans ce cas-là, qu'est-ce qui l'était ?

Au bout de toutes ces années, Brunetti avait de plus en plus rarement l'occasion de s'indigner face à quelque nouvelle révélation sur l'habileté de ses concitoyens à contourner les lois. Dans certains cas, ce qu'il n'aurait admis devant personne, il éprouvait une admiration consternée pour l'ingéniosité employée, en particulier lorsqu'il s'agissait d'échapper à une loi estimée injuste ou à une situation jugée complètement démente. Lorsque les feux rouges étaient volontairement réglés sur un tempo plus rapide que celui prévu par la loi pour que les policiers puissent partager l'argent des amendes avec les types qui programmaient les minuteries, qui, à part un cinglé, aurait trouvé délictueux de soudoyer un flic ? Quand des individus inculpés dans toutes sortes d'affaires siégeaient au Parlement par dizaines, qui pouvait croire au respect de la loi ?

On aurait difficilement pu dire que Brunetti était choqué par le comportement présumé de la juge Coltellini, mais il était en revanche surpris, en particulier parce qu'il s'agissait d'une femme. S'il s'appuyait sur les statistiques pour étayer sa conviction que les femmes étaient moins criminelles que les hommes, cette conviction était en réalité davantage fondée sur la manière dont il avait été élevé et sur son expérience personnelle. Ce qu'il pensait être l'ordre naturel des choses, si les insinuations de Brusca étaient fondées, avait été doublement réfuté.

La suggestion de Brusca toujours à l'esprit, Brunetti étala les documents sur son bureau et les étudia de nouveau. Concentrant son attention sur la juge Coltellini, il constata que son nom apparaissait souvent sur chacune des quatre pages et qu'il figurait dans six affaires différentes. Il ouvrit un tiroir et en sortit un jeu de Stabilo. Il commença par le haut de la première page, en surlignant le nom de la juge avec du vert fluo quand il apparut dans le premier cas, puis toutes les fois où il réapparaissait, c'est-à-dire à chacune des audiences qu'elle avait tenues sur l'affaire, jusqu'à la quatrième page. Il fit de même pour l'affaire suivante, à l'aide d'un Stabilo rose. Il prit du jaune pour la troisième ; de l'orange pour la quatrième, après quoi il entoura le nom au crayon pour la cinquième et au stylo à bille rouge pour la sixième.

Les Verts avaient comparu devant elle seulement à trois reprises : la deuxième audience figurait avec sa date dans la colonne « Résultat » et la troisième à la date qui avait été arrêtée lors de la deuxième. Ce qui n'empêchait pas le processus d'avoir pris deux ans. Les Roses avaient respecté toutes les dates d'audience fixées ; mais il y avait eu six comparutions, séparées à chaque fois d'au moins six mois. Brunetti aurait été curieux de savoir de quel genre procès il s'agissait et pour quelle raison il avait fallu trois ans pour arriver à une décision.

La piste Jaune était plus intéressante. La première audience, qui avait eu lieu plus de deux ans auparavant, s'était terminée sur un ajournement inexpliqué de six mois ; la deuxième n'avait servi qu'à décider d'une nouvelle date, cinq mois plus tard, toujours sans explication. Lors de la troisième audience, la colonne « Résultat » contenait encore une fois un renvoi à six mois, motif : « Absence de documents », lisait-on. Le renvoi suivant, lui, était expliqué d'un mot, « maladie », sans que soit précisé qui était malade. Ce dernier renvoi au 20 décembre précédent n'avait apparemment servi qu'à retarder les choses de quatre mois de plus avec pour explication : « vacances ». La dernière date tombant dans la deuxième moitié d'avril fit comprendre à Brunetti que l'audience avait eu lieu pendant les vacances de Pâques, mais la juge Coltellini le surprit : elle avait effectivement siégé, tout ça pour un énième renvoi à sept mois, afin d'avoir le temps « d'auditionner des témoins ».

Brunetti se demanda de quel chapeau pouvaient sortir ces nouveaux témoins dans une affaire qui circulait – il se reprocha d'avoir si étourdiment choisi son verbe, *stagnait* aurait été plus juste – entre les différentes cours depuis presque trois ans. Pas étonnant que les simples citoyens aient redouté d'être broyés sous les roues du pesant char de la justice et qu'à part tomber gravement malade, il n'y avait pas pire sort, d'après la sagesse populaire, que d'être impliqué dans un procès. Évidemment.

La juge étonna Brunetti une seconde fois : l'affaire Orange avait été réglée en moins d'un an. En revanche, l'affaire Crayon et l'affaire Stylo à bille se traînaient depuis plus de deux ans.

Après avoir cherché le numéro de téléphone dans son carnet, Brunetti appela Brusca sur son portable.

« Oui ? » répondit l'employé municipal d'un ton calme, comme s'il avait encore été dans le bureau du commissaire, ce même ton qu'il avait quand il répondait en classe d'histoire, l'année où il l'avait connu. Depuis tout ce temps,

Brunetti ne l'avait jamais vu manifester la moindre surprise devant le comportement des êtres humains, aussi lamentable qu'il soit, alors que le fait de travailler dans l'administration de la ville devait l'avoir confronté à bien des choses peu reluisantes.

« Je viens de regarder d'un peu plus près ces papiers, Toni. Les as-tu montrés à quelqu'un d'autre ?

— Dans quel but l'aurais-je fait ? répondit Brusca, d'un ton soudain aussi sérieux que celui du policier.

— Si c'est vrai, il faut y mettre un terme, répondit Brunetti, sachant cependant que l'idée de châtiment était absurde.

— Oui, tu as raison. » Brusca s'était efforcé de parler comme s'ils discutaient des qualités d'une équipe de football et non pas de la corruption du système judiciaire. « Mais je crains bien qu'on n'y arrive pas.

— Dans ce cas, pourquoi m'avoir montré ça ? » protesta Brunetti sans chercher à cacher son irritation.

Brusca resta un bon moment sans réaction. « J'ai pensé, répondit-il finalement, que tu aurais peut-être une idée pour agir. Et j'avais espéré que tu serais scandalisé.

— Tu m'en demandes peut-être un peu trop, Toni.

— D'accord, d'accord, pas scandalisé. Mais l'espoir... c'est peut-être ce que j'admire en toi, Guido, ta capacité à espérer que les choses vont s'arranger et que les écuries d'Augias vont finir par être nettoyées.

— Peu vraisemblable, comme tu le sais », fit remarquer Brunetti, d'accord sur ce point avec Brusca. Sur quoi il revint au but premier de son appel et, de nouveau sur un ton amical, il demanda : « Sincèrement, pourquoi me les as-tu donnés ?

— C'est la vérité, j'espérais sérieusement que tu pourrais faire quelque chose. » Sur quoi Brusca ajouta, d'un ton qui parut faussement léger à Brunetti : « C'est toujours agréable de pouvoir leur mettre quelques bâtons dans les roues.

— Je vais voir ce que je peux faire. » Brunetti savait cependant qu'il n'avait guère de chances d'aboutir à quelque chose.

Brusca le salua rapidement et ils raccrochèrent.

Le coude gauche sur le bureau, Brunetti se passa machinalement l'ongle du pouce sur les lèvres. Il sentait sa chemise humide aux aisselles et dans son dos. Il alla jusqu'à la fenêtre et regarda l'eau du canal, noire dans l'éclat aveuglant du jour. Transformé en four, le Campo San Lorenzo était désert. Même les chats installés dans les multiples niveaux de l'échafaudage qui déparait la façade de l'église avaient disparu – auraient-ils fui la ville pour prendre des vacances ?

Pendant quelques instants, il se laissa aller à rêvasser de chats en vacances à la montagne ou au bord de la mer, sous l'égide de DINGO, l'association vénitienne des amis des bêtes. Brunetti avait les *animalisti* en horreur ; il les détestait pour leur défense des pigeons, ces rats volants vecteurs de toutes sortes de maladies, il les détestait pour avoir récupéré tous les chats à demi-sauvages qui hantaient la ville pour la plus grande joie, il n'en doutait pas, de la population en croissance constante des rats d'égouts. Et puisqu'il était sur le sujet des animaux, il ajouta à la liste de ses haines celle des gens qui ne ramassaient pas les crottes de leurs chiens ; si ça ne tenait qu'à lui, il leur collerait une bonne amende qui les...

« Commissaire ? » Il s'arracha à ces spéculations fantaisistes sur le montant de l'amende qu'il infligerait et au système qu'il inventerait pour rendre la loi efficace.

« Oui, signorina ? dit-il, se tournant vers Elettra. Qu'est-ce qu'il y a ?

— Je viens de voir Vianello, il y a un instant. Il était au téléphone dans la salle des officiers. Ça n'avait pas l'air d'aller fort.

— Il est malade ? » demanda Brunetti, pensant à tout ce que pouvait provoquer inopinément la chaleur.

La signorina Elettra s'avança de quelques pas dans le bureau. « Je ne sais pas, monsieur. Mais je ne crois pas. Il paraissait surtout inquiet ou effrayé, et il essayait de le cacher. » Brunetti était habitué à l'aspect toujours soigné de la secrétaire ; aujourd'hui, se rendit-il compte avec stupéfaction, elle avait encore l'air d'être fraîche comme une rose. Si bien qu'au lieu de l'interroger sur Vianello, il lâcha : « Vous n'avez pas chaud ?

— Je vous demande pardon, monsieur ?

— La chaleur. La température. Elle ne vous incommode pas ? Vous ne trouvez pas qu'il fait une chaleur à crever ? » À force de redondances, il allait finir par devoir lui dessiner un grand soleil.

« Non, pas particulièrement, monsieur. Il ne fait que trente degrés.

— Et ce n'est pas chaud ?

— Non, pas pour moi.

— Comment ça ? »

Il la vit qui hésitait à parler. « J'ai grandi en Sicile, dit-elle finalement. Sans doute mon organisme est-il habitué à la chaleur. Ou mon thermostat a été programmé comme ça. Je ne vois pas d'autre explication.

— En Sicile ?

— Oui.

— Comment se fait-il ?...

— Mon père y a été en poste pendant quelques années », répondit-elle d'un ton dépourvu d'intérêt qui invitait implicitement le commissaire à ne pas insister.

Conciliant, Brunetti abandonna les questions d'ordre privé. « Avez-vous une idée de la personne à qui il parlait ? demanda-t-il.

— Non, monsieur, mais c'était une personne qu'il connaissait assez bien pour la tutoyer. Et il paraissait écouter davantage qu'il ne parlait. »

Brunetti retourna jusqu'à son bureau et y prit quelques papiers qu'elle lui avait donnés un peu plus tôt. « Je voulais lui montrer ces documents. Je vais les lui descendre. » Il attendit qu'elle s'en aille, pensant qu'il ne serait peut-être pas judicieux que Vianello les voie arriver ensemble, comme deux conspirateurs de cours de récré.

Elle sourit avant de se tourner vers la porte. « Il ne m'a pas vue, commissaire. » Quand Brunetti arriva à son tour à la porte, elle avait disparu dans l'escalier.

Brunetti descendit lentement. Il trouva l'inspecteur à son bureau, toujours pendu au téléphone, à demi tourné, ce qui n'empêcha pas le commissaire de voir tout de suite ce que la signorina Elettra avait voulu dire. Vianello était penché sur le combiné et faisait rouler un crayon sur son bureau de sa main libre. De loin, il paraissait avoir les yeux fermés.

Le crayon ne cessait d'aller et venir, mais Vianello ne disait pas un mot. À un moment donné ses lèvres se contractèrent puis se détendirent à nouveau. Pas un instant, il n'interrompit le va-et-vient de son crayon. Finalement, il écarta le combiné, lentement, comme si cela représentait un grand effort, à croire qu'il existait un champ magnétique puissant entre l'appareil et son oreille. Il le tint ainsi en l'air pendant une dizaine de secondes et Brunetti put entendre la voix qui en sortait : celle d'une femme âgée au ton querelleur. Vianello ouvrit les yeux et étudia le dessus de son bureau. Puis, lentement, avec tendresse, comme si c'était sa correspondante elle-même qu'il tenait, il reposa le combiné sur sa fourche.

L'inspecteur resta assis longtemps, à regarder le téléphone. Il tira son mouchoir de sa poche, s'essuya le front, rangea le mouchoir et se leva. Le temps qu'il se tourne vers la porte, Brunetti avait adopté une expression neutre et faisait un pas en direction de son second, les documents à la main.

Mais avant que Brunetti ait eu le temps de lui en parler, Vianello lui proposa d'aller prendre un verre au bar du pont. « J'ai besoin de boire quelque chose. »

Brunetti replia les papiers, mais comme il n'avait pas son veston, il les replia encore pour les glisser dans la poche arrière de son pantalon.

Une fois sur la chaussée, devant la questure, Brunetti se rappela qu'il avait laissé ses lunettes de soleil dans son veston et le veston au second étage, dans son bureau. Il fut obligé de placer sa main au-dessus de ses yeux pour ne pas être aveuglé. « Je me demande si c'est ce qu'on ressent pendant une séance d'identification », dit-il. Plissant les paupières, il attendit que ses yeux s'ajustent à la lumière ; mais c'est en gardant la main en visière qu'il prit la direction du bar.

À l'intérieur, Mamadou se tenait derrière le comptoir, sa djellaba aussi impeccable que si elle sortait du pressing. Il était onze heures passées, si bien que les deux hommes commandèrent un Spritz. Vianello demanda qu'il soit servi dans des verres à eau avec beaucoup de glace. Une fois les boissons préparées, Vianello les prit et se dirigea vers le box le plus éloigné de l'entrée. Le coin n'était pas aéré, mais Brunetti avait renoncé à lutter contre la chaleur : rien ne pouvait la rendre pire, et au moins pourraient-ils parler tranquillement.

Une fois assis l'un en face de l'autre, Brunetti cessa de prétendre ne pas avoir compris la nature de la conversation téléphonique de son subordonné. « Ta tante ? »

Vianello prit une première gorgée de Spritz, puis une seconde plus grande et reposa le verre givré sur la table. « Oui.

— Tu paraissais préoccupé.

— Je suppose que je le suis. » Il entoura le verre de ses mains, geste plus courant avec les boissons chaudes que fraîches. « Et en plus, je suis coincé.

— Comment ça ?

— Parce que je ne peux pas l'engueuler, ce que j'ai très envie de faire. C'est une réaction normale, dans des situations de ce genre. » Il regarda brièvement Brunetti et détourna les yeux.

« Et quel genre de situation ? demanda Brunetti.

— Quand les gens deviennent cinglés. Qu'ils perdent complètement les pédales. » Il souleva et reposa le verre à plusieurs reprises, à deux mains, créant une série d'anneaux sur la table, puis il fit glisser le verre dessus pour les effacer.

« Qu'est-ce qu'elle a fait ?

— Rien pour le moment, répondit Vianello. Mais elle va le faire. Je te l'ai dit, Zia Anita est une entêtée et quand elle a pris une décision, rien ne peut la faire changer d'avis.

— Et qu'est-ce qu'elle a décidé ? » demanda Brunetti, prenant finalement à son tour une rasade de Spritz. La glace avait tant fondu que la boisson n'avait presque plus de goût, mais elle était bien froide et il la but avidement.

« Elle veut vendre l'affaire.

— Je croyais qu'elle appartenait à ton oncle.

— Avant, oui. Sauf qu'aujourd'hui, elle appartient à leurs fils. Mais nominalement, seulement.

— Explique-moi ça.

— Légalement, tout lui appartient. Quand mon oncle a créé l'entreprise, qu'il a acheté le bâtiment avec l'atelier et les bureaux, son conseiller fiscal lui a dit que pour les impôts, il valait mieux tout mettre au nom de sa femme. Puis, avec le temps, ils pourraient tout transmettre à leurs fils. » Vianello soupira.

« Mais cela n'a jamais été fait ? »

Vianello fit non de la tête, vida le fond de son verre et alla chercher deux autres consommations, sans même prendre la peine de demander son avis à Brunetti. Le commissaire vida son verre à son tour et le repoussa vers la cloison.

Vianello fut rapidement de retour, mais cette fois, les verres ne contenaient plus que de l'eau minérale avec de la glace. Brunetti prit le sien avec gratitude ; la glace avait gâché le précédent, diluant le Campari et rendant le vin blanc sec plat et sans goût.

« Et pourquoi veut-elle vendre ?

— Pour récupérer l'argent, dit Vianello en prenant une gorgée d'eau.

— Voyons, Lorenzo. Ou bien tu m'expliques ce qui se passe, ou nous retournons à la questure. »

Vianello posa les coudes sur la table et se prit les joues à deux mains. Finalement, il répondit. « Pour le donner à une espèce de devin. »

5

« *Gesù Bambino* », murmura Brunetti. Puis, se souvenant de ce que Vianello lui avait dit, il lui demanda :

« Les revues ?

— Les revues, c'est juste un truc parmi d'autres », répondit Vianello d'un ton funèbre. Il passa un doigt sous son col de chemise ouvert. « Seigneur, je déteste cette chaleur. Impossible d'y échapper. »

Brunetti ne se laissa pas entraîner sur ce sujet et reprit une gorgée d'eau glacée. Les deux hommes avaient interrogé tellement de témoins et de suspects ensemble qu'ils connaissaient toutes les tactiques. Brunetti se recula, bras croisés, l'incarnation même de la patience.

Vianello fit de même. « Je t'ai raconté comment tout a commencé, avec la lecture des horoscopes. Puis avec la radio, le matin, après quoi elle a découvert les programmes privés où l'on te tire les cartes. » Il donna du poing contre la table, mais légèrement, pour montrer que c'était un geste symbolique et non de la rage.

« C'est l'une de ses amies qui lui a raconté à quel point ça aidait les gens qui appelaient, paraît-il.

— Mais en quoi a-t-elle besoin d'être aidée ? » ne put s'empêcher de demander Brunetti. À la manière dont Vianello parlait d'elle depuis toujours, il aurait plutôt dit qu'elle était l'image même de la force et de la certitude, le pilier de la famille.

Un éclair passa sur le visage de Vianello, chose que Brunetti n'avait jamais vue, en tout cas pas dirigé contre lui. « J'y viens, Guido. » L'inspecteur dut être surpris par son propre ton car il ouvrit le poing et étendit le bras le long du dossier du box, main ouverte en guise d'excuse.

Brunetti sourit mais ne dit rien.

Vianello poursuivit. « Elle adore ça, la manière qu'ont ces gens-là de tirer les cartes de ceux qui appellent, les conseils qu'ils leur donnent. Ça paraît censé. C'est ce qu'elle a raconté à mes cousins. » Vianello se tut, comme s'il attendait une question, mais Brunetti n'en avait aucune à poser.

« C'est comme ça que j'ai eu vent de l'affaire. C'est mon cousin Loredano qui m'en a parlé le premier, il y a quelques mois, presque comme si c'était une plaisanterie : une simple lubie de sa mère. Comme si elle s'était mise à écouter Radio Maria ou à lire des revues de jardinage. Il n'en a rien pensé de spécial, sur le coup, sur quoi sa sœur, ma cousine Marta, m'a appelé un mois après pour me dire qu'elle s'inquiétait pour sa mère, qu'elle en parlait tout le temps et qu'elle donnait l'impression de vraiment croire à toutes ces histoires d'horoscopes.

« Elle ne savait pas quoi faire – Marta, reprit Vianello avant de vider son verre et de le reposer. Et moi, pas davantage. Elle était inquiète, tandis que Loredano pensait que ça lui passerait. Moi aussi, je crois que je pensais que ça lui passerait – c'était en tout cas ce que je souhaitais au fond de moi, parce que la question se serait réglée toute seule. » Il regarda Brunetti et un coin de ses lèvres remonta en une grimace torve. « On avait tous envie que la question se règle toute seule. Si bien que nous avons ignoré le problème et que nous avons fait comme s'il n'existait pas. »

Il y eut du bruit à la porte ; des gens entrèrent dans le bar, mais aucun des deux n'y fit attention. « Puis Loredano m'a appelé, il y a trois ou quatre semaines, pour me dire que Zia Anita avait retiré trois mille euros sur le compte de la société sans l'avertir. »

Il attendit un commentaire de Brunetti, en vain, et il continua donc. « Loredano examina alors ce compte de plus près et remarqua qu'elle avait fait plusieurs prélèvements au cours des mois précédents : cinq cents euros ici, trois cents là, six cents une fois. Quand il lui a demandé pourquoi, elle lui a répondu que c'était son argent et qu'elle pouvait en faire ce qu'elle voulait, qu'elle avait de bonnes raisons, que c'était pour la meilleure des causes et qu'elle le faisait pour son père. »

Les vieilles femmes, comme le savait Brunetti, éprouvaient souvent le besoin de léguer leur argent à de bonnes œuvres, ces bonnes œuvres étant le plus souvent l'Église. Ce n'en était pas une, du point de vue de Brunetti, mais beaucoup de gens pensaient le contraire ; cependant, ceux qui faisaient des legs à l'Église l'admettaient sans hésitation. Le fait que la tante de Vianello gardait le secret ouvrait une véritable boîte de Pandore, en termes de possibilités, sur l'identité du bénéficiaire de sa générosité.

« La meilleure des causes, répéta Brunetti d'un ton neutre. Pour son père.

— C'est tout ce qu'elle a dit.

— Tes cousins ont-ils une idée des sommes qui se sont ainsi volatilisées ?

— En y ajoutant les derniers trois mille euros, on arrive dans les sept mille, en tout. Mais elle a aussi un compte personnel, et ils n'ont aucun moyen de savoir ce qu'elle en fait.

— Et c'était de ça que tu parlais avec elle au téléphone ?

— Je ne parlais pas, j'écoutais, répondit Vianello, fatigué. C'est elle qui m'a appelé, pour se plaindre que Loredano l'embêtait.

— L'*embêtait*, elle ? »

Vianello ne réussit pas à sourire. « C'est comme ça qu'elle voit les choses, à présent. Elle estime ce qu'elle fait nécessaire. Elle pense qu'elle en a entièrement le droit, et elle est en colère parce que ses enfants essaient de l'en empêcher.

— Au fait, j'ai oublié, Lorenzo. Combien sont-ils, tes cousins ?

— Quatre. Marta et Loredano sont les aînés. Et Luca et Paolo les plus jeunes. Les trois garçons – les trois hommes, plutôt – gèrent l'entreprise.

— Et ton oncle, là-dedans, qu'est-ce qu'il fait ? » demanda Brunetti.

Vianello leva les mains d'un geste involontaire. « Je te l'ai dit. Il ne fait attention à rien. Il a toujours été comme ça et maintenant qu'il est âgé et en mauvaise santé, c'est encore pire. Loredano a essayé de lui parler, de lui faire comprendre la situation, mais tout ce qu'il a répondu, c'est que sa femme a son argent à elle et qu'elle peut en disposer comme elle veut. Comme du sien. Je suppose qu'il s'agit d'une sorte de preuve de sa virilité, que sa femme puisse gaspiller beaucoup d'argent, que cela montre qu'il est un vrai *pater familias*.

— Même s'il ne travaille plus ?

— C'est probablement encore plus important, aujourd'hui où il ne peut plus faire tout ce qu'il faisait avant.

— Bon Dieu, c'est compliqué, hein ? dit Brunetti, se penchant en avant pour s'accouder sur la table. Et aucun d'eux ne sait ce qu'elle fait de ces sommes ? »

Vianello secoua la tête. « Ils ne sont certains de rien, sinon que puisqu'elle affirme que c'est pour une bonne cause, elle les donne à quelqu'un. » Cette fois-ci, la main de Vianello s'abattit sèchement sur la table, sans qu'il ne cherchât à cacher sa colère. « Le problème, c'est que je suis d'accord avec elle. Au moins en partie, en tout cas. Elle a le droit de faire ce qu'elle veut de son argent. Au moment de la création de l'entreprise, elle a travaillé sans compter pendant des années, sans jamais gagner un sou. Même quand les choses allaient mieux, elle est restée pour diriger le bureau. Toujours sans être payée. »

Brunetti hocha la tête, compréhensif.

« Elle a donc le droit d'avoir autant d'argent qu'elle veut. À la fois légalement et... moralement, si c'est le mot qui convient. »

Brunetti soupçonnait que oui.

« Pourtant... », commença l'inspecteur sans finir sa phrase.

Brunetti vint à sa rescousse. « Sa famille a le droit de savoir ce qu'elle fait de cet argent, c'est ça ?

— Oui, je crois. Ça ne me plaît pas de l'admettre, mais je pense que c'est ça. Pas parce que c'est leur argent. Ce n'est pas le leur, c'est le sien. Mais elle refuse de le leur dire, ce qui prouve qu'elle sait parfaitement qu'elle ne devrait pas en faire ce qu'elle en fait.

— Comment vont réagir tes cousins ? »

Vianello regarda la table. « Ils veulent la suivre.

— Comment ça ? »

Vianello releva la tête, et d'un ton entièrement dénué d'humour, ajouta : « Je crois qu'ils regardent trop la télévision. Ils ont parlé avec le banquier. Il connaît la famille depuis trente ans. C'est lui qui s'occupe de gérer leurs comptes. »

L'inspecteur se mit à contempler ses mains comme si c'était le directeur de la banque et qu'il voulait voir comment il allait réagir.

« Qu'est-ce qu'ils lui ont dit ?

— Ils lui ont parlé des retraits et du fait qu'elle ne voulait pas dire ce qu'elle en faisait.

— Et ?

— Et il a répondu qu'il appellerait Loredano la prochaine fois qu'elle retirerait de l'argent, qu'il se mettrait alors à bavarder avec elle pour la retenir à la banque le plus longtemps possible.

— Jusqu'à ce que quelqu'un de la famille arrive pour voir où elle allait ? demanda Brunetti d'un ton incrédule. Pour jouer aux gendarmes et aux voleurs ? »

Vianello secoua la tête sans quitter ses doigts des yeux. « Si seulement c'était aussi facile.

— Ce n'est pas la question, dit Brunetti. C'est du délire.

— C'est ce que j'ai pensé aussi. Et c'est ce que je leur ai dit.

— Et alors ?

— Et alors ils m'ont demandé de le faire. »

Brunetti resta sans voix. Il regarda son ami, qui continuait à étudier ses mains. « C'est encore plus délirant, dit-il finalement

— C'est aussi ce que je leur ai dit.

— Écoute, Lorenzo, je ne vais pas rester là à te tirer les vers du nez un par un. Qu'est-ce que tu comptes faire ?

— C'est à ça que je réfléchissais pendant qu'elle me parlait – en espérant peut-être comprendre ce qu'elle fabriquait –, mais la seule idée qui me soit venue te concerne. Plus ou moins.

— Me concerne comment?

— Il faut que tu me donnes ta permission.

— Pour quoi?

— Pour demander à un des gars de m'aider.

— T'aider à filer ta tante?

— Oui. J'ai pensé que Pucetti serait d'accord, si je lui demandais. Si ça tombe pendant son temps libre, pendant qu'il n'est pas en service, il n'y aurait rien d'illégal, pas vraiment.

— C'est vrai! Il ferait juste une promenade en ville, pour ses petites affaires, rétorqua Brunetti. Et suivrait tout à fait par hasard le même itinéraire que la vieille dame avec tout cet argent en liquide dans son sac. » Une bouffée d'indignation l'envahit. La police en était réduite à ça?

« Guido, dit Vianello d'un ton mortellement calme. Je sais très bien l'effet que ça fait, l'impression que ça donne, mais c'est la seule manière de découvrir ce qu'elle fabrique.

— Et si elle a menti à tout le monde? S'il se trouve qu'en fin de compte, elle va au casino pour tout perdre dans les machines à sous? » demanda sèchement Brunetti.

Vianello le surprit en prenant la question au sérieux. « Dans ce cas, on la fera interdire. »

Brunetti reprit un ton plus calme. « Et si elle entre quelque part et en ressort sans l'argent? Alors quoi? Toi et tes cousins, vous allez vous y rendre, rosser celui qui a l'argent et le récupérer?

— Non, répondit Vianello, toujours sur le même ton. On pourra peut-être voir s'il n'y a pas d'autres vieilles dames qui vont à la même adresse avec plein d'argent dans leur sac. »

Pris par surprise, Brunetti ne réagit pas tout de suite. Et quand il put parler, ce fut pour dire : « Bon sang, bon sang… Et c'est ce que tu penses, toi?

— Je ne sais pas ce que je pense. Mais ma tante n'est pas folle, si bien que celui – ou ceux – qui l'a convaincue de lui donner de l'argent – si c'est bien ce qui se passe et qu'elle ne joue pas au bandit manchot – n'est pas un fou non plus. Il y a donc fort à parier qu'elle n'est pas la seule à être embringuée dans cette histoire. »

Brunetti se glissa hors du box et alla jusqu'au comptoir, où il prit deux autres verres d'eau minérale qu'il disposa sur la table devant Vianello avant de reprendre place.

« Nous avons le moyen de le faire officiellement, dit alors Brunetti.

— Comment ça ?

— C'est bien Scarpa le responsable de la formation des nouveaux policiers, n'est-ce pas ?

— Oui, mais je ne vois pas...

— Et l'une des choses qu'ils sont supposés apprendre, s'ils ne sont pas vénitiens, c'est comment filer quelqu'un dans la ville. »

Vianello comprit et enchaîna aussitôt. « Et étant donné que Scarpa n'est pas vénitien, il n'a aucune idée de la manière de s'y prendre.

— Ce qui signifie, conclut Brunetti, qu'il est obligé de laisser à des Vénitiens le soin de traiter cette question. »

Vianello prit son verre et le tendit vers Brunetti. « Je sais que ça ne se fait pas de trinquer avec de la flotte, mais en l'occurrence... » Il en but un peu et reposa son verre.

« Tout ce que nous avons à faire, reprit l'inspecteur, son emploi du pluriel réconfortant Brunetti, consiste à demander à la signorina Elettra de veiller à affecter les bons Vénitiens à cette mission. Ce qui ne changera rien pour Scarpa : il n'aime personne et il se méfie de tout le monde, à la questure. »

Vianello se tourna vers le comptoir et fit signe à Mamadou. « Vous nous apporteriez deux proseccos, s'il vous plaît ? »

6

Non seulement faisait-il trop chaud pour traverser la ville et rentrer déjeuner chez eux, mais il faisait même trop chaud pour penser à manger. Les deux policiers retournèrent à la questure et Brunetti dit à Vianello qu'il se chargeait de parler avec la signorina Elettra de l'organigramme des classes de formation ; mais il ne la trouva pas dans son bureau. Il remonta donc dans le sien et appela Paola, qui parut presque soulagée d'apprendre qu'il ne rentrerait pas déjeuner.

« Ne me parle pas de nourriture tant que le soleil n'est pas couché, lui dit-elle.

— Tu fais le ramadan ? » demanda-t-il d'un ton léger.

Elle rit. « Non ! Mais le soleil inonde le séjour tout l'après-midi, et je dois me réfugier dans mon bureau pendant une bonne partie de la journée. Et comme il fait trop chaud pour sortir, il ne me reste qu'à m'asseoir et à lire. »

Tout au long de l'année universitaire, Paola n'avait cessé de parler avec nostalgie des grandes vacances et des longues heures qu'elle passerait à lire dans son bureau. « Ah ma pauvre chatte, dit-il comme s'il parlait sincèrement.

— Guido, répliqua-t-elle de son ton le plus suave, il n'y a pas mieux qu'un menteur pour en reconnaître un autre. Mais merci tout de même de l'intention.

— J'arriverai à la maison après le coucher du soleil », dit-il, ignorant son commentaire. Puis il reposa le téléphone.

Évoquer le déjeuner lui avait fait ressentir une vague sensation de faim, mais rien qui aurait pu le pousser à quitter l'immeuble pour se mettre à la recherche de nourriture. Il ouvrit ses tiroirs les uns après les autres, n'y trouva qu'un sachet de pistaches entamé qu'il ne se souvenait pas d'y avoir mis, un paquet (non entamé) de chips et une barre chocolatée aux noisettes qui datait de l'hiver dernier.

Il ouvrit avec peine une pistache, la mit dans sa bouche, mais quand il mordit dedans, ses dents entrèrent en contact avec un truc ayant la consistance du caoutchouc. Il la recracha et la jeta, avec le reste du sachet, dans sa corbeille à papier. En comparaison, les chips étaient délicieuses, et il les grignota avec plaisir. C'était très bien, se dit-il, de manger tout ce sel par cette chaleur. Ça pouvait lui permettre de tenir jusqu'en Équateur.

Quand il déchira l'emballage de la barre chocolatée, il trouva celle-ci recouverte d'un fin glaçage blanc, vert-de-gris sur du cuivre mais version confiserie. Il prit son mouchoir et frotta vigoureusement la barre jusqu'à ce qu'elle ait retrouvé son aspect normal : chocolat noir et noisettes. Sa recette préférée. « Dessert », murmura-t-il, mordant dedans. La barre était parfaite, aussi crémeuse et goûteuse qu'elle l'aurait été six mois auparavant. Brunetti s'en émerveilla et, quand il l'eut finie, se pencha sur le tiroir pour voir si par miracle il n'y en aurait pas une autre. Il n'y en avait pas.

Il jeta un coup d'œil à sa montre et constata que l'heure du déjeuner n'était toujours pas passée. Ce qui signifiait que l'ordinateur de la salle des officiers devait être disponible. En arrivant, il vit Riverre qui enfilait sa veste, au bureau qu'il partageait avec Alvise.

« Tu vas déjeuner, Riverre ? lui demanda Brunetti.

— Oui, monsieur », répondit l'homme en tentant un salut que la manche dans laquelle son bras était pris fit avorter.

Comme d'habitude, Brunetti feignit d'ignorer ce qui s'était passé. « Pourrais-tu t'arrêter chez Sergio, en revenant, et me ramener des *tramezzini* ? »

Riverre sourit. « Pas de problème, commissaire. Vous avez une préférence ? » Voyant Brunetti hésiter, le policier suggéra du crabe ou un œuf-salade.

Par cette température, c'était probablement les plus demandés, mais Brunetti préféra se rabattre sur un jambon-tomate.

« Combien, monsieur? Quatre? Cinq? »

Seigneur, le policier le prendrait-il pour un goinfre? « Non merci, Riverre. Deux devraient suffire. » Il glissa la main dans sa poche mais l'homme leva les deux mains, tel un chrétien voyant surgir le diable. « Oh non, monsieur. N'y pensez même pas. Vous m'insulteriez. » Il partit vers la porte, lançant par-dessus son épaule : « Je vous apporterai aussi de l'eau minérale, monsieur. Il faut boire, par ces chaleurs. »

Brunetti remercia le dos de Riverre avant qu'il ne disparaisse par la porte puis ajouta pour lui-même, à voix basse et en anglais, sans toutefois être bien certain du contexte dans lequel on utilisait la formule : « La vérité sort de la bouche des enfants. »

On avait laissé l'ordinateur connecté à Internet, et Brunetti, utilisant quatre doigts seulement, n'eut qu'à taper « horoscope ».

Lorsque Riverre revint, plus d'une heure plus tard, le commissaire était toujours penché sur l'ordinateur, mais en homme averti. Un site conduisant à un autre, une référence lui ayant fait penser à une nouvelle recherche, il avait fini par faire, dans ce bref laps de temps, un tour du monde des croyances et des miroirs aux alouettes correspondants qui l'avaient laissé baba de stupéfaction. D'« horoscope » il était passé à « prédictions », qui l'avait expédié tout droit à « tirer les cartes », d'où il était passé à « consultant psychique », « lecture de la main » et à une liste sans fin de soi-disant spécialistes de tous les problèmes imaginables. Il trouva également une ribambelle de sites interactifs qui, moyennant finances, vous faisaient entrer en contact avec des « conseillers astraux ».

Certains étaient spécialisés dans la résolution des problèmes financiers ou d'affaires; beaucoup d'autres dans les aléas de l'amour et de l'affection; d'autres promettaient de régler vos difficultés au travail ou avec vos collègues; ou encore faisaient miroiter la possibilité d'entrer en contact avec vos chers disparus, ou même vos animaux de compagnie. Il y avait ceux qui vous offraient l'aide des astres pour résoudre vos problèmes de surpoids, pour arrêter de fumer, pour éviter de tomber amoureux de la mauvaise personne. Curieusement, en dépit de ses recherches, Brunetti ne trouva aucun site proposant de l'aide pour vous aider à échapper à la dépendance aux drogues; il en dégotta un, cependant, qui promettait aux parents de leur révéler lequel de leurs enfants risquait le plus de tomber dans cette dépendance : tout était écrit dans les étoiles, apparemment.

Brunetti était diplômé de droit, et bien qu'il n'eût jamais prêté serment ni exercé comme avocat, il avait passé des dizaines d'années à s'intéresser de près au langage et à ses bonnes et mauvaises utilisations. Son travail lui avait donné de multiples occasions de tomber sur des déclarations ou des contrats sciemment destinés à tromper; si bien qu'avec le temps, il était devenu expert dans l'art de flairer un mensonge, aussi élaboré que soit son déguisement et aussi parfaite que soit sa présentation écrite pour que son auteur ne puisse pas être considéré coupable de fausses promesses ou d'affirmations contestables.

Les informations que comportaient ces sites avaient été rédigées par des experts : elles créaient un espoir sans jamais avancer quoi que ce soit que même un esprit pointilleux aurait pu légalement remettre en question; elles promettaient sans jamais prendre réellement l'engagement que la promesse serait tenue; elles s'engageaient à vous apporter calme et tranquillité en échange d'un acte de foi.

Et le paiement? Ne s'agissait-il que d'un grossier appât du gain? Comment demander à ces gens de payer pour leurs services? Vous n'y pensez pas! Des gens qui mettent leurs dons au service de l'humanité souffrante? Mais ce serait les insulter ! Qu'est-ce que c'était, quatre-vingt-dix centimes la minute, pour quelqu'un qui avait besoin d'aide et pouvait la trouver à l'autre bout d'une ligne téléphonique ? La possibilité de parler directement à un professionnel, formé pour comprendre les problèmes et les affres d'une personne qui était au choix trop grosse/trop maigre/divorcée/célibataire/amoureuse/solitaire/malheureuse en amour – cela ne valait-il pas quatre-vingt-dix centimes la minute ? Sans compter que dans certains cas, il y avait des chances que votre appel passe au cours d'une émission de télévision en direct, si bien que votre problème serait connu de tout le monde, ce qui ne pouvait que générer plus de sympathie et de compréhension pour vous et vos souffrances.

Brunetti se sentit admiratif devant tant d'ingéniosité. Il fit un calcul rapide. À quatre-vingt-dix centimes la minute, une conversation téléphonique de dix minutes rapportait neuf euros, une heure, cinquante-quatre euros. Supposons qu'il y ait dix personnes répondant à ces appels, ou vingt, ou cent ; et supposons que ces lignes soient ouvertes vingt-quatre heures sur vingt-quatre. Un appel de dix minutes ? Il n'y était pas du tout ! C'était l'occasion de parler à une oreille pleine de compassion, de révéler dans tous leurs détails les blessures de son moi incompris. Sans compter, à en croire la publicité, que les oreilles attentives en question étaient celles de « professionnels qualifiés ». On leur avait certainement appris à écouter, même si Brunetti soupçonnait que l'objectif réel de cette chaleureuse écoute n'était peut-être pas tout à fait de porter secours et assistance aux déprimés et aux cœurs trop sensibles. Qui pouvait résister à l'attrait de parler indéfiniment de soi, de son fascinant ego ? Qui pouvait résister à des questions posées avec sympathie et exprimant le désir de mieux vous connaître ?

À la questure, Brunetti était réputé pour son habileté en salle d'interrogatoire, capable d'entraîner le plus endurci des repris de justice dans une vraie conversation. Il ne révélait évidemment pas que son but n'était pas cette conversation, mais le monologue. Rester assis, avoir l'air intéressé, poser de temps en temps une question aussi neutre que possible, montrer de la compréhension pour ce qui était dit et pour la personne qui le disait ; rares étaient les coupables ou les suspects capables de résister au besoin de combler le silence avec leurs propres paroles. Quelques-uns de ses collègues maîtrisaient cet art, notamment Vianello.

Plus celui qui interrogeait se montrait sympathique, plus il devenait important pour la personne interrogée de le gagner à sa cause, ce qui pouvait s'accomplir tout à fait facilement (comme le croyaient beaucoup de suspects) en lui faisant comprendre ses motivations, cela exigeant naturellement pas mal d'explications. Pendant la plupart des interrogatoires, Brunetti cherchait avant tout à déterminer ce qu'avait fait le suspect et à le lui faire reconnaître ; le suspect, de son côté, étant de plus en plus obnubilé par le besoin de gagner la sympathie et la compréhension de Brunetti.

De même que les gens qui parlaient à Brunetti envisageaient rarement les conséquences judiciaires de leurs déclarations, ceux qui parlaient aux « professionnels qualifiés » ne songeaient guère aux conséquences financières de leur loquacité.

« Voilà les *tramezzini* », fit la voix de Riverre. Brunetti se tourna pour le remercier, mais avant qu'il ait pu ouvrir la bouche, le policier ajouta, voyant les horoscopes affichés à l'écran : « Oh, vous aussi vous vous en servez, commissaire ? »

Ne sachant que répondre, Brunetti prit le sac en papier et les deux bouteilles d'eau d'un demi-litre, et les posa à côté de l'ordinateur. « S'en servir n'est pas tout à fait le mot, répondit-il alors d'un ton détaché, sans nier les faits. Mais j'aime bien aller y jeter un coup d'œil de temps en temps pour voir s'il n'y a pas quelque chose de nouveau. » Décidant dans l'instant qu'il allait déjeuner sur place, Brunetti ouvrit le sac et prit l'un des sandwichs. Jambon-tomate. Il déroula la serviette en papier qui l'entourait et mordit dedans.

Tout en mâchant, il montra l'écran à l'aide du *tramezzino* entamé. « Il y en a un que tu préfères, Riverre ? »

Le policier enleva sa veste qu'il alla poser sur le dossier d'une chaise, puis revint vers Brunetti. « Oh, je ne peux pas dire que celui-ci soit mon préféré, mais il y a une femme – je crois qu'elle est de Turin – qui s'occupe d'enfants et des problèmes qu'ils ont. Ou que les parents ont avec eux.

— À voir comment sont les gosses, de nos jours, commenta sobrement Brunetti, c'est sûrement une bonne chose.

— C'est bien mon avis, monsieur. Ma femme l'a appelée plusieurs fois pour lui demander ce qu'elle devait faire avec Gianpolo.

— Il doit avoir une douzaine d'années aujourd'hui, non? dit Brunetti un peu au hasard.

— Quatorze, monsieur. Tout juste. Ce n'est plus un petit garçon, et nous ne pouvons plus le traiter comme s'il en était un.

— C'est ce qu'elle vous a dit, la femme de Turin? » demanda Brunetti en finissant le premier *tramezzino*. Il ouvrit l'une des bouteilles d'eau minérale. Gazeuse. Parfait. Il en proposa à Riverre, mais le policier secoua la tête. « Non, monsieur. C'est ce qu'a dit ma mère.

— Et la femme de Turin? Qu'est-ce qu'elle vous a répondu?

— Elle donne des cours. Un cours en dix leçons que nous pouvons suivre tous les deux, ma femme et moi.

— À Turin?

— Oh, non, monsieur, répondit Riverre avec un petit rire. Nous vivons avec notre temps, ma femme et moi. Nous avons Internet, il suffit de signer et les cours arrivent sur l'ordinateur. On étudie les leçons et on fait les tests. Ils vous envoient tout – les questionnaires, les aides – par courriel et vous renvoyez les réponses et ils vous transmettent les notes et leurs remarques.

— Je vois, dit Brunetti en prenant une gorgée d'eau. C'est astucieux. »

Riverre ne pouvait empêcher son sourire de s'élargir devant les commentaires de Brunetti. « La seule chose, commissaire, c'est que nous n'allons pas pouvoir suivre ce cours tout de suite, à cause des vacances qui vont nous coûter cher. Nous allons à l'île d'Elbe la semaine prochaine. En camping, mais même là, c'est pas donné, à trois.

— Oh, dit Brunetti, d'un ton pas particulièrement intéressé, il coûte combien, ce cours ?

— Trois cents euros, monsieur », répondit Riverre en regardant Brunetti pour voir sa réaction. Comme celui-ci levait les sourcils, Riverre ajouta : « C'est avec les tests et les notes, vous comprenez.

— Hum », fit Brunetti, hochant la tête. Il prit le second *tramezzino* dans le sac. « Ça non plus, ce n'est pas donné.

— C'est vrai, admit Riverre en prenant un air résigné. Mais c'est notre seul enfant, et nous voulons ce qu'il y a de mieux pour lui. Il me semble que c'est normal, vous ne croyez pas ?

— Si, je suis d'accord, répondit Brunetti en prenant une bouchée du sandwich. C'est un bon garçon, n'est-ce pas ? »

Riverre sourit, fronça les sourcils de concentration, puis sourit à nouveau. « Je crois que oui, monsieur. Et il travaille bien en classe. Il ne fait pas d'histoires.

— Dans ce cas, vous pourriez peut-être attendre un peu avant de commencer ce cours, ta femme et toi. » Il termina le second sandwich, regretta de ne pas en avoir demandé un troisième à Riverre et but le reste de l'eau. Sur quoi il regarda autour de lui. « Où on jette ces bouteilles en plastique ? demanda-t-il.

— À côté de la porte, monsieur. La poubelle bleue.

Brunetti se dirigea vers la rangée de poubelles, mit la bouteille dans la bleue et les mouchoirs en papier dans la jaune. « J'ai l'impression de reconnaître la touche de la signorina Elettra ici », dit-il.

Riverre se mit à rire. « J'ai cru qu'elle devrait utiliser la force quand elle nous a demandé de le faire, au début, mais nous avons fini par nous y habituer. » Puis comme s'il révélait une vérité à laquelle il songeait depuis un moment, il ajouta : « C'est vraiment dommage qu'elle ne s'occupe pas des choses ici, vous ne croyez pas, monsieur ?

— Tu veux dire… de la questure ? De toute la police ?

— Oui, monsieur. Ne me dites pas que vous n'y avez jamais pensé. »

Brunetti ouvrit la seconde bouteille d'eau et prit une longue rasade. « Ma fille a une camarade de classe iranienne », dit-il, laissant Riverre, qui attendait sans doute une réponse à sa question, profondément perplexe.

« À chaque fois qu'elle veut dire qu'elle est heureuse, tu sais ce qu'elle dit ? "Beaucoup, beaucoup, c'est trop." » Il prit une autre gorgée d'eau.

« Je ne suis pas bien sûr de vous suivre, monsieur, dit Riverre, ses mots reflétant la perplexité qui s'étalait sur son visage.

— C'est la seule chose qui me vient à l'esprit pour réagir à l'idée de la signorina Elettra prenant la direction des choses ici. Beaucoup, beaucoup, c'est trop. » Il referma la bouteille, remercia Riverre pour son repas et descendit demander à la signorina Elettra d'effectuer les changements dans l'équipe de Scarpa.

7

Au cours des jours suivants, tout se passa comme si quelque puissance cosmique omnipotente avait exaucé le souhait de Brunetti et conclu un accord avec les forces du désordre, car le crime se mit en congé à Venise. Les Roumains qui proposaient des parties de bonneteau sur les ponts étaient apparemment partis en villégiature chez eux, à moins qu'ils n'eussent délocalisé leur petite entreprise vers les plages. Le nombre de cambriolages diminua. Les mendiants, en réaction à un arrêté municipal qui les chassait et les menaçait d'amendes importantes, prirent le large au moins une journée ou deux avant de revenir tendre la main. Quant aux pickpockets, ils restèrent à leur poste, bien entendu : ils ne pouvaient prendre de vacances que pendant les mois de novembre et de février, où le touriste se faisait plus rare. On sait que la chaleur peut rendre violent, mais il n'y eut aucune affaire criminelle de ce genre, cet été-là. Qui sait si la canicule et l'humidité n'avaient pas atteint un stade qui rendait l'effort d'étrangler trop épuisant pour être envisagé ?

Peu importait la raison : Brunetti appréciait cette accalmie. Il employa une partie de son temps libre à consulter d'autres sites Internet offrant, à ceux qui en éprouvaient le besoin, une aide spirituelle ou émanant d'un monde meilleur. Les littératures grecque et romaine qu'il connaissait si bien offraient tant d'exemples de ces superstitions qu'il ne trouva rien d'étrange à ce désir de consulter les oracles ou de trouver un moyen de déchiffrer les messages des dieux. Que ce fût dans le foie d'une volaille qu'on venait de sacrifier, ou la direction d'un vol d'oiseaux, les signes étaient là pour ceux qui savaient les interpréter : il suffisait que quelqu'un ne demande qu'à y croire et l'affaire était dans le sac. La sibylle de Cumes ou Notre-Dame de Lourdes, Diane d'Éphèse ou la Vierge de Fátima : les lèvres de la statue s'animaient et la vérité en sortait.

Dans la famille de Brunetti, les femmes avaient toujours dit le rosaire et quand il était enfant, il lui était souvent arrivé de revenir de l'école, le vendredi, et de les trouver qui récitaient leurs incantations, agenouillées dans le séjour. Cette pratique, et la foi qui lui donnait sens, lui avaient alors semblé et lui semblaient encore aujourd'hui, deux générations plus tard, être un aspect compréhensible du comportement humain. Si bien que passer de la foi dans le pouvoir bénéfique de la Madone à la foi dans le pouvoir d'entrer en contact avec ses chers disparus grâce à quelque intermédiaire lui semblait n'être qu'un petit pas de plus sur la voie royale de la crédulité.

N'ayant jamais eu à traiter d'affaire impliquant une manipulation des croyances – si, bien entendu, l'étrange comportement de la tante de Vianello tombait effectivement dans ce cadre –, Brunetti ne savait trop de quelle jurisprudence cela relevait. Le catholicisme était religion d'État en Italie, si bien que la justice avait tendance à se montrer tolérante envers l'Église et le comportement de ses représentants. Les accusations de pratiques usuraires, de complicité avec la Mafia, d'abus sexuels des enfants, de fraude et d'extorsion : tout cela avait tendance à s'évaporer grâce aux équivalents séculiers de l'eau bénite et de l'encens.

Toutefois, ces sites représentaient une concurrence pour la religion d'État et la justice risquait de voir leurs activités d'un mauvais œil. Et si les promesses faites par les Églises n'avaient pas plus de validité que celles de ces sites, où diable était la vérité ? La sonnerie du téléphone mit un terme aux spéculations de Brunetti.

Trop heureux de cette interruption, il répondit par son nom.

« C'est moi, Guido, fit la voix de Vianello. J'ai eu un coup de fil de Loredano à l'instant. Le directeur de la banque vient juste de l'appeler : il occuppe ma tante. Elle a retiré trois mille euros. Il lui a demandé de venir un moment dans son bureau pour signer quelques papiers.

— Qui est en patrouille ?

— Pucetti et un nouveau. Ils viennent de partir pour la Via Garibaldi. »

Brunetti fit jouer les souvenirs qu'il avait de cette rue, un côté après l'autre. « *Banco di Padova ?*

— Oui. À côté de la pharmacie.

— A-t-il précisé combien de temps il pense pouvoir la retenir ?

— Une dizaine de minutes. Il va lui demander des nouvelles de sa famille. Voilà qui devrait l'occuper un bon moment.

— Et toi, où es-tu ?

— À Murano. On a essayé d'arracher son sac à une femme, il y a eu un attroupement, et les gens ont jeté l'agresseur dans le canal. Nous avons dû le sortir de là.

— Je vais aller voir ça », dit Brunetti qui, avant de reposer le téléphone, entendit Vianello lui préciser qu'elle portait un chemisier vert.

L'appel de Vianello lui ayant fait penser à autre chose, il ne s'était pas préparé à la gifle de chaleur qui l'accueillit à la sortie de la questure. Elle roula sur lui en une seule vague et, un instant, il se demanda s'il n'allait pas suffoquer sous l'agression de cet air surchauffé et saturé d'humidité. Il s'arrêta, recula dans l'ombre ridicule créée par le dessus de la porte et sortit ses lunettes de soleil. Elles atténuèrent l'éclat de la lumière mais restèrent sans effet contre la chaleur. Son veston léger en coton bleu se colla à lui comme une tenue de plongée.

L'attaque conjuguée de la chaleur et de la lumière avait été si brutale qu'il lui fallut quelques instants pour se rappeler pour quelle raison il était sorti, et deux ou trois secondes de plus pour se souvenir de l'itinéraire jusqu'à la Via Garibaldi.

« De la folie », marmonna-t-il dans sa barbe lorsqu'il franchit le pont. Il était obligé d'avancer tête baissée tant la lumière était violente, et de faire confiance à ses pieds pour trouver leur chemin. Il prit à droite et à gauche, sans réfléchir à l'itinéraire qu'il suivait. C'est ainsi qu'il franchit un autre pont, puis prit à droite et émergea finalement dans la Via Garibaldi, regrettant aussitôt de l'avoir fait. Le pavage du sol avait cuit pendant des heures et il réverbérait une chaleur hargneuse. Pris entre le soleil impitoyable et le rayonnement montant du sol, Brunetti ne voyait pas comment se protéger. Une femme le frôla en disant *« Con permesso »* d'un ton plutôt sec, mais il se tenait immobile sur son passage, juste à la sortie de l'étroite ruelle. Du coup, il émergea de sa paralysie et recula dans l'entrée de la ruelle, qui lui offrait au moins la protection de son ombre.

Au bout d'un moment, ayant rassemblé tout son courage, Brunetti s'avança de nouveau dans la chaleur de la Via Garibaldi. La banque était à droite. Un peu plus loin, quelques tables se cachaient sous les parasols d'un bar. Pucetti était assis à l'une d'elles en compagnie d'une jeune femme qui riait d'une remarque faite par le policier. Elle était blonde et portait les cheveux très courts, comme un garçon – impression contredite par le tee-shirt blanc qui la moulait. Ils avaient tous les deux des lunettes de soleil et Pucetti portait un tee-shirt noir tout aussi moulant que celui de la jeune femme, mais sans produire le même effet.

Brunetti battit de nouveau en retraite dans l'ombre de la ruelle, attendit ce qu'il estima être une minute mais sans doute moins longtemps, puis ressortit à nouveau. Pucetti et la fille se levaient. Brunetti remarqua la minijupe ultracourte qui exhibait des jambes bronzées et bien galbées. Ils étaient tous les deux en sandales. Entre lui et les deux jeunes policiers, devant la banque, une dame âgée se tenait immobile, dans l'attitude caractéristique d'une Vénitienne qui calcule le plus court chemin pour aller quelque part. Elle regarda vers le ciel, comme si elle s'imaginait que la température y serait inscrite. Elle portait un pantalon noir et ample, et un chemisier vert à manches longues. Elle avait aux pieds des chaussures légères marron à talons plats et son corps compact était typique des femmes qui ont eu de nombreux enfants et ont été actives toute leur vie. Elle avait un sac en cuir brun passé à l'épaule et tenait solidement la bandoulière à deux mains. Elle partit vers la gauche, autrement dit vers l'embarcadère et la Riva degli Schiavoni. Elle marchait légèrement penchée en avant et semblait ménager sa jambe gauche.

Au moment où la vieille dame prit à gauche, le séduisant jeune couple tourna dans la même direction et se mit à la précéder vers l'embarcadère. Pucetti commença par prendre sa compagne par l'épaule, mais il faisait vraiment trop chaud et ils décidèrent de continuer main dans la main. Ils s'arrêtèrent pour étudier la devanture d'un magasin d'articles de sport et la vieille dame les dépassa sans faire attention à eux. Ils la suivirent à pas lents, Brunetti se mettant à la remorque de tout le monde.

À l'extrémité de la Via Garibaldi, la vieille dame s'avança jusqu'à l'embarcadère et s'assit face à l'eau. Le jeune couple s'arrêta au kiosque à journaux et le jeune homme acheta une revue de santé. Quand un numéro 2 arriva de la gauche, la vieille dame se leva. Sans se presser, les jeunes gens présentèrent leur carte d'abonnement, s'avancèrent sur l'embarcadère et montèrent sur le bateau. À l'instant où le vaporetto se dégageait en marche arrière, Brunetti monta à son tour à bord, juste avant que le marin eût refermé la barrière coulissante.

La vieille dame s'assit dans la cabine, à une place de la première rangée de manière à bénéficier au maximum du peu d'air qui passerait par la porte ouverte. Pucetti avait ouvert sa revue sur le comptoir, derrière la cabine de pilotage et, montrant un vêtement à sa compagne, lui demanda ce qu'elle en pensait. Il tournait le dos à la cabine des passagers, mais comme la jeune femme lui faisait face, elle pouvait surveiller la dame au chemisier vert.

Brunetti vint se placer à côté de Pucetti. La jeune femme le vit arriver et se redressa légèrement. Sans quitter des yeux le veston en lin gris qu'il avait repéré, Pucetti dit alors : « J'ai supposé que Vianello vous appellerait, monsieur.

— Tu as eu raison, comme tu vois.

— Voulez-vous continuer de la même manière, nous la suivons et vous nous suivez ?

— Je crois que c'est le mieux », répondit Brunetti.

Le vaporetto arriva à San Zaccharia puis repartit ; Pucetti fit s'approcher un peu plus la jeune femme pour qu'elle voie la page qu'il voulait lui montrer. Ils passèrent sous le pont de l'Académie, puis arrivèrent à San Samuele et la jeune femme dit : « Elle se lève. »

Pucetti referma la revue et se pencha pour embrasser sa compagne sur la tempe. Elle inclina la tête vers lui, lui dit quelque chose, puis ils se séparèrent et descendirent à San Tomà, séparés de la vieille dame au sac de cuir par quelques passagers et de deux ou trois autres, derrière eux, de l'homme au veston bleu.

Au bout de la ruelle, la vieille dame tourna à droite, puis à gauche dans le Campo. Elle traversa la place en diagonale et s'engagea dans une ruelle étroite qui conduisait jusqu'aux Frari. Sans avoir à se concerter, ils se séparèrent, Brunetti prenant la ruelle tout à fait à droite pour éviter qu'ils ne perdent sa trace dans ce lacis de venelles étroites qui tournaient à tout bout de champ.

Alors que Brunetti était sur le point d'entrer dans la Calle Passion, il aperçut la vieille dame devant lui, arrêtée devant un bâtiment sur la droite, la main levée vers la sonnette. Il continua son chemin dans la ruelle en face, s'arrêta, fit demi-tour et, quand il revint à l'angle, eut juste le temps de voir un pied disparaître dans une entrée. Il s'engagea dans la ruelle et releva le numéro au passage.

Au moment où il émergea sur le Campo dei Frari, le jeune couple s'engageait dans la ruelle.

« Au 2999 », leur souffla Brunetti. Elle le regarda comme s'il était l'un des magiciens des sites qu'il avait consultés sur Internet. Pucetti sourit. « J'en parlerai à mes petits-enfants », dit-il.

Brunetti n'aurait su dire si sa repartie était destinée à majorer ou à minorer son petit exploit et répondit donc que le hasard l'avait un peu aidé. Pucetti hocha la tête tandis que la jeune femme continuait à ouvrir de grands yeux.

« Et maintenant, monsieur ?

— Vous allez tous les deux prendre un rafraîchissement quelque part sur le Campo ; moi je vais aller me planter devant l'agence immobilière pour chercher un nouvel appartement.

— Vous allez crever de chaud, commissaire », dit la jeune femme, compatissante.

Il la remercia d'un hochement de tête.

Pour une fois, Brunetti avait pensé à prendre son portable avec lui, et ils décidèrent de rester en contact. Brunetti retourna alors sur la place et se mit à étudier la vitrine de l'agence. À cette heure de l'après-midi, avec le soleil directement dans le dos, il avait l'impression que les rayons s'ouvraient un chemin dans ses vêtements en les calcinant lentement. La sensation était tellement intense qu'il pivota pour leur présenter une épaule, puis l'autre – tel saint Laurent sur son gril.

Le seul avantage était que la position du soleil transformait la vitrine en un vaste miroir dans lequel il ne tarda pas à voir le reflet d'une vieille dame en chemisier vert, sac marron à l'épaule. Mais elle n'étreignait plus la bandoulière à deux mains, et le sac lui-même pendait, quasi abandonné. Elle marcha vers Brunetti tandis qu'il étudiait la photo d'un appartement mansardé de Santa Croce, au prix d'ami d'un demi-million d'euros pour soixante petits mètres carrés. « C'est du délire », murmura-t-il.

La femme tourna à droite, puis à gauche dans la ruelle conduisant à l'embarcadère. Brunetti appela Pucetti. « Elle retourne à l'arrêt du vaporetto. Qu'est-ce que vous diriez d'aller tous les deux vous embrasser longuement sous les fenêtres du 2999 ?

— Je vais lui proposer sur-le-champ, monsieur », répondit Pucetti en raccrochant. Brunetti quitta la vitrine et prit la ruelle qui conduisait jusqu'à la maison de Goldoni ; là il pouvait au moins se déplacer à l'ombre. Quelques minutes plus tard, Pucetti et la jeune femme arrivèrent. Ils ne marchaient plus main dans la main.

« S. Gorini, dit Pucetti. Il n'y a qu'un seul nom sur la plaque de l'immeuble.

— Et si on retournait à la questure ? proposa Brunetti.

— Nous sommes toujours de service, objecta Pucetti.

— Je crois que nous avons assez suivi de gens comme ça, par cette chaleur, mes enfants. » Le soulagement des deux jeunes policiers fut évident à la manière dont leur corps se détendit. Il sourit alors pour la première fois à la jeune femme. « Voyons un peu si vous êtes capable de suivre un commissaire de police jusqu'à la questure sans vous faire remarquer. »

8

Peut-être encouragé par la déférence que la jeune stagiaire, qui s'appelait Bettina Trevisoi, avait manifestée pour ses dons, Brunetti décida de voir par lui-même ce qu'il pouvait trouver sur ce S. Gorini. Il n'eut pas à aller plus loin que l'annuaire pour apprendre que le S était l'initiale de Stefano. Mais même avec le nom complet, tout ce qu'Internet put lui fournir fut une vaste variété de produits ainsi que des propositions pour être présenté à des jeunes filles. En ayant déjà une à la maison, Brunetti n'éprouva pas le besoin de s'en procurer une deuxième et il déclina donc ces offres numérisées, aussi tentantes que certains auraient pu les trouver.

Une fois Google mis en échec, Brunetti n'eut d'autre choix que de se demander où il pourrait trouver des références à cette personne. Il devait bien y avoir un moyen de découvrir s'il louait son appartement ou s'il en était propriétaire : un bureau des services municipaux devait certainement s'occuper de cela. Si l'homme en était propriétaire, il avait peut-être un emprunt immobilier, ce qui pouvait le conduire à sa banque et lui donner une idée de l'état de ses finances. Il était sans doute possible de vérifier si la ville ne lui avait pas accordé un permis quelconque ou s'il n'avait pas un passeport. Les archives des lignes aériennes pourraient lui apprendre si Gorini voyageait en Italie ou à l'étranger, et à quelle fréquence. S'il avait une carte de réduction pour les chemins de fer, on devait pouvoir consulter la liste des billets qu'il avait achetés. Ses factures de téléphone, fixe et portable, donneraient une idée de qui étaient ses amis et ses relations. Elles révéleraient aussi s'il dirigeait une entreprise commerciale à partir de cette adresse. Quant aux relevés de cartes de crédit, ils étaient souvent de vraies mines d'informations.

Il s'installa devant l'ordinateur ; son imagination passait en revue chacune de ces possibilités. Et il s'émerveilla à l'idée que les services les plus courants des sociétés modernes exposaient n'importe qui à la curiosité des autres, et éliminaient sans peine toute vie privée.

Il s'émerveilla encore plus de son incapacité à trouver les plus simples de ces renseignements. Il savait pourtant qu'ils se trouvaient cachés quelque part, à portée de son ordinateur, mais à ce stade, les compétences lui manquaient. Il se tourna vers Pucetti. La stagiaire Trevisoi se tenait à côté de lui. « Nous perdons notre temps à chercher cela par nous-mêmes », dit-il finalement, prenant soin d'utiliser le pluriel.

Il vit Pucetti se retenir de protester. Avec le temps, le jeune policier avait beaucoup appris de la signorina Elettra sur les techniques pour contourner les barrages des autoroutes informatiques. Pucetti jeta un coup d'œil à la jeune femme et se força manifestement à acquiescer, comme si sa virilité était en jeu. « Il vaut peut-être mieux demander à la signorina Elettra de s'en charger. »

Satisfait de la réaction du jeune homme et considérant que Trevisoi était jeune, séduisante et surtout de sexe féminin, Brunetti se leva et offrit sa chaise à Pucetti. « C'est encore mieux si deux personnes s'y mettent, dit-il, avant d'ajouter à l'intention de la jeune femme : Pucetti est l'un de nos experts en extraction d'informations.

— En extraction d'informations, monsieur? » demanda-t-elle avec tant d'innocence que Brunetti commença à soupçonner qu'il y avait peut-être, derrière ses grands yeux bruns, un cerveau qui fonctionnait mieux que ce qu'il avait cru jusqu'à maintenant.

« L'espionnage, si vous préférez. Pucetti est très bon, mais la signorina Elettra est encore meilleure que lui.

— La signorina Elettra est *la* meilleure », convint Pucetti en ramenant l'écran à la vie d'un coup de souris.

Tandis qu'il se dirigeait vers le bureau de la signorina en question, Brunetti décida de ne pas lui répéter les louanges dont elle avait été l'objet. Lorsqu'il entra, la jeune femme sortait juste du bureau de son supérieur, le vice-questeur Giuseppe Patta. Elle portait ce jour-là un tee-shirt noir et un pantalon ample en lin, noir aussi, et avait aux pieds des Converse jaunes sans chaussettes. Elle l'accueillit d'un sourire. « Je voudrais vous faire voir quelque chose », lui dit-elle. Elle lui montra l'écran de son ordinateur pendant qu'elle se dirigeait vers son siège. Concession à la chaleur, peut-être, elle avait les cheveux tirés en arrière et retenus par un ruban vert.

Il vint se placer derrière elle et regarda l'écran. Il vit ce qui lui parut être une page de catalogue d'ordinateurs, des rangées et des rangées bien alignées d'appareils qui lui faisaient l'effet d'être tous identiques. Allait-on, se demanda Brunetti, en commander un pour son bureau ? Sinon, pour quelle autre raison prendrait-elle la peine de lui montrer ce catalogue ? Il fut touché par cette attention.

« Ils sont très bien, dit-il d'un ton parfaitement retenu et dépourvu de toute trace d'envie.

— En effet. Certains sont presque aussi performants que le mien. » Elle lui en montra un et dit quelque chose – s'il comprit les chiffres : 2.33 et 1333, les termes lui échappèrent : mégahertz, gigaoctets.

« Et maintenant, regardez ça, reprit-elle en faisant défiler la liste de prix des modèles présentés. Vous voyez combien coûte celui-ci ? demanda-t-elle en montrant le troisième chiffre.

— Mille quatre cents euros », lut-il. Elettra se contenta d'un petit reniflement d'assentiment. « Et c'est un prix correct ? » demanda-t-il, se sentant tout fier que le ministère de l'Intérieur l'apprécie au point de dépenser une telle somme pour lui, mais la modestie lui scellant les lèvres.

« C'est même un prix très correct », répondit la signorina Elettra. Elle appuya sur quelques touches ; les images d'ordinateurs furent remplacées par une longue liste de noms et de chiffres. « Et maintenant, regardez ça. » Elle lui montra l'un des articles de la liste.

« C'est le même ordinateur? s'enquit Brunetti après avoir lu le nom du modèle et sa référence.

— Le même. »

Il regarda les chiffres correspondants. « Deux mille deux cents ? »

Elle se contenta d'acquiescer d'un mouvement de tête.

« Et qui propose le premier prix?

— Une société Internet basée en Allemagne. Les ordinateurs arrivent en Italie entièrement programmés, avec un clavier italien.

— Et les autres?

— Les autres? Ils ont déjà été commandés. Et payés. Ce que vous voyez là est le bon d'achat.

— Mais c'est dément! » s'exclama Brunetti, utilisant inconsciemment le terme et le ton de sa mère quand elle s'effarait devant le prix du poisson.

Sans rien dire, Elettra revint au début de la liste. « MINISTÈRE DE L'INTÉRIEUR », lisait-on en en-tête.

« Ils les paient huit cents euros de plus? » demanda-t-il, suffoqué ou scandalisé, sinon les deux.

Elle hocha la tête.

« Et combien en ont-ils acheté?

— Quatre cents. »

Il ne lui fallut que quelques secondes. « Ce qui fait trois cent vingt mille euros de plus. » Elle ne commenta pas. « Ces gens ignoreraient-ils le concept d'achat en gros? Les prix ne baissent-ils pas, dans ces cas-là?

— Si c'est le gouvernement qui achète, je pense que les règles sont différentes, monsieur. »

Brunetti recula d'un pas et reprit sa place devant le bureau. « Dans un cas semblable, qui s'occupe de l'achat? Qui est responsable?

— Probablement un bureaucrate de Rome, je suppose, monsieur.

— Et personne ne vérifie ce qu'il trafique? Personne ne compare les prix et les offres?

— Oh, répondit-elle d'un ton explicitement négligent, je suis certaine que quelqu'un le fait. »

Pendant le silence qui se prolongeait, Brunetti envisagea les implications de cette réponse. Le fait qu'une personne puisse commander un produit qui coûtait huit cents euros de plus qu'ailleurs ne signifiait pas que quelqu'un d'autre soulèverait des objections, en particulier lorsqu'il s'agit de l'argent de l'État, et surtout si ces deux personnes étaient les seules au courant des appels d'offres.

« Et personne ne se sent concerné par le problème ? demanda Brunetti.

— Si, certainement, commissaire. » Puis avec une énergie de militante, elle demanda : « Au fait, pourquoi vouliez-vous me voir ? »

En quelques mots, il lui expliqua la situation de la tante de Vianello, les retraits qu'elle faisait, et il lui donna les coordonnées du signor Stefano Gorini, lui demandant si elle aurait le temps de se renseigner sur lui.

La signorina Elettra nota nom et adresse. « S'agit-il de sa tante qui a épousé un électricien ?

— Un électricien à la retraite, la corrigea Brunetti. Oui. »

Elle lui adressa un coup d'œil pensif et secoua la tête. « Je crois que c'est comme être prêtre ou médecin.

— Pardon ?

— D'être électricien, monsieur. Quand on a été électricien, on a une sorte d'obligation morale de le rester. » Elle lui laissa le temps de digérer ce point de vue, mais, comme il ne le commentait pas, elle ajouta : « Rien n'est pire que d'être plongé dans les ténèbres. »

En tant que résident de longue date d'une ville où de nombreuses maisons avaient des installations vieilles de cinquante ou soixante ans, Brunetti comprit ce qu'elle entendait par là et ne put que répondre qu'en effet, il n'y avait rien de pire.

Apparemment satisfaite de l'avoir tout de suite rallié à son point de vue, elle voulut savoir si la demande concernant Gorini était urgente.

Étant donné qu'elle n'était probablement pas légale non plus, il préféra répondre : « Non, pas vraiment.

— Alors je verrai ça demain, monsieur. »

Avant de partir, il eut un geste vers l'ordinateur. « Tant que vous y serez, pourriez-vous voir ce qu'il est possible de trouver sur un homme qui est greffier au tribunal de Venise, Araldo Fontana ? » Mais Brunetti n'ajouta pas le nom de la juge Coltellini, non pas qu'il eût des scrupules à partager une information de police avec une employée civile – il avait renoncé depuis longtemps à ce genre de préjugés – mais il ne voulait pas la surcharger de travail avec ce troisième nom et la défense apparente qu'avait faite Brusca de l'homme l'avait rendu plus curieux à son égard.

Il ne put cependant s'empêcher de lui demander où elle avait obtenu ses informations concernant les ordinateurs.

« Oh, ce sont des documents publics, commissaire. Il suffit de savoir où chercher.

— Si je comprends bien, signorina, vous allez à la pêche en douce dans les fichiers pour voir ce que vous pouvez ramener, c'est ça ?

— Oui, répondit-elle avec un sourire, on peut décrire cela comme ça. Aller à la pêche… ça me plaît.

— Et vous ne savez jamais ce que vous allez ramener dans vos filets, j'imagine ?

— Jamais. » Sur quoi elle lui montra le papier sur lequel elle avait noté les noms des personnes sur lesquelles elle devait faire des recherches. « Sans compter que ça me sert d'entraînement quand je dois passer aux choses sérieuses.

— Le reste de votre travail ne vous intéresse pas, signorina ?

— Non, j'ai bien peur que non, dottore. » Elle posa le menton dans la paume de sa main et afficha une grimace résignée. « C'est dur, avec tous ces gens sinistres avec lesquels je dois travailler.

— Ce n'est que trop souvent le cas, hélas, signorina », dit Brunetti en quittant le petit bureau.

9

Le temps d'arriver à son bureau, le lendemain, Brunetti s'était fait à l'idée qu'il n'aurait pas son propre ordinateur de sitôt ; il eut beaucoup plus de mal à se résigner à la température qui régnait dans son antre. Ils avaient discuté en famille, la veille, de leurs prochaines vacances, et il s'était excusé d'avoir été obligé d'attendre aussi longtemps pour décider d'une destination, ne sachant pas quand il serait libre du fait de ses obligations professionnelles. Il avait rapidement écarté toute idée de se rendre au bord de la mer : pas en août, pas avec des millions de gens sur les plages, sur les routes et dans les restaurants. « Pas question d'aller dans les Pouilles, où il fait quarante degrés à l'ombre et où l'huile d'olive est coupée avec je ne sais quoi », avait-il fermement déclaré à un moment donné.

En y repensant, il se disait qu'il s'était peut-être montré un peu trop intransigeant. Il s'était senti encouragé dans la défense de ses désirs personnels par le fait que Paola se montrait assez indifférente quant à la destination choisie : elle n'avait que deux préoccupations, la sélection des livres qu'elle emporterait et trouver sur place un coin tranquille à l'ombre pour lire.

Certaines femmes tannaient leur mari pour qu'ils les emmènent danser, voyager autour du monde ou se coucher au petit matin après avoir fait les imbéciles. Brunetti, lui, s'était arrangé pour épouser une femme qui préférait de beaucoup aller se coucher à vingt-deux heures en compagnie de Henry James. Ou, quand elle était poussée par un trop-plein de passion qu'elle aurait eu honte de révéler à son mari, avec Henry James et son frère.

Tel le président d'une république bananière, Brunetti, après avoir démocratiquement débattu du sujet, avait imposé sa proposition sans tenir aucun compte des divergences d'opinions ou des oppositions. Un de ses cousins avait hérité une ferme dans le Haut-Adige, au-dessus de Glorenza, et l'avait proposée aux Brunetti pendant que lui-même et les siens allaient dans les Pouilles. « Pour y crever de chaud, et se taper de l'huile frelatée », marmonna Brunetti dans sa barbe, mais néanmoins reconnaissant que l'aimable cousin lui ait fait cette proposition. C'est ainsi que les Brunetti allaient passer quinze jours en montagne ; rien que d'y penser, le commissaire se sentit soulagé – il pourrait dormir sous une couette et, le soir, porter un chandail.

Vianello et les siens avaient loué une maison sur une plage en Croatie et l'inspecteur prévoyait de ne rien faire d'autre que se baigner et pêcher jusqu'à la fin du mois. Si bien qu'en leur absence, leur enquête clandestine sur le signor Stefano Gorini serait aussi en vacances.

Brunetti passa la première partie de la matinée devant l'ordinateur de la salle des officiers à consulter les horaires de train pour Bolzano et les différents sites sur les hauts lieux touristiques du Haut-Adige. Puis il retourna à son bureau et appela plusieurs de ses collègues pour savoir s'ils n'avaient pas un contact quelconque avec Stefano Gorini. Il avait eu plus de succès avec les horaires de train.

Un peu après midi et demi, il appela chez lui. Paola décrocha à la troisième sonnerie et dit : « Si tu peux être là dans un quart d'heure, il y aura du jambon aux figues et des pâtes aux poivrons et aux crevettes.

— Vingt minutes », répliqua-t-il avant de raccrocher.

Par cette chaleur, il craignait que marcher assez vite pour arriver à temps ne lui fasse courir un risque mortel ; il alla donc jusqu'à l'embarcadère où il eut la chance d'attraper tout de suite un numéro 2. Une fois à San Tomà, il changea pour un numéro 1 qui le déposa deux minutes plus tard à San Silvestro. Cela lui prit plus de temps que s'il avait fait le trajet à pied, mais il n'avait pas eu à traverser la ville écrasée par la canicule.

Il trouva Paola et les enfants déjà attablés dans la cuisine : la terrasse était un four, dans la journée, et ils ne pouvaient s'y risquer qu'après le coucher du soleil. Brunetti songea qu'il aurait dû essorer son veston avant de l'accrocher et alla les rejoindre.

Il regarda les visages qui entouraient la table et se demanda si l'apathie qu'il y lisait venait du choix du lieu de vacances qu'il avait imposé la veille ou était simplement la conséquence de la chaleur. « Ta matinée s'est bien passée? lança-t-il à Chiara.

— Je suis allée chez Livia et j'ai essayé les affaires qu'elle s'est achetées pour la rentrée, répondit Chiara, qui détachait avec soin le gras du jambon et le déposait tranquillement dans l'assiette de Raffi; sans doute avait-elle décidé qu'une végétarienne pouvait tout de même manger le maigre.

— Pour la rentrée? Déjà? » s'étonna Paola, disposant une portion de jambon aux figues noires devant Guido. Elle posa une main sur son épaule en se penchant et il en conclut qu'il tardait au moins à l'un des membres de sa famille, en plus de lui, de partir en vacances.

« Oui, répondit Chiara, la bouche pleine. Quand nous sommes allées voir sa sœur à Milan, la semaine dernière – tu sais, Marisa, qui est à la fac de Bocconi –, elles m'ont amenée faire les boutiques. On y trouve des choses bien mieux qu'à Venise. Ici, c'est juste des trucs pour les ados ou les vieilles dames. »

Sa fille avait été à Milan, songea Brunetti, où se trouvent la pinacothèque de Brera, la *Cène* de Léonard de Vinci et la plus belle cathédrale gothique d'Italie, et elle avait couru les magasins. « As-tu trouvé ce que tu voulais? » demanda-t-il, prenant une figue. Sa fille était peut-être ignare, sur le plan culturel, mais les figues étaient délicieuses.

« Non, papa, dit-elle d'un ton tragique. Les prix sont insensés. » Elle décortiqua un autre morceau de jambon et transféra le gras dans l'assiette de son frère de la pointe de son couteau. Raffi mangeait avec appétit, apparemment peu concerné par la conversation.

« J'avais mon argent, mais maman aurait été furieuse que je paie deux cents euros pour un jean. »

Paola leva les yeux de son assiette. « Non, je n'aurais pas été furieuse, mais je t'aurais envoyée dans un camp de travail pour le reste de l'été.

— Comment veux-tu que nous sortions de la crise si personne ne dépense rien ? protesta Chiara, donnant par là une preuve indirecte mais solide qu'elle avait effectivement passé une journée en compagnie d'une étudiante qui fréquentait la meilleure école d'économie de tout le pays.

— En travaillant dur et en payant nos impôts, intervint Raffi – preuve là aussi, aux yeux de Brunetti, que son fils n'avait peut-être pas mis un terme à son flirt avec le marxisme.

— Si c'était aussi simple, soupira Paola.

— Qu'est-ce que tu veux dire ? demanda Raffi.

— Pour travailler dur, encore faut-il avoir un travail, lui répondit Paola, lui souriant par-dessus la table. Non ? » Raffi acquiesça. « Et pour payer des impôts, encore faut-il aussi avoir un travail. Gagner sa vie d'une manière ou d'une autre.

— Évidemment, répondit Raffi, n'importe quel idiot sait ça.

— Et cet idiot, comment fait-il pour trouver du boulot ? rétorqua sa mère, sans lui laisser le temps de répondre. S'il ne connaît personne, s'il n'a pas un père avocat ou notaire qui peut lui procurer un travail dès la fin de ses études ? » Une fois de plus, elle ne laissa pas à Raffi le loisir de répondre. « Pense un peu aux frères et aux sœurs aînés de tes copains de classe. Combien d'entre eux ont-ils trouvé un emploi correct ? Ils ont toutes sortes de "super diplômes" dans toutes sortes de "super domaines", mais ils squattent le domicile familial et vivent aux crochets de leurs parents. Et, ajouta-t-elle sans attendre d'être accusée de manquer de compassion, ce n'est pas forcément parce qu'ils préfèrent se la couler douce, mais parce qu'il n'y a pas de travail pour eux. S'ils ont de la chance, on leur offre des contrats temporaires, mais on les vire dès que c'est fini et les boîtes reprennent quelqu'un d'autre pour six mois. »

Dieux du ciel, pensa Brunetti, *c'est qui, la marxiste, à présent ?* « Dans ce cas, comment peuvent-ils trouver du travail et payer des impôts ? » demanda-t-il d'un ton conciliant.

Paola fut sur le point de répondre, puis décida apparemment de renoncer à poursuivre le débat. « Je crois que c'est prêt », dit-elle. Elle avait fait griller les poivrons et les avait pelés, et leur chair avait à présent une consistance et une douceur qui rappelaient celles des figues. La famille, apaisée par les plaisirs de la table, passa le reste du repas à parler d'un ton plus tranquille de ce qu'ils feraient dans les montagnes.

Brunetti alla ensuite s'installer sur le canapé pour y feuilleter *Il Gazzettino*, mais même le ton léger et badin des articles ne put chasser l'impression de vague malaise que lui avait laissé le brusque changement de sujet de conversation de Paola. Elle n'était pas très encline à battre en retraite, d'ordinaire.

Elle arriva avec les cafés, lui tendit sa tasse et s'assit dans le gros fauteuil, en face de lui. Elle posa les pieds sur la table basse et but une gorgée. « Si jamais je redis ne serait-ce qu'une fois combien c'est chouette d'habiter au dernier étage, directement sous les toits, pourras-tu avoir l'obligeance de me fourrer la tête dans le four jusqu'à ce que je revienne à la raison ?

— On pourrait faire installer l'air conditionné, la provoqua-t-il.

— Pour que Chiara déménage ? Elle est intraitable sur la question. Le père d'une de ses amies a fait installer la climatisation chez eux, et depuis, elle refuse de mettre les pieds dans leur appartement.

— Aurions-nous élevé une fanatique ? » demanda Guido.

Paola vida sa tasse et la posa dans la soucoupe, sur la table, sans répondre immédiatement. « Si c'est une fanatique, j'aime autant que ce soit de l'écologie que d'autre chose.

— Ne trouves-tu pas qu'une réaction comme celle-ci est un peu excessive, tout de même ? »

Paola haussa les épaules. « Aujourd'hui, telle année, dans telle période historique, c'est peut-être le cas. Mais dans dix ou vingt ans, les événements lui auront peut-être donné raison et nous considérerons alors les excès auxquels nous nous sommes livrés comme criminels. » Elle ferma les yeux et appuya la tête contre le dossier.

« Et on parlera d'elle comme d'une prophétesse et non plus comme d'une fanatique ?

— Qui sait, dit Paola, sans rouvrir les yeux. Ces mots désignent souvent la même chose.

— Pourquoi as-tu changé de sujet ?

— À propos du travail et des impôts ? »

Il étudia son visage. Elle avait vingt ans de plus que le jour où il l'avait rencontrée et il ne voyait aucune différence. Des cheveux blonds toujours aussi rebelles, un nez peut-être un peu trop fort selon les canons actuels de la beauté féminine, les pommettes sur lesquelles il avait posé ses premiers baisers. Il répondit par un grognement.

« Je n'avais pas envie d'aborder le sujet des impôts, répondit-elle finalement.

— Pourquoi ?

— Parce que je pense que nous sommes fous de continuer à les payer et si je pouvais, je ne le ferais pas.

— Ce n'est pas pousser le bouchon un peu loin ? » demanda-t-il, habitué à ses excès rhétoriques.

Elle ouvrit les yeux et lui sourit. « Probablement. Mais j'ai eu la surprise de constater, l'autre jour, que je commençais à trouver justifiées certaines des choses que disait la *Lega* – des choses qui m'auraient fait bondir il y a dix ans.

— Nous devenons comme nos parents, observa Guido, répétant un propos que sa mère avait souvent tenu. Quelles choses ?

— Quand ils disent que l'argent de nos impôts va au Sud et que nous ne le revoyons jamais. Que les gens du Nord travaillent dur, paie des impôts et n'en bénéficient pratiquement pas. Que le Vatican nous incite à être généreux vis-à-vis des immigrants mais ne donne pas spécialement l'exemple.

— Envisagerais-tu l'éventualité de construire un mur entre le Nord et le Sud ? »

Elle eut un petit rire ironique. « Évidemment pas. Simplement, je n'avais pas envie de dire ça devant les enfants.

— Parce que tu crois qu'ils ne le savent pas ?

— Bien sûr, ils le savent. Mais seulement à travers ce que nous faisons ou disons, nous ou les parents de leurs copains.

— Par exemple ?

— Par exemple, quand nous allons au restaurant et que le propriétaire est un ami, nous ne lui demandons pas de facture, et pas de facture, pas de TVA. »

Brunetti avait toujours été très chatouilleux devant toute allusion à sa supposée radinerie et se défendit aussitôt. « Ce n'est pas pour payer moins. Tu le sais très bien.

— C'est exactement ce que je veux dire, Guido. Parce qu'au moins, cela aurait du sens ; tu ferais des économies. Mais c'est par principe que tu le fais, pas par avarice, pour qu'au moins ce gouvernement répugnant que nous avons ne puisse pas récupérer cette somme ridicule et en faire profiter ses amis ou la mettre dans ses poches. »

Il hocha la tête. C'était exactement ça.

« Et c'est la raison pour laquelle je n'ai pas voulu aborder la question des impôts devant eux. S'ils doivent finir par avoir cette opinion du gouvernement, ils devront y arriver par eux-mêmes : ce n'est pas de nous qu'ils doivent l'apprendre.

— Même si ce gouvernement est répugnant, comme tu dis ?

— On trouve encore pire que celui-ci, répondit-elle pour atermoyer, après un instant de réflexion.

— Je ne peux pas dire que ce soit la défense de notre gouvernement la plus éloquente que j'aie jamais entendue.

— Je n'essaie pas de le défendre, rétorqua-t-elle avec colère. Il est répugnant, mais pas d'une manière violente au moins. Si ça fait une différence. »

À son tour, Guido réfléchit quelques instants avant de répondre. « Je suppose que oui. » Sur quoi il se leva, contourna la table pour se pencher sur elle et l'embrasser, et dit qu'il reviendrait à l'heure habituelle pour dîner.

10

Sur le chemin du retour à la questure, prenant une fois de plus le vaporetto pour échapper au soleil, Brunetti réfléchit à l'échange qu'il venait d'avoir avec Paola et à ce qu'elle n'avait pas dit aux enfants au cours du déjeuner. Combien de fois avait-il entendu prononcer cette phrase, « *Governo ladro* » ? Et combien de fois avait-il acquiescé silencieusement à l'idée qu'ils étaient gouvernés par des voleurs ? Mais au cours des dernières années, comme si ce qui leur restait de retenue et de vergogne avait été vaincu, les dirigeants du pays n'essayaient pratiquement plus de faire semblant. Et l'un de ses anciens supérieurs, le ministre de la Justice, accusé de collusion avec la Mafia, n'avait eu besoin que d'un changement de gouvernement pour que son affaire disparaisse des journaux ainsi que, pour ce que Brunetti en savait, du prétoire.

Par tempérament et par formation, Brunetti savait écouter : les gens le sentaient tout de suite et, en sa compagnie, parlaient librement et souvent même sans réserve. Au cours de l'année passée, ce qu'il avait entendu de plus en plus dans la voix des uns et des autres – dans celle d'une femme se tenant à côté de lui sur le vaporetto ou dans celle d'un homme dans un bar – était un sentiment de plus en plus fort de dégoût pour ceux qui les dirigeaient. Et peu importait qu'ils aient voté ou non pour les politiciens qu'ils vilipendaient : ils auraient été ravis de les enfermer tous sans exception dans le Parlement et d'y mettre le feu.

Ce qui troublait le plus Brunetti était le sentiment de désespoir sous-jacent à tout cela. Ainsi que l'impuissance que ressentaient tant de personnes, leur incapacité à comprendre ce qui s'était passé, comme si des extraterrestres avaient pris le pouvoir en douce et imposé leur système. Les gouvernements tombaient les uns après les autres, la gauche prenait le pouvoir, la droite la remplaçait, mais rien ne bougeait. Les politiciens ne cessaient de parler changement, ne cessaient de le promettre, mais aucun d'entre eux ne donnait la preuve d'un réel désir de transformer un système qui s'accordait aussi bien avec leurs vraies intentions.

Lorsque le bateau passa devant la Piazza, Brunetti remarqua la foule et en particulier les files d'attente, à l'entrée de la basilique Saint-Marc – même à quinze heures. Qu'est-ce qui pouvait pousser les gens à poireauter ainsi, sous un tel soleil ? Il avait du mal à faire abstraction de sa connaissance intime de la basilique. Il y avait été amené un nombre incalculable de fois, pendant son enfance, par ses professeurs et par sa mère : les professeurs souhaitaient lui en montrer les beautés, et sa mère, supposait-il, lui faire sentir la vérité et la force de sa foi. Il essaya d'oublier tout souvenir de l'ineffable splendeur de l'intérieur et se demanda jusqu'où il irait lui-même, s'il n'avait eu que cette unique occasion de visiter Saint-Marc, et que pour cela il lui avait fallu faire la queue sous le soleil écrasant de l'après-midi pendant une heure.

Il pivota sur sa droite pour consulter l'ange au clocher de San Giorgio, et avec son aide, décida que oui. « Je l'aurais fait », dit-il tout haut en hochant la tête, ce qui parut inquiéter un peu les deux jeunes filles très court vêtues qui se tenaient entre lui et les fenêtres du bateau.

Il se rendit directement dans le bureau de la signorina Elettra, dans lequel, comme il l'avait redouté, il faisait encore plus chaud que la veille. C'était son chemisier, aujourd'hui, qui était jaune, mais la chaleur semblait toujours sans effet sur elle.

« Ah, commissaire, dit-elle en le voyant entrer, j'ai trouvé votre signor Gorini.

— Parlez donc, muse inspirée, répondit-il avec un sourire.

— Le signor Gorini, âgé de quarante-quatre ans d'après sa carte d'identité (elle poussa une feuille de papier vers lui), est né à Salerne où il a été séminariste entre dix-huit et vingt-deux ans chez les franciscains. »

Elle leva les yeux, contente d'elle. Brunetti lui rendit son sourire, content aussi.

« Nous n'avons ensuite aucune trace de lui pendant quatre ans, sur quoi il fait sa réapparition à Aversa, où il travaille comme psychologue clinicien. » Elle jeta un coup d'œil à Brunetti pour voir s'il suivait, et celui-ci l'encouragea d'un signe de tête.

« Pendant son séjour à Aversa, il s'est marié et a eu un fils, Luigi, qui a maintenant seize ans. » Elle chassa un grain de poussière de la page avant de la consulter à nouveau.

« Après avoir pratiqué – ce qui est peut-être une façon de parler – la psychologie à Aversa pendant cinq ans, on s'est aperçu qu'il ne détenait aucun diplôme en psychologie, pas la moindre licence, ni même la moindre formation dans ce domaine – du moins d'après ce que l'enquête interne de l'ULSS* a révélé à l'époque.

— Qu'est-ce qui lui est arrivé ?

— Son cabinet a été fermé et il a eu une amende de trois millions de lires. Amende qui n'a jamais été payée, vu que le signor Gorini a disparu d'Aversa.

— Et sa femme ? Et son fils ?

— Il semblerait que ni l'un ni l'autre n'aient eu de ses nouvelles depuis.

— De toute évidence, la vie monastique lui convenait beaucoup plus, se permit de remarquer Brunetti.

— En effet, confirma la signorina Elettra en mettant de côté la première feuille de son dossier. Il a ensuite attiré l'attention des autorités il y a huit ans, lorsqu'elles ont découvert que le centre qu'il dirigeait à Rapallo, destiné à

* Unita locale socia-sanitaria (toutes les notes sont du traducteur).

aider les réfugiés d'Europe de l'Est à s'intégrer et à trouver du travail, était en réalité une sorte de refuge où il leur permettait de rester tandis qu'ils exerçaient un travail qu'il trouvait pour eux.

— Et en contrepartie ?

— En contrepartie, ils lui donnaient soixante pour cent de leur salaire, mais au moins avaient-ils un toit au-dessus de la tête.

— Des repas ?

— Vous rêvez, dottore. Il les aidait aussi à faire l'expérience de la vie en pays capitaliste.

— Chacun pour soi.

— L'homme est un loup pour l'homme... On peut du moins espérer qu'ils ne se dévoraient pas les uns les autres, car ils pouvaient cuisiner dans le centre.

— C'est déjà ça. Et qu'est-ce qui s'est passé ?

— Une des femmes est allée voir les carabiniers. Elle était roumaine et parlait un peu l'italien. Elle leur a raconté ce qui se passait et les carabiniers ont fait une descente dans le centre d'hébergement. Mais le signor Gorini était introuvable.

— Il utilisait toujours son vrai nom, pendant ce temps ? voulut savoir Brunetti.

— Oui. Et apparemment, ça ne posait pas de problème.

— Une chance pour vous qu'il l'ait fait, dit-il, se reprenant comme il put devant son expression, en ajoutant : Même si, j'en suis sûr, vous l'auriez retrouvé sans peine sous un faux nom. Cela vous aurait simplement pris plus de temps.

— À peine.

— Et depuis ?

— Nous n'avons aucune trace de lui pendant quelques années, puis, il y a cinq ans, voilà qu'on le retrouve médecin homéopathe, à Naples cette fois. Mais (elle leva les yeux et secoua la tête, l'air stupéfait), au bout de deux ans, quelqu'un a eu la curiosité de vérifier le dossier qu'il avait déposé et a découvert qu'il n'avait jamais fait d'études de médecine.

— Qu'est-il arrivé ? demanda-t-il avec l'impression de se répéter.

— Son cabinet a été fermé. » Ce fut tout ce qu'elle répondit. Ce n'était peut-être ni un crime ni même un délit que de pratiquer la médecine à Naples sans diplôme.

« Il y a deux ans, reprit-elle, il s'est installé à l'adresse que vous m'avez donnée, mais le bail de location n'est pas à son nom.

— Et il est au nom de qui?

— Une certaine Elvira Montini.

— Qui est-ce?

— Elle travaille comme technicienne de laboratoire à l'hôpital public.

— Il s'est peut-être rangé », avança imprudemment Brunetti.

La signorina Elettra se contenta de hausser les sourcils sans rien dire.

« Avez-vous des renseignements sur ce qu'il fait?

— Aucun. Il pourrait tout aussi bien se consacrer à une vie de contemplation et de bonnes œuvres, pour ce que j'en sais.

— Sauf que la tante de Vianello semble apporter de fortes sommes d'argent à cette adresse, dit Brunetti, sceptique. Ou plus exactement à une personne habitant à cette adresse. C'est le seul appartement à utiliser cette entrée.

— C'est donc ça qui rend Vianello tellement soucieux. » La voix de la signorina Elettra trahissait son inquiétude et son affection.

« Oui, depuis quelque temps. » Sur quoi il se rappela qu'il avait un contact à l'hôpital. « Je pourrais en parler au dottor Rizzardi. Il doit connaître les gens du labo. »

Elle eut une toux tellement discrète qu'elle fut à peine audible, mais qui sonna comme un coup de clairon pour Brunetti. « Vous lui avez déjà parlé, c'est ça?

— Oui, monsieur. J'ai pris la liberté de le contacter, ajouta-t-elle précipitamment.

— Ah... Et?

— Et c'est la personne de confiance de qui dépend tout le labo », répondit-elle. Brunetti évita de croiser le regard de la jeune femme. « Elle y travaille depuis quinze ans et elle est restée célibataire – ou plutôt, elle est mariée à son travail. »

Sur une impulsion, pour leur éviter d'observer combien cette description, mis à part l'âge, correspondait à la signorina Elettra elle-même, Brunetti demanda : « Dans ce cas, qu'est-ce qui explique la présence du signor Gorini chez elle ?

— Bonne question, admit-elle. J'ai demandé au dottore s'il pouvait me dire quoi que ce soit sur elle, mais je l'ai senti peu disposé à le faire. Il m'a donné l'impression de vouloir la protéger.

— Qu'avez-vous fait ?

— Je lui ai menti, bien entendu, répondit-elle sans se démonter. Je lui ai raconté que ma sœur connaissait quelqu'un au labo qui travaillait avec Elvira – ce qui est vrai, je lui ai même donné son nom. C'est une personne avec qui Barbara a fait médecine mais qui n'a pas terminé ses études. Elle aurait dit le plus grand bien de la signorina Montini, mais aussi qu'elle avait changé, depuis un an ou deux. » Elle ne laissa pas à Brunetti le temps de commenter le stratagème. « Vous comprenez, pour qu'une femme comme elle se mette à vivre avec quelqu'un comme lui, c'est que quelque chose a changé pour elle, et pas dans le bon sens.

— Et Rizzardi, qu'est-ce qu'il a dit ?

— Que son travail était toujours excellent, puis il a changé de sujet.

— Je vois. Envisagez-vous de demander à votre sœur d'en parler à sa condisciple ? »

La jeune femme secoua brusquement la tête et baissa les yeux. « Elles ne se parlent pas, fut la seule explication qu'elle donna.

— Quoi d'autre ? demanda Brunetti, voyant qu'il y avait encore un document sous celui qu'elle consultait.

— Il a un compte ouvert à l'UniCredit. » Elle lui tendit le relevé bancaire des mouvements de fonds des six derniers mois sur le compte de Stefano Gorini. Brunetti l'étudia, essayant, en vain, d'en conclure quelque chose. Des sommes, toujours en liquide et qui n'excédaient jamais cinq cents euros, entraient ou sortaient du compte tous les mois. Le solde était actuellement d'un peu moins de deux mille euros.

« Une idée de la provenance de ses ressources ? »

Elle secoua la tête. « Il a peut-être des amis généreux, ou bien il vit aux crochets de la signorina Montini – ou encore, il a beaucoup de chance aux cartes ou à la roulette, pour ce que j'en sais. L'argent entre et sort et les dépôts comme les retraits restent toujours dans de telles limites qu'ils ne suscitent pas la moindre curiosité.

— Des facturettes de carte de crédit ? demanda Brunetti.

— Il semble ne pas en avoir.

— *Mirabile dictu*. Bienvenue dans le nouveau millénaire.

— Mais il a peut-être un téléphone portable. Je ne le saurai que cet après-midi, ajouta-t-elle, ou peut-être seulement demain. »

Voyant la surprise de Brunetti, elle s'expliqua : « Giorgio est en vacances.

— Vous devez donc passer par quelqu'un d'autre ? »

L'expression de la jeune femme traduisait sa stupéfaction devant tant d'incompréhension du principe de loyauté. « Non, il va essayer depuis Terre-Neuve, mais il n'est pas sûr de pouvoir me joindre aujourd'hui. Il va peut-être avoir des difficultés à entrer dans le système des télécoms depuis là-bas.

— Je vois, dit Brunetti, qui ne voyait rien du tout. J'aimerais bien trouver un moyen de surveiller discrètement la maison.

— J'ai regardé sur le plan, monsieur, et j'ai bien peur que ce soit compliqué. Même si vous aviez des gens en permanence au Campo dei Frari et à San Tomà, vous ne pourriez pas être sûr que ceux qui empruntent la *calle* se sont arrêtés à cette adresse.

— Avons-nous quelqu'un qui habite dans les parages ?

— Laissez-moi vérifier », dit-elle en se tournant vers son ordinateur. Brunetti supposa qu'elle consultait les fiches personnelles de tous ceux qui travaillaient à la questure. Il lui fallut moins de deux minutes pour qu'elle dise : « Non, monsieur. Personne n'habite à moins de deux ponts. Étant donné son passé, ajouta-t-elle en posant une main sur le dossier de Gorini, avec ou sans la signorina Montini, il est peu vraisemblable qu'il soit en train de couler une retraite paisible.

— Et s'il a retenu la leçon de ses expériences passées, enchaîna le commissaire, il doit éviter de prendre des acolytes ou de faire quoi que ce soit qui contrevienne aux règles sur les diplômes et les autorisations d'exercer. Et dans ce cas, pourquoi ne pas devenir diseur de bonne aventure ?

— Ce n'est pas si différent de la psychologie. »

Comme il est agréable, songea Brunetti, *de voir confirmer ses propres préjugés.*

Quand il la regarda de nouveau, la signorina Elettra, une main sous le menton, l'autre sur le clavier, était plongée dans la contemplation d'un écran pourtant vide. « Non, dit-elle au bout d'un certain temps, il n'y a vraiment aucun moyen de faire surveiller sa maison. Et en plus, si le vice-questeur apprenait ce que nous fabriquons, nous aurions des ennuis.

— Et cela vous inquiète ? »

Elle émit un petit bruit méprisant. « Pas pour moi. Ni pour vous, d'ailleurs. Mais il s'en prendrait à Vianello et à tous les policiers qui y auraient été mêlés. Scarpa serait trop content de se joindre à la curée. Ça n'en vaut pas la peine. » Elle se redressa, frappa quelques touches. « Tenez, regardez sa tête. »

Brunetti passa derrière la jeune femme au moment où apparaissait à l'écran la photo d'un homme dans la pose classique de celui qu'on vient d'arrêter. « C'est à la suite de l'affaire d'Aversa, la photo date d'une quinzaine d'années. Je n'ai rien trouvé de plus récent.

— Il n'a jamais renouvelé sa carte d'identité ? demanda Brunetti.

— Si, sauf qu'il l'a fait à Naples, il y a cinq ans. Et comme par hasard, ils ont perdu le dossier.

— Vous ne les avez pas crus ? voulut-il savoir, rendu soupçonneux non pas tant par le fait lui-même, fort courant, que par l'endroit où il avait eu lieu.

— Si. J'ai demandé à quelqu'un que je connais, et je le crois. La photo n'a pas été scannée pour être mise en mémoire et ils ont perdu le dossier papier. Si bien que c'est tout ce que nous avons », conclut-elle en tapotant l'écran de l'index.

Le visage dépourvu d'expression qui les regardait, même avec les longs favoris et les cheveux hirsutes que Gorini avait au moment où la photo avait été prise, était bien proportionné et assez beau. Des yeux foncés en amande, au-dessus de pommettes saillantes, lui donnaient un air incontestablement tatar. Long, légèrement dévié d'un côté, le nez était plus épais à la racine. La bouche était grande et bien dessinée. Cette combinaison, dut admettre Brunetti, lui conférait un air de grande virilité. Il n'avait aucun souvenir d'avoir croisé une version plus âgée de ce personnage dans la ville. Il montra la photo.

« J'aimerais que vous en donniez des copies aux chiens de meute de Scarpa – mais sans en parler au lieutenant. » Il la vit sur le point d'objecter quelque chose et ajouta : « Dites-leur que c'est une photo ancienne d'une personne qui habite la ville, et que c'est juste une partie de leur entraînement de voir s'ils sont capables de la repérer. »

Elle sourit. « Rouler le lieutenant, même pour des broutilles, est toujours un plaisir. »

11

Avant qu'il ne quitte le bureau, la signorina Elettra voulut savoir si Brunetti s'intéressait toujours au signor Fontana.

Fontana ? Fontana ? Quel rapport avait ce Fontana avec la tante de Vianello ? Puis cela lui revint. Le monsieur comme il faut, « convenable », avait dit Brusca. « Ah, oui. Oui, bien sûr.

— Comme vous me l'aviez dit, il est greffier au palais de justice de Venise, et rien n'a été plus facile que de le trouver. Il y est entré il y a trente-cinq ans, il habite avec maman, il n'a jamais été marié. N'a jamais pris un seul jour de congé maladie. La seule fois où il a pris une journée remonte à trente-quatre ans, pour l'enterrement de son père. »

D'un geste brusque de la main, Brunetti l'arrêta. « Mis à part pour l'enterrement de son père, il n'a jamais manqué un seul jour de travail ? Pendant trente-cinq ans ? Et vous prétendez que cet homme est un fonctionnaire ?

— Je l'affirme. Voulez-vous vous asseoir un instant, commissaire ?

— Non merci », dit-il d'une voix très douce. Il posa une main sur la surface du bureau et, tête mollement inclinée, fit semblant de se soutenir. « Ne vous inquiétez pas, ça va passer. » Au bout d'un moment, il secoua la tête à plusieurs reprises, sa main quittant le bureau avec précaution. « Hier, Pucetti m'a dit qu'il avait vu quelque chose qu'il raconterait à ses petits-enfants. Je crois que ça vient de m'arriver aussi. Une seule absence en trente-cinq ans ! » Son regard se perdit sur le mur en face de lui, comme s'il voyait une main de feu tracer les chiffres. Puis soudain lassé de faire l'idiot, il demanda à la jeune secrétaire de poursuivre.

« Il loge avec sa mère dans un appartement du côté de San Leonardo. Ils habitaient encore à Castello il y a trois ans, mais ils ont déménagé pour s'installer dans un palazzo donnant sur la Misericordia.

— Exceptionnel, commenta Brunetti. La mère travaille ?

— Non. Et n'a jamais travaillé.

— Il serait intéressant de savoir comment il arrive à payer le loyer d'un appartement situé dans un palazzo, non ?

— Je doute qu'il ait des difficultés à le payer, dit-elle, à la surprise de Brunetti.

— Pourquoi ? Il est minuscule ?

— Non, au contraire. Il fait cent cinquante mètres carrés.

— Dans ce cas, comment peut-il se l'offrir ? »

Son petit sourire satisfait l'avertit qu'il allait y avoir une surprise, mais même lui, un policier, n'aurait pu l'imaginer. « Il peut se l'offrir parce que ce loyer est de quatre cent cinquante euros. » Sur quoi elle prit un ton satisfait pour ajouter : « Tel est du moins ce que suggère le virement bancaire effectué chaque mois par sa banque.

— Pour un appartement à la Misericordia ? De cent cinquante mètres carrés ?

— Vous aurez autre chose à raconter à vos petits-enfants, dottore », dit-elle avec un sourire.

Son esprit partit au galop, à la recherche d'une explication. Chantage ? Un bail sur lequel figure un loyer anormalement bas, Fontana réglant le reste en liquide pour que le propriétaire paie moins d'impôts ? Un parent ?

— Et sur le compte de qui atterrissent ces virements ?

— Sur celui de Marco Puntera. »

C'était le nom d'un homme d'affaires qui avait fait fortune dans l'immobilier à Milan, puis qui était revenu dans sa Venise natale sept ou huit ans auparavant.

Un chien pouvait bien regarder passer un évêque, mais comment diable un simple greffier de tribunal pouvait-il connaître quelqu'un ayant la fortune de Puntera, si ce qu'on disait de lui était vrai, et comment se faisait-il qu'il lui ait octroyé un appartement avec un loyer aussi ridicule ?

« Il possède de nombreux appartements, n'est-ce pas ? demanda Brunetti.

— Au moins douze, et tous sont loués. Sans parler de deux palazzi sur le Grand Canal. Également loués.

— À des taux identiques ?

— Je n'ai pas eu le temps de vérifier, monsieur. Mais je crois qu'une bonne partie est louée à des étrangers. » Elle se tut un instant, comme si elle cherchait la bonne formule. L'ayant trouvée, elle ajouta : « Il passe pour être l'un des fleurons de la communauté anglo-américaine.

— Mais il n'est ni anglo ni américain, dit vivement Brunetti, ayant été en classe en compagnie du frère cadet de Puntera.

— Si, dans le sens où il est très impliqué dans leur vie sociale, monsieur, poursuivit-elle, imperturbable. Membre de la piscine Cipriani ; chants de Noël à l'église anglaise ; fête du 4 Juillet ; appelle par leur petit nom tous les propriétaires des grands restaurants. »

C'était là, songea brièvement Brunetti, l'une des tortures que Dante avait oubliées. « Et Fontana obtient un loyer aussi ridicule d'un homme tel que lui ? » Il s'agissait moins d'une question que de la manifestation de sa stupéfaction.

« Apparemment, oui.

— Avez-vous appris autre chose ?

— J'ai pensé qu'il valait mieux vous en parler avant, commissaire, et voir si vous trouviez leur tandem aussi improbable que moi.

— Je trouve cette histoire fascinante », admit Brunetti, qui avait toujours été fasciné, en effet, par les possibilités infinies engendrées par les relations qui se formaient entre les gens de la ville. Plus un couple était inhabituel, plus il s'avérait que ces possibilités avaient de quoi intriguer.

« Bien, dit-elle. Je m'attendais à cette réaction de votre part. Mais, reprit-elle après une brève pause, pour pouvoir y regarder de plus près, je vais devoir rendre quelques services de mon côté, et je tenais à avoir votre accord avant de commencer à poser des questions. »

Il regarda la jeune femme plus attentivement. « Qu'avez-vous à l'esprit ? »

Au lieu de répondre à la question, la signorina Elettra dit : « Je suis contente que vous approuviez l'organigramme, commissaire. Il sera affiché dès ce soir.

— Bien, signorina. J'apprécie », répondit Brunetti sans une hésitation. Puis, se tournant vers la porte, il prit un air honnêtement surpris en y découvrant le vice-questeur Patta escorté de sa créature, le lieutenant Scarpa.

« Ah, bonjour, vice-questeur », dit Brunetti avec un sourire aimable. Puis, tel Copernic découvrant une planète de dimensions plus modestes, il ajouta : « Lieutenant… »

Patta était presque au zénith de son bronzage estival. Depuis mai, il allait nager tous les jours dans la piscine de l'hôtel Cipriani et en était pratiquement au stade châtaigne. Encore quelques semaines, et il y parviendrait, mais bientôt les rayons du soleil allaient se faire moins féroces, les journées allaient devenir plus courtes. En octobre, le visage du vice-questeur rappellerait un *café macchiato* dans lequel il y aurait, au fur et à mesure du passage des semaines, de plus en plus de crème, décembre voyant la proportion s'inverser complètement. À moins d'utiliser l'expédient consistant à aller en remettre une couche aux Maldives ou aux Seychelles pendant la Noël, Patta courait le risque d'arriver aux premiers jours du printemps en n'étant plus que l'ombre spectrale de lui-même.

« La signorina Elettra vient juste de m'expliquer les affectations pour l'été, reprit Brunetti, gardant son sourire affable et adressant un signe de tête approbateur à Scarpa. Je pense que maximiser les possibilités de déploiement de nos forces avec ces innovations est une bonne initiative. » Patta sourit, mais Scarpa adressa un regard meurtrier au commissaire. « Voilà qui dénote un vrai talent d'organisateur (il détourna les yeux, l'incarnation même de la modestie admirative), si j'ose dire. »

— Je suis content que vous l'approuviez, répondit Patta, rayonnant. Je dois avouer, ajouta-t-il, momentanément drapé de modestie, que le lieutenant m'a fait profiter de son expérience pratique avec les hommes que nous avons ici.

— Le travail d'équipe », s'exclama Brunetti, presque aussi rayonnant que Patta.

La signorina Elettra choisit cet instant pour intervenir. « Vous avez eu un appel en absence du Cipriani, vice-questeur. C'était à propos de la table que vous avez réservée pour demain et ils voudraient que vous les rappeliez.

— Merci, signorina, répondit Patta, se dirigeant vers la porte de son bureau. Je m'en occupe tout de suite. » Il disparut à l'intérieur, pour répondre sans doute à de plus hauts impératifs, laissant les trois autres dans le petit espace réservé à sa secrétaire.

Après un moment, la signorina Elettra ouvrit son tiroir et en retira le dernier numéro de *Vogue*. Elle l'ouvrit et l'étala sur le clavier de son ordinateur.

Brunetti s'avança d'un pas, jeta un coup d'œil sur les pages et demanda : « Croyez-vous vraiment que ces vestes avec ouvertures sur le côté sont une bonne idée ?

— Je ne sais pas trop, commissaire. Qu'en pense votre femme ?

— Elle les a toujours préférées sans. Elle trouve que c'est plus flatteur pour la silhouette. C'est peut-être parce qu'elle est grande. Mais celle-là est parfaite, cependant », répondit-il, se penchant pour montrer du doigt une veste beige, sur la page de gauche. « Je lui poserai la question ce soir pour voir si elle n'a pas d'autres idées sur la question. »

La jeune femme se tourna alors vers Scarpa, mais le lieutenant, n'ayant apparemment aucune opinion sur la question, choisit cet instant pour quitter le bureau sans refermer la porte derrière lui.

« Un homme qui n'est pas sensible à la mode est un homme sans âme », fit doctement la signorina Elettra en tournant la page.

12

Rien n'indiquait que Scarpa allait revenir et la lumière signifiant que Patta était en ligne rougeoyait vivement. « Vous ne devriez pas me tenter comme ça, dit Brunetti.

— C'est moi que je ne devrais pas tenter », répondit-elle. Elle referma la revue et la remit dans le tiroir. « Mais je n'arrive pas à résister au plaisir de le provoquer.

— C'est vraiment lui qui a fait ce travail ?

— Bien sûr que non, répliqua-t-elle. Ça m'a pris dix minutes, ce matin. Il était sur mon bureau quand Scarpa est entré, et il m'a demandé ce que c'était. Je ne lui ai pas répondu – il n'avait qu'à lire le titre. Il l'a donc pris et il l'a emporté dans le bureau de Patta – et voilà que Patta sort avec l'organigramme à la main en félicitant Scarpa pour son initiative. » Elle émit un bruit coléreux et referma sèchement le tiroir.

« Il en a toujours été ainsi, observa Brunetti.

— Les femmes font le boulot et les hommes s'en attribuent le mérite ? demanda-t-elle, toujours en colère.

— J'en ai bien peur. » Brunetti remarqua alors une tache de transpiration sur le col de son chemisier. « Patta est le seul à avaler ça, vous savez », dit-il en guise de consolation.

Elle haussa les épaules, prit une profonde inspiration et répondit d'un ton plus calme : « C'est peut-être aussi bien que Patta ne sache pas à quel point ce travail est facile à faire pour moi. Tant que lui – lui et son lieutenant – continue à s'imaginer qu'il s'occupe de tout, je peux faire ce que je veux de mon côté.

— Vous savez ce que Riverre m'a sorti ? Que ce serait beaucoup mieux si c'était vous la patronne, ici.

— Ah, la vérité sort de la bouche des innocents... », dit-elle – mais avec un sourire, cependant.

Brunetti préféra en revenir à leurs affaires. « Qu'est-ce que vous allez faire, concernant Fontana ? » Ou plus clairement : À qui allait-elle poser des questions, et qu'est-ce que cela allait leur coûter en termes de services à rendre plus tard ?

« Je connais depuis des années l'un des greffiers du tribunal. Je l'appelle de temps en temps à son bureau, nous prenons parfois un café ensemble, ou il m'accompagne quand j'achète des fleurs pour le bureau. Il m'a invitée plusieurs fois au restaurant, mais curieusement, je suis toujours occupée. » Elle regarda Brunetti et sourit. « Je vais attendre mardi et j'irai au marché aux fleurs. J'en profiterai pour m'arrêter en chemin et lui demander s'il n'a pas le temps de prendre un café.

— Qu'est-ce que vous lui reprochez ?

— Oh, rien de spécial. Il est honnête et travailleur, et plutôt bel homme. » À son ton, on aurait plutôt dit qu'elle égrenait ses défauts.

« Et ?

— Et il me fait mourir d'ennui. Quand je fais une plaisanterie, j'ai l'impression de frapper un jeune chiot. Il me regarde avec ses grands yeux bruns, tout confus et espérant que je ne sois pas en colère contre lui parce qu'il est incapable d'en faire autant.

— Mais voilà, il est greffier au tribunal, n'est-ce pas ?

— Et je suis une faible femme, répliqua-t-elle avec un long soupir, incapable de résister à une bonne affaire. Et, ajouta-t-elle avant que Brunetti ait le temps de demander ce qu'elle voulait dire, c'est la meilleure affaire du genre. Je prends un café avec lui, et tous les secrets du palais de justice sont à ma disposition, si j'ai envie de les connaître.

— Et avez-vous déjà eu cette envie ?

— Non, jamais encore. Mon idée était de le garder en réserve. » Elle chercha le sourire approprié. « Comme l'écureuil qui enfouit des noisettes en vue d'un rude hiver.

— Vous me faites davantage penser au loup déguisé en grand-mère du Petit Chaperon rouge, dit Brunetti, qui n'attend que le bon moment pour le croquer.

— Mais je n'ai aucune envie de le croquer, se récria-t-elle. Je veux juste lui poser quelques questions.

— Après tout, Paris valait bien une messe ; les informations concernant Fontana valent peut-être bien un café.

— On voit que ce n'est pas vous qui devez le boire avec lui, répliqua-t-elle du tac au tac.

— Je sais », admit Brunetti, ne sachant trop si cette histoire était vraie ou quelque peu arrangée – chose dont on n'était jamais très sûr avec la signorina Elettra. Pour changer de sujet, il lui demanda ce qu'elle comptait faire pour le signor Puntera.

« Un de mes amis à la banque où je travaillais avant est, ou était, consultant pour lui, il me semble. Je vais voir s'il habite toujours à Venise et lui demander ce qu'il sait. »

Depuis toutes ces années, Brunetti ne se souvenait pas que la signorina Elettra ait fait appel à une source de renseignement qui ne fût masculine. « Est-il plus facile de faire parler les hommes ?

— Oui. » Elle inclina la tête et regarda la porte fermée de Patta. « En tout cas, je le crois. Les femmes sont beaucoup plus discrètes que les hommes, du moins en ce qui concerne les vantardises. Ou peut-être nous vantons-nous de choses différentes.

— Et c'est pour cette raison que vous préférez faire appel aux hommes ? demanda-t-il, ne se rendant compte qu'après l'avoir posée que sa question pouvait être considérée comme insultante.

— Non, répondit-elle calmement. Ce serait plus malhonnête d'obtenir des informations auprès des femmes de cette manière.

— Malhonnête ?

— Ce que je fais est malhonnête, évidemment. Je profite de l'innocence des gens pour trahir leur confiance. D'après vous, ce n'est pas malhonnête, ça ?

— Est-ce que c'est davantage malhonnête que de s'introduire dans l'ordinateur de quelqu'un ? » demanda-t-il, pensant pour sa part que c'était le cas.

Elle lui adressa un regard intrigué, comme si elle était stupéfaite qu'il puisse lui demander une chose aussi évidente. « Bien sûr que oui, dottore. Les systèmes informatiques sont conçus pour vous empêcher de les pénétrer : autrement dit, les utilisateurs savent que vous allez le faire ou essayer de le faire. En un sens, ils sont prévenus et ils prennent des précautions – ou devraient en prendre. Mais lorsque les gens vous parlent en toute confiance, lorsqu'ils vous livrent des informations en supposant implicitement que vous ne les répéterez pas, ils sont sans défense. » Elle tendit la main et tapota quelques touches, mais rien ne changea sur l'écran.

« Je vais donc prendre un café avec lui et voir ce qu'il a à me dire sur Araldo Fontana, fonctionnaire modèle.

— Ça vaut ce que ça vaut, mais ma source était convaincue que le greffier était absolument sans reproche. Il a dit de Fontana qu'il était convenable. Il a même paru surpris que je veuille des informations sur lui.

— Convenable, répéta-t-elle, savourant le mot, avant de demander avec un petit sourire : Cela fait combien d'années que je ne n'ai pas entendu prononcer ce mot ?

— Probablement plusieurs. C'est pourtant un compliment.

— Oui, en effet. » Elle resta silencieuse quelques instants. « Je suppose qu'on pourrait aussi l'appliquer à mon ami du tribunal.

— Le greffier ?

— Oui. » Brunetti attendit la suite, mais elle ajouta simplement qu'elle l'interrogerait sur Fontana.

« Voyez aussi s'il sait quelque chose sur la juge Coltellini, si c'est possible », demanda finalement Brunetti. Il avait hésité à le faire, mais si Fontana s'avérait être une voie sans issue, autant que la secrétaire s'intéresse à l'autre nom qui figurait dans les documents du tribunal.

— Luisa ?

— Oui. Ne me dites pas que vous la connaissez ?

— Elle, non, mais j'ai travaillé autrefois avec sa sœur. À la banque. Elle était assistante de direction. Quelqu'un de bien.

— Elle n'a jamais fait une allusion quelconque à sa sœur ?

— Pas que je m'en souvienne, répondit la signorina Elettra. Mais je peux toujours lui poser la question. Il m'arrive de la croiser dans la rue et de prendre un café avec elle.

— Sait-elle où vous travaillez ?

— Non. Je lui ai raconté que j'étais entrée dans l'administration de la ville : cela suffit en général à tuer toute curiosité dans l'œuf.

— D'après ce que m'a dit la personne avec laquelle j'ai parlé, j'ai cru comprendre que Fontana s'intéressait à sa sœur.

— Mais ce n'est pas réciproque ?

— Non.

— Ça me rappelle quelque chose », dit-elle en se tournant vers son ordinateur.

« Voilà qui lui ressemble bien », commenta Paola le soir même, allongée sur le canapé, après avoir écouté Guido lui raconter sa conversation avec la signorina Elettra et les remarques qu'avait faites la jeune femme. « Penser qu'il est plus malhonnête de tromper une femme. Moi qui croyais que l'époque de la solidarité féminine était terminée.

— Ce n'était pas exactement de la solidarité féminine, pour autant que j'en puisse juger, observa Brunetti. Je crois qu'elle mesure la malhonnêteté par rapport à la quantité de confiance qu'elle trahit et non en fonction du mensonge qu'elle fait. Et, d'après ce qu'elle a dit, les hommes seraient plus indiscrets, plus enclins à se vanter, si bien que dans ces circonstances, elle estime avoir le droit d'utiliser tout ce qu'ils peuvent déclarer.

— Et les femmes?

— Elle pense qu'elles ont besoin de davantage faire confiance aux gens avant de leur révéler des choses.

— Ou peut-être ce que révèlent les femmes, d'ordinaire, ce sont leurs faiblesses, tandis que les hommes aiment à exhiber leur force », avança Paola. Elle regarda ses pieds nus et agita les orteils.

« Que veux-tu dire?

— Pense à tous ces dîners où nous sommes allés, aux conversations que tu as eues dans des groupes d'hommes. Ce sont presque toujours des histoires de conquêtes : une femme, un poste, un contrat, un exploit sportif. Il s'agit plus de se vanter que de faire des aveux. » Comme il paraissait sceptique, elle enchaîna : « Ne me dis pas que tu n'as jamais entendu un homme se vanter de ses conquêtes féminines. »

Guido se redressa un peu et prit quelques secondes pour répondre. « Bien sûr que si.

— Des femmes, au moins des femmes de mon âge, ne feraient pas ça devant d'autres femmes qu'elles ne connaissent pas.

— Et devant des femmes qu'elles connaissent? » demanda Guido, étonné.

Mais elle ignora la question pour prendre un ton entièrement différent. « Toutefois, la tromperie a son utilité : sans elle, sans la trahison, il n'y aurait pas de littérature.

— Je te demande pardon? dit Guido, ne sachant trop comment cet échange sur les conceptions de l'honnêteté de la signorina Elettra les avait conduits à la littérature – même si c'était un sujet de conversation familier entre eux, et même si Paola était prête à employer n'importe quel stratagème pour l'amener sur le tapis.

— Réfléchis un peu, répondit-elle en tendant un bras vers lui. Gilgamesh est trahi, Beowulf est trahi, Othello l'est par Iago, son confident, un traître conduit les Perses dans le dos des Spartes…

— C'est de l'histoire, lui fit remarquer Brunetti.

— Comme tu voudras. Mais dans ce cas, qu'est-ce que tu fais d'Ulysse? N'est-il pas le traître par excellence? Et Billy

Budd, et Anna Karénine, et le Christ, et Isabel Archer – ils ont tous été trahis. Même le capitaine Achab…

— Trahi par une baleine ?

— Non, par sa mégalomanie et son désir de vengeance. Par ses propres faiblesses, pourrait-on dire.

— Tu ne pousses pas le bouchon un peu loin, Paola ? » demanda-t-il d'un ton raisonnable. Fatigué par une longue journée, son esprit revint aux affaires qui n'étaient pas des affaires, des affaires dans lesquelles il ne pouvait pas procéder officiellement, des affaires qui ne comportaient peut-être même pas de délit. Il se trouvait probablement face à deux cas de trahison, et sa femme lui parlait d'une baleine.

Elle laissa tout de suite tomber et se tourna pour donner quelques coups de poing dans le coussin sur lequel elle était adossée. « C'était juste un ballon d'essai. Pour voir s'il n'y avait pas là une idée intéressante pour un article.

— Nous sommes bien loin du domaine de prédilection de Henry James, non ? » demanda-t-il – sans être tout à fait certain si Isabel Archer était bien un personnage de James.

Elle prit un ton encore plus retenu pour répondre. « C'est ce que je me suis dit, ces derniers temps.

— Et qu'est-ce que tu t'es dit ?

— Que pour moi, le monde de Henry James s'est singulièrement rétréci. »

Brunetti se leva et consulta sa montre ; il était vingt-trois heures passées. « Je crois que je vais aller me coucher », dit-il, trop stupéfait pour trouver quelque chose d'autre à répondre.

13

Les vacances d'été paraissaient durer un peu plus longtemps chaque année, comme si les gens ajoutaient un jour ou deux de plus de part et d'autre des quinze jours officiels, dans l'espoir d'allonger leurs congés ou d'éviter les embouteillages sur les routes. Les bulletins d'informations, à la télévision comme à la radio, enjoignaient sans cesse à la prudence et avançaient le chiffre de douze millions de véhicules, voire même de treize ou quinze, prévus sur les routes ce week-end-ci. Un journaliste expliqua que si toutes ces voitures étaient placées pare-chocs contre pare-chocs, la file s'étirerait sans interruption de Reggio Calabria jusqu'au col du Saint-Gothard. Brunetti, qui ignorait quelle était la longueur moyenne d'une automobile, ne prit pas la peine de vérifier ce calcul. Il détenait un permis de conduire mais ne prenait jamais le volant, en réalité, et les automobiles n'avaient aucun intérêt pour lui. Elles étaient grosses ou petites, rouges, blanches ou de n'importe quelle couleur, et le nombre de jeunes gens qui mouraient tous les ans dans des accidents était bien trop élevé. Il avait décidé qu'ils voyageraient en train ; le simple fait d'envisager louer un véhicule risquait d'être dénoncé par Chiara comme un crime écologique. Ils iraient jusqu'à Malles, où un taxi les attendrait devant la gare pour les conduire à la maison de son cousin ; de plus, il y avait une ligne d'autocars qui faisait l'aller-retour deux fois par jour jusqu'à Glorenza.

Tout le monde avait commencé à préparer ses affaires pour les vacances. Paola avait édifié, sur leur commode, une pile de livres dont la composition changeait chaque jour en fonction des ouvrages qu'elle comptait inscrire à son cours de littérature anglaise de la rentrée suivante. Guido en étudiait les titres tous les soirs et devint donc le témoin amusé de la lutte qui se déroulait : *La Foire aux vanités* laissa la place à *De grandes espérances*, substitution que Guido attribua au poids des livres ; *Mr. Ashenden, Agent secret*, tint bon trois jours mais finit par être remplacé par *Au cœur des ténèbres*, bien que la différence de poids parût minimale aux yeux de Guido. *Barchester Towers* prit le pas sur *Middlemarch*, suggérant que la règle du poids était de nouveau en vigueur. *Orgueil et Préjugés*, en pole position depuis le premier soir, fit la course en tête jusqu'au bout.

Trois soirs avant le jour prévu pour leur départ, sa curiosité l'emporta. « Comment se fait-il que tous les gros livres ont disparu, mais que le plus gros de tous, ce pavé de Vikram Seth, *A Suitable Boy*, soit resté ?

— Oh, celui-ci, ce n'est pas pour mon cours, répondit Paola comme si la question la surprenait. Cela fait des années que j'ai envie de le relire. C'est ma petite récompense.

— Et de quoi mérites-tu d'être récompensée ?

— Tu demandes ça à quelqu'un qui enseigne à Cà Foscari ? Au département de littérature anglaise ? répliqua-t-elle, prenant un ton faussement outragé. J'ai regardé les livres que tu emportais », reprit-elle d'une manière plus modérée.

Guido l'espérait bien, avec l'espoir que l'austérité de ses choix constituerait un exemple salutaire en comparaison de la vaine frivolité de certains de ceux de Paola.

« Je crois détecter une inhabituelle modernité dans ta sélection, dit-t-elle.

— J'ai décidé de me mettre un peu à l'histoire récente, déclara-t-il fièrement.

— D'accord, mais pourquoi la Russie ? demanda-t-elle en lui montrant un ouvrage intitulé *La Révolution russe*.

— Elle m'intéresse, cette révolution, répondit-il.

— Moi, ce qui m'intéresse, c'est de comprendre pourquoi tant d'entre nous y ont cru, dit-elle d'une voix soudain devenue dure.

— Nous, en Occident, tu veux dire ?

— Oui. Nous, en Occident. Notre génération. Le paradis des travailleurs. Les frères en socialisme. Les camarades. Toutes ces absurdités que nous pouvions débiter juste pour montrer à nos parents que nous n'aimions pas les choix qu'ils avaient faits dans la vie. » Elle se cacha la figure dans les mains et Guido comprit que son geste n'avait rien d'affecté. « Dire que j'ai voté communiste ! De mon plein gré, j'ai voté pour eux ! »

La seule consolation que Guido put lui apporter fut de remarquer : « Les voilà maintenant au fond des poubelles de l'histoire.

— Ils ont mis trop de temps à s'y retrouver, rétorqua-t-elle avec férocité. Tu me connais suffisamment bien pour savoir que je ne suis pas du genre à avoir facilement honte ou à me sentir coupable, mais n'empêche que je vais me sentir coupable jusqu'à la fin de mes jours d'avoir voté pour ces gens, de ne pas avoir écouté le simple bon sens, ou cru ce que je n'aurais jamais dû croire.

— Ils n'ont jamais vraiment eu de pouvoir en Italie, fit remarquer Brunetti. Tu le sais bien.

— Ce n'est pas d'*eux* que je te parle, Guido. C'est de *moi*. De l'idée que j'ai été non seulement à ce point stupide, mais que je le suis restée aussi longtemps. » Elle prit le livre et se mit à le feuilleter, s'arrêtant pour regarder les photos qu'il contenait, puis le referma et le remit à sa place. « Mon père les a toujours détestés. Mais je ne voulais pas l'écouter. Qu'est-ce qu'il en savait lui, hein ?

— Tu penses que nous aurons à affronter le même problème ? demanda-t-il pour changer de sujet. Avec nos enfants ? »

Elle ouvrit un tiroir et en retira un chandail – à la vue duquel Guido se mit à suer à grosses gouttes. « Raffi est revenu assez rapidement à la raison, dit-elle. Je suppose que nous devrions en être reconnaissant. Mais on peut être sûrs qu'ils vont nous ramener tôt ou tard d'autres idées aussi délirantes à la maison. »

Brunetti s'avança jusqu'à la fenêtre qui donnait au nord et crut déceler une légère brise. « Tu n'as pas l'impression que le temps est en train de changer ? demanda-t-il.

— Il va se réchauffer, probablement », répondit-elle en sortant un deuxième chandail.

Le lendemain, la signorina Elettra devait prendre un café avec son admirateur greffier au tribunal. Brunetti supposa qu'elle préférerait aller chercher les fleurs tôt le matin, avant que la chaleur n'ait eu le temps d'écraser la ville. Le temps de prendre un café, ponctué de conversations très instructives sur leurs connaissances communes au palais de justice et sur son personnel en général, elle ne se présenterait pas à la questure avant onze heures selon Brunetti. Il n'alla cependant pas immédiatement voir si elle était arrivée, ayant été retenu dans son bureau par le coup de téléphone d'un ami, commissaire à la questure de Palerme, qui s'intéressait à tout ce qui pouvait concerner deux nouvelles pizzerias et un hôtel récemment ouverts à Venise.

Certaines rumeurs – plus ou moins fondées – sur ces établissements et leurs propriétaires étaient effectivement parvenues aux oreilles de Brunetti. Les propos de son collègue de Palerme touchaient aux véritables propriétaires. Ce qui éveilla le plus l'intérêt de Brunetti fut d'apprendre à quelle vitesse inhabituelle avaient été accordés les permis d'ouvrir les établissements, les pizzerias comme l'hôtel.

Pour l'hôtel, cela n'avait même pas pris quinze jours. Qui plus est, le permis était assorti d'une autorisation de faire travailler les équipes vingt-quatre heures sur vingt-quatre, chose rarissime à Venise. Quant aux pizzerias, qui nécessitaient moins de personnel, leurs permis avaient été obtenus en moins d'une semaine.

Lorsque le policier de Palerme reconnut s'intéresser tout particulièrement au directeur du bureau chargé de la délivrance de ces autorisations, Brunetti ne put que soupirer, tant le nom de l'homme lui était familier, et tant il jugeait inutile et vouée à l'échec toute tentative pour enquêter sur les méthodes utilisées pour la concession de ces permis.

Émettant un bruit qui se voulait un petit rire mais n'en fut pas un, Brunetti dit alors : « Il y a longtemps, à l'époque où je travaillais à Naples, nous avons garé une camionnette non loin d'une pizzeria et nous avons filmé pendant toute une journée tous les gens qui y entraient ou en sortaient. Nous avions même une autre caméra juste en face et nous pouvions filmer les consommateurs jusqu'à la fermeture.

— Et les affaires marchaient bien ?

— En tout et pour tout, huit personnes y sont restées assez longtemps pour manger. Et un homme est reparti avec six pizzas à emporter.

— Laisse-moi deviner, fit la voix venant de Palerme. Selon leur relevé de caisse, le total de la journée a été d'un peu plus de quatorze pizzas. »

Brunetti ne put s'empêcher de rire. « Ils ont déclaré plus de deux mille euros de chiffre d'affaires, si je convertis à partir du cours de la lire à l'époque.

— Qu'est-ce que vous avez fait ?

— Nous avons confié le film à la *Guardia di Finanza.*

— Et ?

— Et ça s'est terminé devant le tribunal. Mais le juge a déclaré que l'usage d'une caméra constituait une intrusion dans la vie privée des gens et que le film ne pouvait être utilisé car les personnes qu'on voyait dessus n'avaient pas été averties qu'on les filmait. Exactement ce qui s'est passé, reprit Brunetti après un bref silence, avec les bagagistes de l'aéroport.

— J'en ai entendu parler. »

Brunetti consulta sa montre et vit qu'il était presque midi. Soudain impatient de parler à la signorina Elettra avant qu'elle ne parte déjeuner, il dit à son correspondant qu'il le rappellerait s'il entendait parler de quoi que ce soit et mit fin à la conversation.

Pour ne pas avoir l'air trop pressé de lui parler, peut-être même inconsciemment, Brunetti retarda son arrivée en s'arrêtant à la salle des officiers, où il montra la photo de Gorini aux hommes qui s'y trouvaient. Aucun ne se souvint d'avoir vu ce visage, qui sortait pourtant de l'ordinaire. Il laissa la photo avec pour consigne de la faire circuler parmi les hommes. Finalement, il descendit et trouva la signorina Elettra à son bureau, ses doigts frottant machinalement la paume de son autre main. Deux bouquets de fleurs étaient posés sur le rebord de la fenêtre, à demi déballés, déjà en train de faner.

« Qu'est-ce qui s'est passé ? demanda-t-il.

— Un désastre. Un désastre complet.

— Racontez-moi ça », dit-il en repoussant les fleurs de côté pour s'appuyer sur le rebord de la fenêtre, bras croisés.

Avec un effort manifeste, elle posa ses deux mains à plat de part et d'autre de son clavier. « Je suis allée acheter les fleurs, puis je suis allée au tribunal. Il était au travail, à son bureau, et j'ai proposé que nous allions prendre un café.

« Nous sommes allés au Caffè del Doge et j'ai fait des manières quand il a voulu prendre une table, disant que je préférais rester au bar, que je n'avais pas beaucoup de temps – pour finalement me laisser convaincre. Nous avons commencé à discuter, il s'est mis à me parler de son travail et je l'ai écouté comme si ça m'intéressait.

« Le seul moyen que j'avais de mettre Fontana sur le tapis était de faire allusion à l'un des autres greffiers, Rizzotto, parce que j'avais été à l'école avec sa fille et que je l'avais rencontré deux ou trois fois dans le bâtiment. Sur quoi j'ai mentionné Fontana, en disant qu'il avait la réputation d'être un excellent employé. Là, il devint intarissable : il m'a expliqué à quel point Fontana se vouait à son travail, à quel point il était efficace, depuis combien de temps il était ici, et comment de tels hommes sont des exemples pour tous, bla-bla-bla, et juste au moment où j'allais hurler ou lui jeter les fleurs à la figure, voilà qu'il lève les yeux et qu'il me dit :"Tiens, justement, le voilà."

« Avant que je puisse l'en empêcher, il est allé le chercher. Ce type portait un costume et une cravate. Inimaginable.

Alors qu'il fait trente-deux degrés, il portait un costume et une cravate. » Elle secoua la tête à cette idée.

Brunetti ne voyait pas tellement où était le désastre.

« Il s'est assis à notre table, reprit-elle. C'est un petit homme timide ; il a commandé un *macchiato* et un verre d'eau. Je suis restée aussi silencieuse que possible, et pendant qu'Umberto alimentait la conversation, j'ai essayé d'être invisible. » Brunetti douta qu'elle y soit parvenue.

« C'est alors que nous étions assis là tous les trois, comme de vieux amis, que je vois entrer... devinez qui ? Mon amie Giulia, avec sa sœur Luisa.

— Luisa Coltellini ? demanda Brunetti, tout en sachant très bien que la question était superflue.

— Elle-même. Giulia m'a vue et est venue me dire bonjour, sa sœur l'a bien entendu suivie et j'ai bien cru que ce pauvre Fontana allait s'évanouir. Il s'est levé si brusquement qu'il a renversé son café sur son pantalon. C'était affreux : il ne savait pas s'il devait serrer la main de Giulia, il était fou de joie de la voir là, mais Giulia ne fit que lui tendre une serviette en papier. Il a commencé à s'essuyer. C'était grotesque. Pauvre petit homme. Il ne pouvait pas le cacher. Il aurait pu avoir écrit sur le front *Giulia, je vous aime*, que la chose n'en aurait pas été plus évidente.

— Et la juge ?

— Elle lui a dit bonjour et l'a ensuite complètement ignoré.

— Je ne vois toujours pas en quoi c'est un désastre, dit Brunetti.

— C'est ensuite qu'il est arrivé, quand Umberto m'a présentée. Lorsque la juge a entendu mon nom, elle n'a pas pu cacher sa surprise ; elle a regardé Umberto, puis Fontana et elle m'a serré la main en essayant de sourire.

— Comment avez-vous réagi ?

— J'ai fait semblant de n'avoir rien remarqué et je ne crois pas qu'elle s'en soit rendu compte.

— Et ensuite ?

— Elle s'est assise avec nous. Mais avant ça, elle m'a donné l'impression de n'avoir qu'une envie, ficher le camp plutôt que d'avoir à s'asseoir en compagnie de Fontana. Ce qu'elle a tout de même fini par faire et nous avons commencé à parler.

— De quoi?

— Oh, de là où je travaille maintenant, depuis que j'ai quitté la banque.

— Qu'est-ce que vous leur avez dit?

— Que j'étais rentrée dans les services municipaux. Quand elle s'est mise à me demander des détails, je lui ai répondu que c'était tellement barbant que je n'avais aucune envie de m'étendre dessus, sur quoi je lui ai parlé du chemisier qu'elle portait.

— A-t-elle dit autre chose?

— Au bout d'un moment, quand elle a compris qu'elle ne tirerait rien de plus de moi, elle a demandé à Fontana de quoi nous parlions, mais d'une manière amusante et amicale et en prenant sa voix la plus sucrée : "Et de quelles choses intéressantes parliez-vous, Araldo?" Le pauvre. Il est devenu tout rouge quand elle a utilisé son prénom, et j'ai cru qu'il allait avoir une attaque.

— Mais il n'en a pas eu.

— Non, il n'en a pas eu. Et il n'a pas répondu non plus. C'est Umberto qui l'a fait, disant que nous parlions du fonctionnement du tribunal. » Elle se tut un instant, secouant la tête. « Il n'aurait pas pu faire pire. » Elle regarda Brunetti. « Si vous aviez vu la tête qu'elle a fait, quand il a dit ça... Un bloc de glace.

— Combien de temps est-elle restée avec vous, après ça? demanda Brunetti.

— Je ne sais pas. Je me suis levée la première, j'ai pris mes fleurs et j'ai dit que je devais retourner au bureau. Umberto a tenu à m'accompagner jusqu'au *traghetto* : il croit que je travaille à Cà Foscari, et j'ai donc dû traverser le canal et même entrer dans le bâtiment, car Umberto était resté sur l'autre rive et me saluait de la main.

— Mais la juge, elle, ne croit pas que c'est là que vous travaillez, hein?

— Certainement pas. C'était écrit sur sa figure. Elle est *juge*, bonté divine : évidemment qu'elle sait qui travaille à la questure.

— Possible », concéda Brunetti, histoire de temporiser.

La signorina Elettra se leva et se dirigea vers lui si brusquement qu'il eut à peine le temps de s'écarter. L'ignorant, elle prit les bouquets et déchira les papiers d'emballage. Puis elle posa les fleurs sur son bureau, alla prendre deux grands vases dans son placard et sortit. Brunetti resta où il était, réfléchissant à ce qu'elle venait de lui dire.

À son retour, il lui prit un vase rempli d'eau des mains et le posa sur le rebord de la fenêtre. Elle posa le deuxième sur la petite table, contre le mur, et prit l'un des bouquets. Sans cérémonie, elle enleva l'élastique qui retenait les fleurs ensemble et les fourra dans le premier vase, puis recommença l'opération avec le deuxième bouquet.

Après quoi elle se rassit à sa place, regarda Brunetti, regarda les fleurs. « Les pauvres… je ne devrais pas passer ma mauvaise humeur sur elles.

— Vous n'avez pas vraiment de raison d'être de mauvaise humeur, observa Brunetti.

— Vous ne diriez pas ça si vous aviez vu sa réaction, s'entêta-t-elle.

— Qu'est-ce que vous allez faire ?

— J'aimerais bien jeter un coup d'œil à ce qui vous a rendu curieux au sujet de la juge. »

14

La signorina Elettra raccompagna Brunetti à son bureau où il lui montra les documents qui provenaient du tribunal. Il lui expliqua l'anomalie des multiples reports d'audience dans certaines affaires jugées par Coltellini et lui fit remarquer que la signature de Fontana figurait au bas de toutes les pages.

« Un jeu d'enfant », murmura-t-elle, faisant allusion au système de protection des données utilisées par le ministère de la Justice. Regardant la signature du greffier, elle ajouta : « Vous savez, je commence à me dire qu'il y avait quelque chose de bizarre dans le comportement de Fontana devant la juge.

— L'amour à sens unique paraît toujours étrange à ceux qui ne le ressentent pas, observa Brunetti, prenant conscience d'avoir l'air aussi sentencieux que Polonius lui-même.

— C'est justement ça, dit-elle en levant les yeux sur Brunetti. Je ne suis pas certaine qu'il s'agisse d'une histoire d'amour à sens unique.

— Dans ce cas, de quoi s'agit-il ?

— Je ne sais pas », admit-elle. Elle croisa les bras, se tapotant machinalement la lèvre inférieure avec un coin de la feuille qu'elle tenait. « J'ai déjà vu ce genre d'histoires, reprit-elle, mais sans préciser de quel point de vue. J'ai tout d'abord pensé qu'il s'agissait de ça dans le cas de Fontana, mais plus j'y pense, plus il me semble qu'il se passe autre chose. Il est trop abject, trop servile quand il s'adresse à elle.

Même un homme aussi insignifiant que lui doit bien savoir que personne n'aime qu'on lui parle de cette façon.

— Pas forcément. Certaines personnes aiment bien ça.

— Oui, je sais. Mais pas elle. C'est évident. Il y a une chose dont je ne vous ai pas parlé tellement c'est gênant, c'est la façon qu'il avait de sans cesse lui offrir des choses, un café, un verre d'eau, une pâtisserie. Comme s'il lui était redevable de quelque chose, mais d'une manière étrange.

— S'ils sont tous les deux dans le coup, on peut parier que c'est elle qui se taille la part du lion, dit Brunetti, reconnaissant ouvertement par là sa propre interprétation des documents que lui avait confiés Brusca. C'est donc elle qui aurait dû payer les cafés.

— Non, non, dit la jeune femme, secouant la tête pour rejeter et cette conclusion, et sa tentative d'humour. Ce n'est pas comme s'il pensait la rembourser en agissant de la sorte. J'ai l'impression qu'il y a comme un grand trou béant entre eux et qu'il n'a rien trouvé de mieux que d'essayer de le combler, même s'il sait qu'il est tellement profond qu'il n'y arrivera jamais. » Elle réfléchit quelques instants, puis ajouta : « Non, ce n'est pas ça non plus. Il lui est reconnaissant, mais reconnaissant comme le sont les croyants quand la Madone a répondu à leurs prières. C'est embarrassant de le voir faire.

— Et votre ami Umberto, est-ce qu'il l'a remarqué ?

— C'est possible, mais il ne m'en a rien dit. Et il me tardait tellement de filer que je ne lui ai pas demandé. De toute façon, il n'était pas question que je me tienne sur la *riva*, en plein soleil, pour lui parler une minute de plus. Je n'avais envie que d'une chose : monter dans la gondole et changer de rive.

— Et c'est comme ça qu'Umberto vous traite, comme la Madone ? ne put-il s'empêcher de demander.

— Oh non, répondit-elle sans hésiter. Chez lui, c'est vraiment de l'amour à sens unique. »

Ni ce jour-là, ni le lendemain, la signorina Elettra ne réussit à découvrir quoi que ce soit sur les raisons qui avaient entraîné les reports d'audience des affaires figurant sur la liste de Brusca. Le réseau informatique du tribunal était en panne et comme les deux personnes qui en avaient la responsabilité étaient en vacances, la base de données resterait inaccessible pendant encore au moins une semaine. Malheureusement, cette restriction, comme elle le découvrit, valait aussi bien pour les tentatives légales qu'illégales de consulter les informations du système.

Espérant tout de même avoir du neuf avant son départ en vacances, Brunetti l'appela pour lui demander si elle avait eu le temps de s'intéresser à Marco Puntera, le propriétaire de Fontana. Elle s'excusa pratiquement de n'avoir pu le faire, expliquant d'une part que son ami ne travaillait plus à la banque et que, de l'autre, elle avait été prise par la mise en place des instructions de Patta pour la période des vacances, si bien que non, elle n'avait pas pu se renseigner sur le signor Puntera. Elle promit de s'y mettre lorsque le vice-questeur se trouverait à bonne distance, à savoir sur l'île de Ponza, où lui et sa famille étaient les hôtes du maire de Venise – heureux propriétaire d'une villa là-bas.

« Encore un moyen de s'assurer d'une totale objectivité de la part des forces de l'ordre, en cas d'enquête sur un politicien local, commenta Brunetti, quand il entendit le nom de l'hôte de Patta.

— Je ne doute pas que le vice-questeur puisse résister à toute forme de pression, répondit la jeune femme d'un ton gourmé. Vous savez bien qu'il est le premier à s'opposer au favoritisme quel qu'il soit.

— Je sais très bien comment il en parle, en effet », dit Brunetti. Sur quoi ils abordèrent la question de ce qui devait être fait pendant l'absence de Patta et celle de Brunetti lui-même. Elle lui souhaita de bonnes vacances et lui donna rendez-vous dans deux semaines.

Voyant dans ses vœux une permission de prendre congé, le commissaire retourna chez lui et commença à préparer d'autres affaires que ses livres.

Le lendemain matin, les Brunetti embarquèrent dans l'Eurostar de neuf heures cinquante, changèrent de train à Vérone et prirent la direction du nord avec un enthousiasme grandissant. Ils avaient une autre correspondance à Bolzano pour une desserte locale qui les conduirait à Merano, où le train du Vinchgau les amènerait jusqu'à leur terminus, Malles. Là, un taxi les attendrait. Peu après Vérone, le train s'enfonça dans un paysage de vignobles. Brunetti se rappela vaguement un poème qu'il avait eu à apprendre par cœur en classe d'anglais, et dans lequel il était question de canons à gauche et de canons à droite*; sauf que dans ce cas c'était des vignes, des kilomètres et des kilomètres de vignes, toutes taillées à la même hauteur; si ça se trouvait, les grappes elles-mêmes étaient de variété et de taille identiques.

Le temps passa comme il passe dans un train; Brunetti, heureux d'être à la campagne, regardait par la fenêtre; Chiara parlait avec le couple de jeunes gens qui partageaient leur compartiment; et Raffi, assis en face de sa mère dans l'un des sièges du milieu, ses écouteurs vissés aux oreilles, hochait de temps en temps la tête au rythme de la musique. À un moment donné, alors qu'il avait adopté un mouvement quasi métronomique, Paola leva le nez de son livre et laissa tout le monde perplexe avec une réflexion qu'elle fit en anglais : « *Unheard melodies are indeed sweeter*** », sur quoi elle reporta son attention sur les observations de Mr. James.

Brunetti participait par intermittence à la conversation qui se déroulait entre sa fille et le couple de jeunes gens assis près de la fenêtre. Il crut comprendre qu'ils allaient passer quinze jours chez des amis à Bolzano, où ils avaient l'intention d'écouter de la musique et de se reposer. Étant donné qu'ils avaient tous les deux déclaré que rien n'était plus facile que les cours de fac et qu'ils trouvaient de manière générale la vie ennuyeuse, Brunetti fut tenté de leur demander de

* Allusion à *La charge de la brigade légère*, de Tennyson.

** Allusion à un passage de *Ode sur une urne grecque*, de John Keats : « Entendues, les mélodies sont douces, mais celles qu'on n'entend pas sont plus douces encore. »

quoi ils avaient besoin de se reposer, mais il préféra retourner à la contemplation des vignobles. Des tracteurs miniatures équipés de pulvérisateurs parcouraient les rangs. Alors que le train ralentissait à l'approche de Trente, il remarqua que le conducteur de l'un de ces tracteurs portait la même tenue de protection que celle de la police technique criminelle, avec en plus la tête entièrement encapuchonnée et un masque sur la figure.

Guido tapota le genou de Paola pour avoir son attention et lui montra la fenêtre. « On dirait un Martien, tu ne trouves pas ? » demanda-t-il.

Paola regarda un certain temps par la fenêtre, puis se tourna vers son mari. « Tu comprends pourquoi j'achète des fruits bio ? »

Comme si l'allusion à un produit comestible avait pénétré ses écouteurs et réveillé un instinct toujours aux aguets, Raffi déclara, d'une voix étonnamment forte : « J'ai faim. » Paola, telle la *mamma* italienne d'un film des années cinquante, persuadée que la nourriture qu'on trouvait dans les trains était malsaine, avait rempli une énorme boîte à pique-nique de quantité de sandwichs, de fruits et d'eau minérale, sans oublier une demi-bouteille de vin.

Sur un signe de sa mère, l'adolescent descendit la boîte à pique-nique du filet, au-dessus de leurs têtes, l'ouvrit et entreprit de distribuer des sandwichs à tout le monde – y compris aux deux jeunes gens qui, après avoir poliment refusé une première fois, acceptèrent avec plaisir de se joindre aux Brunetti. Il y avait du jambon-tomate, du jambon-olives, de la tomate-mozzarella, une salade aux œufs, du thon-olives et diverses autres variations autour de ces ingrédients. Raffi remplit d'eau six gobelets en carton et les fit passer à la ronde.

Brunetti se sentit soudain submergé de bonheur. En paix, en direction du nord, il était entouré de tous ceux qu'il aimait et chérissait le plus au monde. Tous étaient en bonne santé ; aucun nuage n'assombrissait l'horizon. Pendant quinze jours, il allait pouvoir marcher dans les montagnes, manger du speck et des strudels, dormir sous un édredon et lire à satiété pendant que le reste de l'univers rôtissait.

Il regarda par la fenêtre et s'aperçut que les vignes avaient laissé place à des pommiers.

La conversation devint générale. Le couple de jeunes gens ne savait comment remercier Paola et s'adressait à elle et à Guido en les vouvoyant respectueusement, bien qu'ayant spontanément tutoyé Chiara et Raffi. Une bonne partie de ce que disait la jeune génération était hermétique pour Brunetti, qui ne saisissait pratiquement aucune de leurs références et restait perplexe devant leurs choix d'adjectifs. D'après le contexte, il comprit que *refatto* était élogieux, tandis que rien ne pouvait être pire que *scrauso*.

Le train arriva à l'heure à Trente, et Raffi commença la distribution des bananes et des prunes.

Dix minutes plus tard, alors que le train roulait entre des alignements de pommiers, le téléphone de Brunetti sonna. Il hésita un instant à ne pas décrocher, pour le sortir finalement de la poche latérale du sac de Paola, où il l'avait rangé avant de partir.

« *Pronto*, dit-il.

— C'est toi, Guido ? demanda une voix féminine.

— Oui. Qui est à l'appareil ?

— Claudia. » Il fallut quelques instants à Brunetti pour faire correspondre voix et prénom et comprendre qu'il parlait à Claudia Griffoni, laquelle, en tant que plus jeune commissaire de la vice-questure, s'était retrouvée de service pendant les vacances d'été.

« Qu'est-ce qui se passe ? demanda-t-il, n'ayant pas à imaginer le pire puisqu'il avait les siens autour de lui.

— Nous avons un meurtre sur les bras, Guido. Il pourrait s'agir d'un vol qui a mal tourné.

— Il est arrivé quelque chose ? » Il vit la main de Paola sur son genou et se rendit alors compte qu'il regardait le plancher pour s'isoler des autres passagers du compartiment.

Il y eut une soudaine coupure sur la ligne, puis la voix de Griffoni revint. « Il était dans la cour de sa maison, et on peut imaginer qu'il a été poussé à l'intérieur au moment où il a ouvert la porte, ou bien que quelqu'un l'attendait à l'intérieur. »

Brunetti émit un son interrogatif, et Griffoni enchaîna. « Il semble qu'il ait été bousculé et que sa tête ait heurté une sculpture.

— Qui l'a trouvé ?

— L'un de ses voisins de l'immeuble, quand il est descendu promener son chien. Vers sept heures trente, ce matin.

— Pourquoi ne m'a-t-on pas appelé plus tôt ?

— Quand nous avons été prévenus, le type de service a consulté le tableau et a vu que tu étais en vacances. Scarpa était le seul sur place, et il y est donc allé. Il vient juste d'appeler pour faire son rapport. »

Brunetti leva les yeux et vit que les trois personnes en face de lui, son fils, sa femme et la jeune fille près de la fenêtre, le regardaient en écarquillant les yeux de curiosité. Il se leva, fit coulisser la porte, passa dans le couloir et referma derrière lui.

« Où est-il à présent ? »

Il y eut une nouvelle coupure. « Pardon ? dit Griffoni.

— Le mort, où est-il à présent ?

— À la morgue de l'hôpital.

— Et sur place, où en est-on ?

— Une équipe de la police scientifique y est allée, commença-t-elle ; sa voix demeura indistincte quelques secondes. ... la situation est compliquée. Trois familles habitent l'immeuble, et c'est la seule issue donnant sur la *calle*. Scarpa s'est arrangé pour empêcher les gens de passer par la cour jusqu'à ce que les techniciens aient terminé, mais il a bien fallu qu'il les libère – vers dix heures, ce matin. »

Brunetti préféra ne pas commenter : ce n'était déjà pas si mal que les gens du labo aient pu faire leur travail. Mais la scène de crime était à présent définitivement contaminée et il y aurait toujours un avocat pour contester la validité des conclusions du labo sous ce prétexte. Il n'y avait que dans les séries télé et les polars que l'on acceptait les preuves présentées par la police scientifique sans discuter.

« Scarpa s'y trouve toujours, reprit-elle. Il y est allé avec plusieurs hommes, dont Alvise.

— Autant y installer un arrêt de bus, fit un Brunetti dégoûté. Qui s'occupe de l'autopsie ? »

Il y eut encore une coupure. « ... demandé à avoir Rizzardi, répondit Griffoni, montrant par là qu'elle avait mis à profit le court laps de temps qu'elle avait passé à la questure.

— Il va pouvoir la pratiquer ?

— J'espère. Son nom n'était pas sur le tableau, mais l'autre crétin a pris une semaine de vacances et n'a pas laissé de numéro où le contacter.

— Ce n'est pas une manière de parler de l'un des assistants du légiste de Venise, commissaire, dit Brunetti.

— Ce crétin *arrogant*, si vous préférez, commissaire », se corrigea-t-elle.

Le silence de Brunetti valait approbation. « Je vais revenir, dit-il finalement.

— J'avoue que je l'espérais, dit Griffoni avec un soupir de soulagement. Il n'y a presque plus personne ici, et je ne voulais pas me retrouver en tête à tête avec Scarpa. Bon, comment on va faire ? Veux-tu que j'appelle Bolzano et que je leur demande de te ramener dans l'un de leurs véhicules ? »

Brunetti consulta sa montre. « Où te trouves-tu ?

— Dans mon bureau. Pourquoi ?

— Regarde les horaires de train et trouve-moi le prochain départ vers le sud.

— Tu ne préfères pas une voiture ?

— J'adorerais ça, crois-moi. Mais on aperçoit de temps en temps l'autoroute depuis le train et il y a des endroits où la circulation est totalement paralysée. Ça ira plus vite par le train. »

Elle marmonna quelque chose, puis il l'entendit qui posait le combiné. Il se concentra sur les coupures et se rendit compte qu'elles paraissaient se produire quand le train était à proximité d'une ligne à haute tension. Finalement, la voix de Griffoni revint. « L'EuroCity de Munich à Venise arrive en principe une minute après ton train.

— Bien. Appelle la gare de Bolzano et demande-leur de retenir l'EuroCity. Nous devrions y arriver dans douze minutes, je pourrais passer de l'un à l'autre et être de retour dans quatre heures, environ.

— Entendu. Je te rappelle. »

Brunetti coupa la ligne, s'adossa à la vitre du compartiment où se trouvaient les siens et étudia les montagnes qui s'élevaient au-dessus des champs sans fin de pommiers.

Les pommiers défilaient toujours lorsque son téléphone sonna à nouveau. « L'EuroCity a dix minutes de retard, lui dit Griffoni, si bien que si ton train est à l'heure, tu dois pouvoir l'avoir sans peine. Voie 4.

— Il faut que j'accompagne ma famille à son train, alors rappelle-les et demande-leur d'attendre de me voir.

— Très bien. Il y aura quelqu'un pour t'attendre à Venise. »

Brunetti remit son téléphone dans sa poche et se tourna pour entrer dans le compartiment.

15

Plus tard, dans le train qui le ramenait à Venise, Brunetti se fit la réflexion que la nature humaine réservait toujours bien des surprises : les deux jeunes gens avaient insisté pour les aider à porter leurs bagages jusqu'à l'autre train, après qu'un employé de la gare était venu à la rencontre de Brunetti pour lui dire que le train à destination de Venise serait retardé d'une dizaine de minutes supplémentaires. Une fois la famille installée, le jeune couple s'éclipsa, sans rien demander des mystérieuses raisons qu'il avait de retourner à Venise. Brunetti embrassa Paola et ses enfants, promit de revenir dès que possible, et regarda depuis le quai leur train partir pour Merano, les montagnes et les délices de nuits passées sous un édredon en plein mois d'août.

Le train pour Venise lui donna les mêmes sensations de fraîcheur, mais par intermittence, car l'air conditionné fonctionnait de manière fantaisiste : des bouffées d'un air tropical alternaient avec d'autres qu'il n'aurait pas été exagéré de qualifier d'arctiques. Les fenêtres de ces nouveaux trains ne s'ouvraient pas si bien que, comme les autres passagers du compartiment de première classe où l'avait installé le contrôleur, il avait l'impression que le train traversait à un moment donné le Sahara, à un autre la Sibérie. La valise de Brunetti avait continué sa route vers le nord avec ses chandails ; du coup, lorsque le train pénétrait en Sibérie, il était obligé de se réfugier dans le couloir, lequel avait au moins l'avantage d'être à température constante, même si celle-ci était élevée.

Pour le moment, il ne pouvait donc ni lire en paix, ni réfléchir tranquillement à la situation de Venise et à ce qu'il conviendrait de faire lorsqu'il serait sur place. Il finit par se rendre dans le wagon-restaurant, où la climatisation fonctionnait parfaitement, et s'y installa pour parcourir le journal tout en buvant deux cafés et de l'eau minérale.

Lorsque le train arriva à Mestre, il rappela Griffoni et eut le plaisir d'apprendre qu'elle attendrait en personne à la gare de Venise avec une vedette de la police.

« Et Vianello ? » demanda-t-il, sachant que son adjoint et ami était lui aussi en vacances et espérant que Griffoni avait pensé à l'appeler.

Ce qu'elle avait fait. « Il m'a dit qu'il connaissait quelqu'un chez les gardes-côtes, et ils ont eu l'autorisation de pénétrer dans les eaux territoriales croates pour aller le chercher.

— Qui connaît-il ? demanda Brunetti.

— Il m'a seulement dit que c'était un ancien camarade d'école.

— Bien. Merci. »

Le train repartit de la gare et Brunetti coupa la ligne. Une fois sur le pont reliant le continent à Venise, son attention fut attirée par les énormes paquets d'algues qui saturaient les eaux, d'un côté comme de l'autre. Elles avaient été moins visibles le matin, avec la marée haute, mais à présent on ne pouvait plus les ignorer. Ils roulèrent pendant plusieurs minutes sans en voir la fin. Quelques bouteilles en plastique flottaient au milieu de la masse verdâtre qui s'étendait dans les deux directions et paraissait même se masser sous les arches. Les bateaux passaient au large. Pas un seul oiseau marin ne s'y aventurait. Tel un cancer abandonné à lui-même, le magma s'étendait.

Il vit la vedette de la police amarrée directement devant la gare et hâta le pas dans l'escalier. Il s'était senti tellement bien dans le wagon-restaurant qu'il lui fallut quelques instants pour prendre conscience de la chaleur qui s'abattait à nouveau sur lui. Il eut la chemise collée dans le dos avant même d'atteindre le bateau et il se rappela soudain, ennuyé, qu'il avait laissé ses lunettes de soleil dans la valise qui se trouvait à présent à une altitude de 1 450 mètres dans les Alpes, au-dessus de Glorenza.

Il adressa un signe de tête à Foa, le pilote, monta à bord et serra la main de Griffoni. Son bronzage la faisait paraître encore plus blonde et sa minijupe exhibait de longues jambes tout aussi hâlées. Elle ne ressemblait vraiment pas à une commissaire de police dans l'exercice de ses fonctions. Foa largua les amarres, revint dans la cabine et lança le moteur.

« Vianello ? demanda Brunetti.

— Il est déjà arrivé. Il nous attend au domicile de la victime. Il a mis moins de trois heures pour revenir. »

Brunetti sourit. Même s'il gâchait les vacances de l'inspecteur en l'obligeant à revenir à Venise, le fait qu'il ait pu le faire dans des bateaux des gardes-côtes fonçant à toute allure à travers l'Adriatique était une petite compensation. « Je suis sûr qu'il a adoré ça.

— Qui n'adorerait pas ça ? » répondit-elle avec une pointe d'envie dans la voix.

Le bateau s'engagea dans le canal de Cannaregio et passa à vitesse modérée sous les deux ponts pour rejoindre la lagune. Griffoni expliqua à Brunetti qu'elle avait parlé avec Rizzardi, qui se trouvait dans sa maison de vacances des Dolomites, et qu'il avait dit espérer arriver dès ce soir. Sinon, il serait là demain matin.

La commissaire n'avait pas vu le corps qui avait été transféré à la morgue avant que Scarpa ne l'appelle pour la mettre au courant de l'affaire. Brunetti voulut savoir comment Scarpa s'était comporté et quelle avait été sa réaction en apprenant que lui et Vianello avaient interrompu leurs vacances pour venir reprendre le dossier.

« Je ne le lui ai pas dit, répondit Griffoni.

— Il imagine donc que c'est lui qui a l'affaire ?

— Lui et moi, mais étant donné que je ne suis qu'une simple femme, je ne compte évidemment pas. » Ils étaient restés sur le pont dans l'espoir de profiter de la brise créée par le déplacement du bateau, et le vent emportait donc une partie de leurs paroles. Brunetti la regarda à nouveau. Elle avait beau être de toute évidence une femme, jamais il ne lui serait venu à l'esprit d'y ajouter l'adjectif « simple ». « Il risque d'être surpris en me voyant, observa Brunetti, non sans une certaine satisfaction.

— Moi aussi j'espère que ça va chambouler ses plans », dit-elle avec cette sorte de jubilation malveillante que provoquait le nom de Scarpa chez ceux qui le connaissaient, même depuis peu.

Les eaux, dans cette partie de la lagune, étaient étonnamment agitées, ce qui les obligea à s'accrocher au bastingage pour rester debout. Cela n'empêcha pas Foa de pousser les gaz à fond dès qu'ils furent en eaux libres, le grondement du moteur noyant les autres bruits et rendant impossible toute conversation. Brunetti se tourna vers la gauche; son regard alla de l'île de Murano à celle de Burano, puis s'arrêta sur la tour de Torcello, que l'on distinguait à peine dans l'air brumeux.

Sur quoi ils ralentirent, tournèrent à droite et s'engagèrent dans un canal, puis dans un autre. Brunetti aperçut la sculpture de l'homme au chameau. « Mais... qu'est-ce que nous faisons à la Misericordia? demanda-t-il.

— Son domicile est un peu plus loin, sur la gauche.

— *Oddio!* s'exclama Brunetti, ce n'est tout de même pas Fontana, si?

— Je vous ai donné son nom quand je vous ai appelé », se défendit Griffoni.

Brunetti se souvint des coupures et des bruits sur la ligne. « Oui, bien sûr, dit-il.

— Vous le connaissiez?

— Pas personnellement, mais j'avais entendu parler de lui.

— Il était employé au palais de justice, c'est bien ça? » demanda-t-elle.

Sentant le bateau qui ralentissait encore, Brunetti se contenta de répondre que oui avant d'aller à l'avant prendre l'amarre. Foa s'arrêta côté droit du canal, et Brunetti sauta sur la berge, puis attacha la corde à un anneau métallique. Il tendit ensuite la main à Griffoni et l'aida à débarquer. Foa déclara qu'il allait trouver un bar pour se mettre à l'abri du soleil : ils n'auraient qu'à l'appeler sur son portable quand ils auraient terminé.

Griffoni ouvrit la marche, franchit un pont pour tourner dans la première ruelle à droite. Troisième maison, encore à droite : un grand portail brun avec à côté un panneau comportant plusieurs noms et sonnettes.

Griffoni avait une clef. Ils se retrouvèrent dans une vaste cour débordant de palmiers et d'arbustes en pot, un côté baignant déjà dans l'ombre de la fin de l'après-midi. Brunetti perçut un mouvement. Un jeune policier, l'une des nouvelles recrues, bondit sur ses pieds et salua les deux commissaires. Brunetti remarqua qu'un ruban de scène de crime divisait la cour en deux, le jeune policier se tenant dans la partie la plus éloignée. Griffoni et lui se glissèrent sous le ruban et s'approchèrent. « Où était-il? demanda Brunetti.

— Par là, commissaire », répondit la jeune recrue en montrant l'escalier qui conduisait au premier étage.

Brunetti et Griffoni s'approchèrent des marches; leurs yeux furent attirés par une tache de sang sur le dallage, qui paraissait dessiner trois des côtés d'un rectangle vide. On voyait également, tracée à la craie, la silhouette d'un homme partant de la tache de sang, les pieds dirigés vers eux. Silhouette qui, sous cet angle, paraissait étonnamment petite.

« Où est la statue? demanda Brunetti.

— Bocchese l'a emportée au labo, expliqua Griffoni. Ce n'est qu'une copie du XIXe en marbre d'un lion byzantin. » Remarque qui laissa Brunetti perplexe, mais il préféra en rester là.

Il se tourna vers le portail qui donnait dans la ruelle; la tache de sang se trouvait à une quinzaine de mètres, si bien que quelqu'un avait très bien pu attendre la victime dans la cour. Mais Fontana aurait tout aussi bien pu être poussé à l'intérieur, ou encore y entrer en compagnie d'une personne qu'il connaissait.

« C'est arrivé à quelle heure ?

— Pour le moment, nous ne le savons pas. Nous n'avons pas encore interrogé les habitants de l'immeuble, mais un homme a déclaré à Scarpa qu'il était rentré chez lui avec sa femme un peu après minuit et qu'il n'avait rien vu. » D'un geste de la main, elle traça une ligne imaginaire allant du sang au portail. « Ils l'auraient forcément vu. Autrement dit pour vous répondre : à une heure indéterminée après minuit.

— Et avant sept heures trente, ajouta Brunetti. C'est long. »

Griffoni acquiesça de la tête. « C'est l'une des raisons pour lesquelles je tenais à ce que ce soit Rizzardi qui pratique l'autopsie.

— Qu'est-ce que Scarpa t'a dit d'autre ?

— Le couple lui a raconté que Fontana habitait ici avec sa mère. Que c'est une femme très croyante, qui va à la messe tous les jours et au cimetière une fois par semaine pour s'occuper de la tombe de son mari. Son fils lui était très dévoué et c'est regrettable qu'il ait été ainsi fauché dans la fleur de l'âge. Le truc habituel : une fois qu'une personne est morte, c'est à qui mieux mieux pour l'encenser, dire à quel point elle était bien, quelle perte c'est pour le monde et combien toute sa famille est merveilleuse.

— Ce qui veut dire, traduit en clair ? »

Griffoni sourit. « Que celui qui prend tout ce baratin avec un grain de sel comprend rapidement que la mère est un dragon qui a pourri la vie de son fils. » Ils se trouvaient à une certaine distance de la jeune recrue et parlaient à voix basse, ce que Brunetti regretta, car cela ne faisait que repousser la confrontation du jeune homme avec l'une des vérités fondamentales que sa profession finirait par lui révéler : ne jamais croire ce qu'on raconte sur un mort.

Brunetti jeta un autre coup d'œil à la scène de crime, à la silhouette tracée à la craie, au ruban jaune. Il appela le jeune policier. « Tu es venu avec le lieutenant Scarpa ?

— Non, monsieur. J'étais en patrouille du côté de San Leonardo et j'ai reçu un appel me disant de me rendre ici.

— Qui était présent, quand tu es arrivé ?

— Il y avait le lieutenant, monsieur. Scarpa. Et les officiers Alvise et Portoghese. Et trois techniciens de la police scientifique. Et le photographe. » À la manière dont son débit ralentit, Brunetti comprit qu'il n'avait pas fini.

« Qui d'autre ? lui demanda-t-il d'un ton encourageant.

— Quatre des personnes qui habitent ici, ou qui se comportaient comme si c'était le cas. L'une d'entre elles avait un chien. Et des gens qui se tenaient devant le portail.

— Tu as pris leurs noms ?

— J'y ai bien pensé, monsieur. Mais je me suis dit, euh, vu qu'il y avait un gradé et deux autres officiers plus anciens que moi, eh bien, qu'ils l'avaient déjà fait. Et que ce n'était pas à moi de leur demander s'ils s'en étaient occupés. »

Brunetti étudia le jeune homme plus attentivement et jeta un coup d'œil à son badge. « Zucchero, lut-il. Ne serais-tu pas le fils de Pierluigi, par hasard ?

— Si, monsieur.

— Je n'ai pas connu ton père, reprit Brunetti, mais tout le monde parlait de lui avec respect.

— Merci, monsieur. C'était quelqu'un de bien.

— Et l'inspecteur Vianello ?

— Il est à l'étage et parle avec la mère, commissaire. Il est arrivé il y a environ une demi-heure. »

Brunetti s'écarta d'un pas et se retourna pour examiner la cour. L'un des murs longeait la ruelle. En face, de l'autre côté de la scène de crime, on voyait trois entrées fermées par des grilles.

« C'est quoi, ça ? demanda Brunetti en montrant les grilles.

— Des locaux qui servent de cave aux locataires, monsieur », répondit Zucchero. Le jeune policier montra alors une quatrième grille, également fermée, sur l'un des murs latéraux ; des palmiers en pot la dissimulaient partiellement. « Il y en a un autre par là, monsieur.

— Allons voir ça de plus près. »

Le trio se dirigea vers la grille située dans l'ombre de deux des palmiers. Une chaîne métallique était passée entre les barreaux et accrochée à un loquet. « Le lieutenant Scarpa a fait changer tous les cadenas, monsieur, mais j'ai les clefs. » Passant devant Brunetti, Zucchero glissa une main entre les barreaux et alluma l'éclairage intérieur.

La salle était vide, et le sol avait sans doute été balayé depuis un certain temps : on voyait de minuscules tas de poudre de stuc tombée depuis, formant de petits îlots poussiéreux dans une mer de béton. Les murs étaient entièrement nus, si l'on ne tenait pas compte des endroits d'où s'étaient détachés des fragments de chaux.

Brunetti se chargea d'éteindre et ils traversèrent la cour jusqu'à la première des trois autres caves. Le soleil éclairait encore le mur à mi-hauteur et ses rayons obliques se répandaient sur les premiers mètres du sol à travers la grille. Le dallage était fait de grands carreaux de terre cuite plus haut de deux marches par rapport à la cour, sans doute pour réduire l'humidité et peut-être aussi pour se protéger des risques de l'*acqua alta*. Zucchero ouvrit le cadenas et poussa la grille. Brunetti baissa la tête pour entrer, trouva l'interrupteur et alluma.

Contrairement au premier, ce deuxième local débordait d'une multitude d'objets : caisses, cartons, valises, sacs à dos, vieux pots de peinture, seaux en plastique d'où dépassaient des chiffons, pots en verre ayant contenu des confitures ou des cornichons. Dans le fond, s'inscrivait l'histoire d'une enfance : on y voyait un lit de bébé pliable en bois, enroulé dans son fond en plastique et dont ne dépassaient que les articulations et les pieds; un mobile, constitué d'animaux et de clochettes, gisait sur une bibliothèque; deux cartons contenaient tout un zoo d'animaux à la peluche sérieusement râpée. Deux boîtes de Pampers intactes, à côté du mobile, attendaient peut-être l'arrivée d'un autre enfant.

Brunetti recula d'un pas et heurta Griffoni. Il s'excusa et lui laissa le passage pour qu'elle sorte la première, puis il éteignit et Zucchero referma derrière eux.

Griffoni s'abstint d'entrer dans la troisième cave lorsque Zucchero eut retiré la chaîne et poussé la grille. Ce local avait les mêmes dimensions que les autres, soit environ trois mètres de large pour au moins cinq mètres de profondeur. Des cartons remplissaient les étagères qui couvraient les deux murs latéraux de haut en bas. Ces cartons, tous de la même taille, étaient des emballages de rangement et non des cartons de supermarché réutilisés. Chacun d'eux comportait une étiquette, côté extérieur, sur laquelle une mention était écrite avec soin. « Service de thé de Tante Maria », « Mouchoirs », « Chaussures d'hiver », « Foulards de laine », « Livres d'Araldo ». Et ainsi de suite, les épaves laissées par la vie bien rangées au fond de ces cartons sans que rien ne soit jeté, au cas où telle ou telle chose pourrait à nouveau servir.

Brunetti se détourna de la pièce et de la vie momifiée qu'elle contenait, éteignit et suivit Zucchero jusque dans le quatrième local, Griffoni de nouveau sur les talons, tous les trois silencieux.

Cette dernière cave, constata Brunetti en y entrant, avait exactement la même taille que la précédente et le même type d'étagères. On y trouvait aussi la preuve de nombreuses vies, ou au moins que de nombreuses vies étaient passées par les mains de ses propriétaires : la plupart des étagères, côté gauche, contenaient une bonne vingtaine de cages à oiseaux vides. Il y en avait en bois et en métal, de toutes les tailles et de toutes les couleurs. Certaines avaient encore leur petit abreuvoir, sec maintenant, et on voyait la trace laissée par le niveau de l'eau. Toutes les minuscules portes étaient fermées et les balançoires de bois, immobiles. Les cages avaient été nettoyées avant d'être remisées là, mais l'odeur acide et poussiéreuse caractéristique des volières emplissait le local. Il y avait aussi des cartons empilés d'un modèle semblable à ceux de la cave précédente. Leurs étiquettes étaient rédigées dans une écriture différente : « Chandails de Lucio », « Bottes de Lucio », « Chandails d'Eugenia », lisait-on.

L'autre côté était réservé à des casiers à bouteilles. Non pas des étagères, mais une structure métallique qui partait à trente centimètres du sol et montait presque jusqu'au plafond. Brunetti s'avança pour lire les étiquettes des bouteilles; il en reconnut certaines, en approuva quelques-unes et constata que plusieurs commençaient à se détacher et à pendre. « Dans cette humidité et avec cette odeur? » demanda Griffoni.

Brunetti posa un doigt sur un col dont la capsule avait été déformée et crevée par le gonflement du bouchon. Un dépôt blanchâtre recouvrait le liège. Il tira la bouteille. « 1980 », lut-il. Il remit la bouteille en place et le grincement du verre contre le métal les fit grimacer tous les deux.

Dans le fond du local, ils virent un canapé et une lampe de salon, sans doute victimes d'un changement de décoration. Un châle tricoté à la main, dans des tons vifs de vert et de rouge, était drapé sur le dossier du canapé. Un napperon fait au crochet, d'un blanc devenu grisâtre, était encore posé sur une petite table d'angle.

Sans même prendre la peine de faire un commentaire, Brunetti se tourna vers Griffoni. « Allons à l'étage voir ce que Vianello a pu découvrir. » Voilà qui aurait semblé légèrement menaçant à toute personne qui n'aurait pas connu l'inspecteur et sa capacité surnaturelle à faire parler le plus récalcitrant des témoins : mais justement, Brunetti le connaissait et ne doutait pas qu'il ait déjà obtenu des résultats.

Brunetti fit signe à Zucchero et tous retournèrent dans la cour.

« C'est au premier », dit Griffoni en précédant Brunetti jusqu'à l'escalier qui desservait les étages. Ils s'arrêtèrent un instant sur les premières marches; elles étaient larges, en marbre, et devaient leur éclairage à un puits de lumière qui illuminait et réchauffait l'endroit où ils se trouvaient.

« Tu es déjà montée? demanda Brunetti, la tête tournée vers le puits de lumière.

— Non. Scarpa est allé parler avec la mère quand il a appris que Fontana habitait avec elle. Il ne m'a appelée qu'après. »

Brunetti hocha la tête et le jeune policier s'éloigna pour aller reprendre son poste dans la cour. « À ton avis, pourquoi a-t-il autant attendu?

— Une question de pouvoir », répondit-elle aussitôt. Puis, de manière plus réfléchie, elle ajouta : « Tant qu'il peut contrôler ou limiter ce que savent les autres, il en sait plus qu'eux et a le sentiment de détenir un pouvoir sur eux ou sur ce qu'ils font. (Elle haussa les épaules.) C'est une technique assez courante.

— Je dirais même que dans certains cas, c'est une procédure standard », observa Brunetti en attaquant l'escalier.

Le palier du premier étage ne comportait que deux portes ; un policier se tenait devant l'une d'elles. Il salua en voyant les deux commissaires et leur dit que l'inspecteur Vianello était à l'intérieur.

Brunetti montra l'autre porte. « Cette partie du bâtiment n'a pas encore été restaurée, monsieur, expliqua le policier. Tous les autres appartements sont vides. Nous avons vérifié », ajouta-t-il sans que Brunetti ait besoin de le lui demander.

Brunetti le remercia d'un signe de tête et frappa deux coups à la porte ; s'apercevant alors qu'elle était entrouverte, il poussa le battant et entra dans l'appartement. La lumière disparut pour laisser la place à une vague lueur à l'autre bout de ce qui devait être un long couloir. Inconsciemment, Griffoni se rapprocha de lui jusqu'à ce que leurs bras se touchent, dans cette obscurité presque totale. Ils restèrent immobiles, en attendant que leurs yeux s'ajustent assez pour distinguer la forme des objets le long du couloir. Brunetti identifia le contour d'une porte sur leur droite et l'ouvrit avec l'espoir qu'il en filtrerait un peu de lumière, mais la pièce était plongée dans l'obscurité et il ne distingua que de fines barres verticales dorées. Il lui fallut quelques instants pour comprendre qu'il s'agissait des fentes entre les volets qui fermaient les deux fenêtres. Ici aussi, il discerna de vagues contours d'objets, mais il n'aurait pu les identifier.

Il referma la porte et, d'une main tâtonnante, chercha un interrupteur sur le mur. Il en trouva un sans que cela ne change grand-chose, car il n'y avait qu'une ampoule faiblarde pendant du plafond au milieu du couloir. Le mobilier devint légèrement plus visible : des tables étroites, des coffres, quelques lampes, une valise – tout cela collé contre les murs.

Ils entendirent le murmure d'une voix, ou peut-être de plusieurs, en provenance de l'extrémité du couloir et ils s'avancèrent d'un même pas. Ils passèrent devant une deuxième porte à droite, une première à gauche. Normalement, ils auraient dû avoir moins chaud dans cette pénombre, mais ce n'était pas le cas. L'air y était on ne peut plus stagnant. Il se coulait sur eux tandis qu'ils se déplaçaient, à croire qu'il ne les laissait passer qu'à regret et ne cherchait qu'à augmenter leur malaise. L'humidité leur collait à la peau, la caressant mollement là où elle était exposée.

Ils s'arrêtèrent à hauteur d'une porte entrouverte et Brunetti était sur le point d'appeler Vianello lorsqu'il se rappela que la femme était veuve et que son fils unique, avec lequel elle habitait, venait d'être tué. « C'est toi qui l'appelles, dit-il à Griffoni.

— Inspecteur Vianello ? » lança doucement Griffoni par l'entrebâillement.

Il y eut un grincement de chaise raclant un parquet; Vianello apparut à la porte et l'ouvrit en grand. Comme Brunetti, il était habillé en vacancier, jean et chemisette. Ce que cette tenue manquait en dignité était largement compensé par l'expression de son visage et le ton de sa voix lorsqu'il dit : « Commissaire Brunetti, commissaire Griffoni. Je voudrais vous présenter la signora Fontana, la mère de la victime. » La voix de l'inspecteur s'était faite plus douce sur ce dernier mot.

Il s'écarta lentement de la porte et se tourna vers deux chaises installées au milieu de la pièce, tournant le dos à ce qui était apparemment une rangée de fenêtres obscurcies par des rideaux en velours marron.

Au vu de l'appartement, Brunetti s'était préparé à rencontrer une vieille dame des plus austères : il l'avait imaginée avec des cheveux gris tirés en arrière en un petit chignon serré, et des jambes maigrelettes dépassant à peine d'une longue jupe sombre. Bien au contraire, la femme assise au milieu de la pièce était rondelette et tellement petite qu'elle devait utiliser un repose-pieds recouvert de velours et que sa tête n'atteignait pas le haut du dossier de sa chaise. Elle avait des cheveux courts et frisés, de ce rouge acajou qui faisait fureur parmi les femmes de son âge. Elle n'avait pas besoin de maquillage : ses joues naturellement roses respiraient la santé, et elle avait la peau aussi lisse et douce que celle d'une jeune fille. Ses yeux, lorsque Brunetti se trouva assez près pour les distinguer, paraissaient en revanche appartenir à un autre visage, ou à quelqu'un d'entièrement différent. Tombants, profondément enfoncés sous de lourdes paupières, ils observaient le monde, et en l'occurrence Brunetti, avec une acuité qui n'avait rien à voir avec le reste de son corps.

Il s'était avancé derrière Griffoni, laquelle s'était penchée vers la vieille dame. « Signora, je tiens à vous présenter mes condoléances en ces moments terribles. » La femme lui tendit la main pour que Griffoni la lui serre, mais elle ne répondit rien.

Brunetti s'inclina à son tour vers elle. « Je me joins à ma collègue pour vous assurer de toute ma sympathie, signora », dit-il. La main qu'elle lui donna était aussi douce que celle d'un bébé, la peau lisse et dépourvue de toute tache comme si l'âge n'avait pas de prise sur elle. Elle n'exerça aucune pression, laissant Brunetti lui tenir la main pendant une ou deux secondes avant de la retirer.

Elle regarda Vianello et lui demanda : « Ce sont les collègues dont vous venez de me parler, n'est-ce pas, inspecteur ?

— Oui, signora. Le commissaire Brunetti et moi, nous travaillons en équipe depuis des années, et la commissaire Griffoni, ayant eu une conduite exemplaire dans une autre questure, a été promue à Venise. » Ce n'était pas tout à fait vrai. C'était même un mensonge. Alors que Griffoni était déjà à la questure de Venise depuis presque un an, Brunetti avait découvert qu'elle avait été mutée pour avoir fait preuve de trop de zèle dans son enquête sur les activités d'un politicien du parti ayant actuellement la majorité au Parlement. L'homme avait tendance à confondre affaires et politique. Le questeur de Griffoni l'avait mise en garde, ainsi que deux magistrats qui étaient affectés à la même enquête. Tous lui avaient conseillé d'être plus discrète, de ne pas parler à la presse – mais la presse avait trouvé irrésistible l'association d'un délinquant et d'une commissaire jolie femme, blonde qui plus est, et dont le père avait été gravement blessé lors d'une tentative d'assassinat de la Mafia vingt ans auparavant.

Une semaine après un article révélant que le politicien était l'objet d'une enquête de police, Griffoni avait été transférée à Venise, ville peu réputée pour son intérêt quant aux faits et gestes de la classe politique ou de la Mafia.

Brunetti fut tiré de ses réflexions par la voix de la signora Fontana qui demandait à Vianello de bien vouloir aller chercher des chaises pour ses collègues.

Lorsque tous les quatre furent assis en un cercle approximatif, Brunetti prit la parole. « J'ai parfaitement conscience, signora, que ce sont des moments particulièrement difficiles pour vous. Non seulement vous avez subi une perte insupportable, mais vous allez en plus devoir endurer le harcèlement de la presse et du public.

— Et de la police », ajouta-t-elle aussitôt.

Il eut un sourire aimable et hocha la tête. « Et de la police, signora. À ceci près que nous ne sommes intéressés que par une chose : trouver l'auteur de ce crime. La presse a d'autres objectifs. »

Vianello se redressa et se tourna vers Brunetti. « La signora Fontana a déjà reçu une offre d'un magazine. Pour qu'elle leur raconte son histoire. Et celle de son fils.

— Je vois, dit Brunetti, se tournant à nouveau vers la vieille dame. Que leur avez-vous répondu ?

— C'est l'inspecteur qui s'en est chargé pour moi. Il leur a dit que je n'étais pas intéressée, ce qui est la vérité. » Elle pinça les lèvres d'une manière désapprobatrice et affectée, mais ses yeux restaient attentifs à la réaction du commissaire.

Celui-ci approuva d'un mouvement de tête, comme elle l'attendait de lui.

« Cela ne changera rien à ce qu'ils écriront, reprit alors Vianello, mais au moins, ils ne pourront pas utiliser les photos de famille.

— Pas celles de mon côté de la famille, au moins », dit la signora Fontana d'un ton indiscutablement acerbe.

Brunetti laissa passer comme s'il n'avait rien entendu et demanda : « Avez-vous une idée de la personne qui aurait pu vouloir du mal à votre fils, signora ? »

Elle secoua furieusement la tête, mais pas une seule des boucles de sa permanente ne se déplaça. « Personne n'aurait pu vouloir du mal à Araldo. C'était un si bon garçon ! Il a toujours été un bon garçon. Son père l'avait élevé ainsi, et à la mort de mon mari, j'ai continué de la même manière. »

Griffoni posa une main sur le bras de la femme et lui dit quelque chose que Brunetti ne saisit pas et qui resta sans effet sur la signora Fontana. Cela parut au contraire l'énerver un peu plus. « Il était zélé et honnête, et son travail était tout pour lui. Son travail et moi. » Elle se prit le visage entre les mains et ses épaules s'agitèrent convulsivement, mais sans savoir pourquoi, Brunetti n'arriva à se persuader de la sincérité de son chagrin que lorsqu'elle écarta les mains et qu'il vit ses larmes. Nouveau saint Thomas, il fut alors certain qu'elle pleurait réellement son fils, mais la manière dont elle le manifestait le mettait mal à l'aise, comme si les petits yeux scrutateurs intimaient à la rondouillarde de se comporter de façon convaincante.

Quand elle arrêta de pleurer et qu'elle se retrouva avec son mouchoir chiffonné à la main, Brunetti reprit l'interrogatoire. « Était-il courant, signora, que votre fils ne rentre pas le soir à la maison ? »

Elle lui adressa un regard offensé. Ses larmes n'avaient-elles pas suffi à lui épargner de telles questions ? « Je n'ai jamais su à quelle heure il rentrait, signore, répondit-elle, oubliant, volontairement ou pas, le titre de Brunetti. Il avait cinquante-deux ans, ne l'oubliez pas s'il vous plaît. Il avait sa vie, ses amis, et je m'efforçais de ne jamais m'en mêler. »

Griffoni marmonna quelque chose sur les souffrances d'une mère et Vianello approuva, d'un hochement de tête, les durs sacrifices auxquels avait consentis la signora Fontana.

« Je vois, dit Brunetti. Et est-ce que vous aviez l'habitude de vous voir au petit déjeuner, avant qu'il ne parte pour son travail ?

— Bien sûr. Je n'aurais pas laissé mon garçon partir le matin sans son café au lait et un peu de pain et de jambon.

— Et ce matin, signora ? intervint Vianello.

— J'étais levée depuis peu lorsque le signor Marsano a frappé à la porte et m'a dit qu'il y avait quelque chose qui n'allait pas. J'étais encore en chemise de nuit et je ne pouvais donc pas sortir, mais le temps que je m'habille, la police était arrivée et on ne m'a pas laissée descendre. » Elle parcourut des yeux le cercle des visages plein de sympathie qui l'entouraient. « Ils n'ont pas voulu qu'une mère voie le corps de son fils unique. » Et une fois de plus, Brunetti eut l'impression que tout ceci était orchestré à des fins qu'il ne comprenait pas.

Lorsque la signora Fontana parut s'être un peu calmée, Griffoni demanda : « Vous a-t-il dit ce qu'il comptait faire hier au soir ? »

La vieille dame se détourna aussi bien de la question que de celle qui l'avait formulée pour s'adresser à Brunetti. « Je me couche de bonne heure, signore. Araldo était à la maison à ce moment-là. Nous avions dîné ensemble. »

Comme aucun des policiers ne réagissait, c'est elle qui fit la suggestion. « Il a dû aller se promener. Il n'arrivait peut-être pas à dormir, avec cette chaleur. » Elle les regarda tour à tour, comme pour vérifier qui la croyait ou pas.

« L'avez-vous entendu sortir ? » demanda Griffoni.

La signora Fontana parut blessée. « Pourquoi me posez-vous toutes ces questions ? Je vous l'ai dit : Araldo avait sa vie à lui. J'ignore ce qu'il faisait. Qu'attendez-vous que je vous dise ? » Sa voix avait atteint ce stade, bien connu de Brunetti et peut-être aussi des deux autres, où la personne interrogée commence à se sentir persécutée. Elle n'était qu'à un doigt de la colère et ce qui s'ensuivrait serait un refus catégorique de répondre à une question de plus.

Brunetti se tourna vers Griffoni et injecta une note de réprimande dans sa voix quand il s'adressa à elle : « Je crois que la signora a déjà bien assez répondu à vos questions comme ça, commissaire. Elle vit un moment de chagrin insupportable, et je crois que nous devrions en rester là. »

Griffoni, qui avait pigé, baissa la tête et marmonna des excuses.

Puis, rapidement, sans laisser à la signora Fontana le temps de réagir, Brunetti s'adressa directement à elle : « Si vous souhaitez la présence d'un membre de votre famille auprès de vous, signora, dites-le-nous et nous ferons tout le nécessaire pour le contacter de votre part. »

La vieille dame secoua la tête; ses boucles ne bougèrent toujours pas. « Non, personne, dit-elle d'une voix mourante. Je crois que tout ce que je veux, c'est être seule. »

Brunetti se leva vivement, imité par Vianello et Griffoni. « Si nous pouvons vous aider en quoi que ce soit, signora, il vous suffira d'appeler la questure. Et, à titre personnel, je joins mes prières aux vôtres pour que *Il Signore* vous aide à trouver la force de surmonter cette terrible épreuve. »

Il passa devant les deux autres – qui eurent la présence d'esprit de ne rien dire – et quitta la pièce pour aller dans le couloir.

16

« Il s'en est fallu de peu », dit Vianello pendant qu'ils descendaient l'escalier. Brunetti fut soulagé par la remarque de l'inspecteur, car s'il avait parlé, Griffoni aurait pu prendre pour argent comptant le reproche qu'il avait paru lui faire.

« C'était très adroit de votre part de prendre cet air contrit, Claudia, ajouta Vianello.

— C'est un instinct de survie que j'ai développé dans ce travail », répondit-elle.

Une fois dans la cour, Brunetti sentit son cœur s'alléger de se retrouver de nouveau au soleil, en dépit de la chaleur encore intense de la fin de l'après-midi. « Que déduis-tu de ses réponses ? » demanda-t-il à Griffoni.

Il fallut un moment à la commissaire pour trouver la bonne formulation. « Je crois qu'elle souffre terriblement. Mais je pense aussi qu'elle en sait davantage sur la mort de son fils qu'elle ne veut bien le dire.

— Ou qu'elle accepte de se l'avouer, ajouta Vianello.

— Qu'entends-tu par là ? demanda Brunetti, se souvenant alors que son adjoint avait passé un certain temps seul avec la vieille dame avant leur arrivée.

— Il n'y a aucun doute qu'elle l'aimait, mais comme Claudia, je pense qu'elle sait des choses qu'elle ne nous dit pas et qu'elle se sent coupable, pour une raison ou une autre.

— Mais pas assez pour tout nous dire ? demanda Brunetti.

— Ce n'est pas ça, réagit aussitôt Vianello. J'ai le sentiment qu'elle sait quelque chose sur son fils qui pourrait nous intéresser pour une raison quelconque… Je l'ai fait parler, je lui ai posé des questions pour savoir quel genre d'enfant il avait été, s'il travaillait bien en classe, des choses dans ce genre. Bref, tout ce que les mères aiment bien raconter à propos de leurs enfants. »

Le commissaire, qui avait souvent succombé lui-même à cette tentation, songea que c'était sans doute vrai des deux parents, pas seulement des mères, mais garda sa réflexion pour lui.

« À chaque fois que je m'éloignais de ce sujet ou que je lui posais des questions sur ses activités de ces dernières années, ou encore sur sa réussite professionnelle, elle s'arrangeait pour ramener la conversation vers le passé, vers l'époque où il était petit garçon ou étudiant.

— Il est certain qu'elle n'avait aucune envie de parler de la nuit dernière », dit Griffoni.

Vianello sortit une enveloppe de la poche de sa chemise et l'ouvrit. Il en retira une petite photo, type passeport ou carte d'identité, et la leur montra. Brunetti et Griffoni virent la tête d'un homme entre deux âges dont les cheveux se raréfiaient ; il avait des taches brunes sur la joue gauche et le genre de visage peu remarquable qu'on associe inconsciemment à un fonctionnaire ayant travaillé des dizaines d'années au même poste. Un visage dépourvu d'expression, comme s'il en avait eu assez d'attendre qu'on prenne la photo et que son sourire s'était évaporé.

« Qu'est-ce qu'il a l'air triste, observa Griffoni avec une réelle compassion dans la voix. Et en plus, mourir de cette façon… Seigneur, c'est insupportable. » Compassion et colère, cette fois.

« Nous ne savons pas s'il était triste », lui fit remarquer Brunetti.

Elle posa le bout de son doigt sur la photo de Fontana. « Regarde donc ses yeux, Guido. Et cela faisait cinquante-deux ans qu'il vivait avec cette femme. » Elle eut un mouvement qui était en partie un haussement d'épaules, en partie un frisson. « Le pauvre homme. »

Le commissaire se souvint alors de la réaction qu'avait eue la signorina Elettra : « Le pauvre petit homme. » Se trouverait-il, songea Brunetti, devant un exemple d'intuition féminine, quelque chose qui échappait à sa compréhension d'homme ?

« Elle a déclaré une chose que nous devons vérifier, dit-il alors.

— Quoi donc ?

— La famille, Claudia. Rappelle-toi ce qu'elle a dit, que ce n'était pas du côté de sa famille à elle qu'on donnerait des photos à la presse. »

Griffoni et Vianello hochèrent la tête. « Je vais voir ce que je peux trouver », promit Vianello.

Brunetti se tourna vers le jeune policier. « Zucchero !

— Oui, commissaire ? dit Zucchero en se rapprochant.

— Combien de temps dois-tu rester encore ici ?

— Jusqu'à la fin de mon service, c'est-à-dire jusqu'à huit heures, monsieur.

— Tu n'as aucune raison de rester davantage, dit fermement Brunetti. Au lieu de ça, tu vas essayer de découvrir si personne, parmi les gens qui vivent dans les alentours immédiats, n'a entendu quelque chose pendant la nuit. Passé minuit. Après quoi, tu iras à la questure voir si tu peux trouver Alvise. Tâche d'apprendre s'ils ont relevé les noms des personnes présentes quand ils sont arrivés. » Le jeune policier acquiesça. « Mais arrange-toi pour ne pas avoir l'air de le demander. Tu vois ce que je veux dire ? » Zucchero hocha de nouveau la tête et sourit, cette fois.

« Alors comme ça, tu connais Alvise, hein ? ne put s'empêcher de demander Brunetti.

— Il était dans mon équipe pour les exercices d'orientation, monsieur, répondit Zucchero d'un ton neutre.

— Je vois. » Ton neutre également. Il se tourna de nouveau vers Griffoni et Vianello. « Allons manger un morceau. »

Ils entrèrent dans le premier bar qu'ils trouvèrent sur leur chemin et demandèrent une assiette de *tramezzini*. Alors qu'il s'apprêtait à mordre dans celui qu'il venait de prendre, Vianello jeta un coup d'œil à sa montre. « Nadia doit être juste en train de préparer les crevettes », dit-il.

Les autres ayant la bouche pleine, il continua. « On les achète le matin, au retour des bateaux de pêche. Deux kilos, dix euros, et certaines sont encore vivantes.

— Exactement comme dans les brochures touristiques, dit Griffoni en avalant une longue rasade de son verre d'eau minérale. Je suppose qu'il y a aussi des danses folkloriques en costumes traditionnels ? »

Vianello ne put s'empêcher de rire. « C'est presque ça. Il y a un village pour touristes à environ trois kilomètres, sur la côte, où ils ont tout ça.

— Mais pas où vous vous trouvez ?

— Non, répondit-il avec une curieuse sécheresse.

— Et où êtes-vous descendus ? demanda Griffoni, prise d'une réelle curiosité.

— Oh, dans un petit village juste au nord de Split.

— Et comment avez-vous dégoté ce petit paradis ?

— Par un ami. » Vianello se leva et alla au bar chercher trois autres verres d'eau.

Brunetti en profita pour donner une brève explication à voix basse à Griffoni. « D'après ce qu'il m'a dit, je crois que la maison appartient à un parent de quelqu'un qui... lui donne des informations. L'homme en question a épousé une Croate, et ils louent l'endroit à leurs amis. »

Lorsqu'il les rejoignit, c'est d'un ton soudain sévère que l'inspecteur dit : « Du coup, tout le monde a oublié, pour ma tante. »

Brunetti fut sur le point de protester qu'ils avaient un meurtre sur les bras, mais il devait reconnaître que Vianello avait raison : ils avaient tous oublié l'histoire de sa tante, même avant de partir en vacances. Le manque d'effectifs et la difficulté de faire surveiller le domicile de Gorini pouvaient en être tenus responsables, sans parler de la légalité douteuse de l'entreprise, mais ce n'aurait été que des excuses, et Brunetti le savait.

« Qu'a prévu ton cousin, pendant les vacances ? demanda-t-il à Vianello.

— Il amène sa mère à Lignano pendant quinze jours.

— Très bien. Nous disposons donc de deux semaines pour apprendre comment travaille ce Stefano Gorini.

— Même avec cette enquête qui commence ? demanda un Vianello au ton soudain contrit, avec un geste vague en direction du palazzo qu'ils venaient de quitter.

— Oui. Mais nous allons avoir besoin d'une femme.

— Qu'est-ce que tu veux dire ? dit Griffoni, reposant la moitié de son sandwich.

— Pour aller à une… consultation, répondit Brunetti, si c'est bien ainsi que ça s'appelle.

— Parce que nous sommes plus crédules ? demanda la commissaire d'un ton neutre.

— Ne commence pas, Claudia. J'ai déjà la même à la maison », risqua Brunetti, en espérant que sa collègue le prendrait bien.

Ce qu'elle fit avec un sourire. « Désolée. Il m'arrive parfois d'oublier avec qui je me trouve.

— Il se méfiera moins d'une femme.

— Tu veux le piéger ? demanda Vianello, les mettant en garde contre cette possibilité. Une telle accusation pourrait avoir un effet désastreux si jamais Gorini était mis en examen.

— Raison pour laquelle nous avons besoin d'une femme sans lien officiel avec la police, dit Brunetti.

— Et d'une femme d'un certain âge, ajouta Vianello.

— C'est même essentiel, dit Griffoni.

— Tu as une idée ? » voulut savoir l'inspecteur.

S'il y avait eu des nuages dans le ciel, ils se seraient sans aucun doute écartés pour laisser passer les rayons de l'illumination qui vint auréoler la tête de Brunetti, quand il répondit : « Ma belle-mère. »

17

«Voyons, Guido, c'est absolument ridicule. Le soleil t'a tapé sur la tête, ma parole! » Sa belle-mère, apparemment, n'allait pas se laisser enrôler aussi facilement. Elle était assise en face de lui, habillée d'un chemisier en lin blanc et d'un pantalon en soie noire. Elle s'était fait récemment couper les cheveux très court, à la garçonne, et Brunetti ne pouvait se défaire de l'idée que n'importe qui, la voyant de dos, l'aurait prise pour une adolescente à cheveux blancs. Ses mouvements étaient toujours aussi vifs et décidés, tout à fait ceux d'une personne beaucoup plus jeune qu'elle ne l'était. Il attribuait le fait qu'il avait du mal à rester à sa hauteur quand ils marchaient dans la rue à sa petite taille : elle se faufilait plus facilement que lui au milieu de la foule et à Venise, la foule était partout.

L'après-midi tirait à sa fin; son deuxième Spritz posé devant lui sur la table basse, il avait le regard perdu dans les reflets du soleil couchant renvoyés par le palazzo faisant face, de l'autre côté du canal, à celui des Falier. Pour la première fois de la journée, il se sentait détendu, ce qu'il attribuait aux deux verres qu'il venait d'avaler et à la hauteur des plafonds qui permettait de conserver une certaine fraîcheur, quelle que soit la température extérieure, ainsi qu'à la brise qui passait constamment par les fenêtres. Tout en regardant voleter les rideaux qui passaient paresseusement de l'intérieur à l'extérieur, il se demanda comment il allait pouvoir la convaincre de consulter le signor Gorini.

« Cela aiderait beaucoup Vianello », dit-il, sachant qu'elle n'avait rencontré l'inspecteur qu'une fois, sans compter un échange de deux minutes dû au hasard d'une rencontre dans la rue.

La comtesse le regarda mais ne prit pas la peine de répondre. Elle se pencha, prit son Spritz (son premier), en but une gorgée et reposa le verre sur la table. De petites rides rayonnaient aux coins de ses yeux, mais sinon, elle avait la peau tendue sur les pommettes et sous le menton. Il tenait de Paola que c'était le résultat de bons gènes et non de l'habileté des chirurgiens.

« Et cela pourrait aider cette vieille dame, ajouta-t-il.

— Une vieille dame qui en aide une autre, c'est ça ? » demanda-t-elle avec humour.

Brunetti se mit à rire, sachant que l'âge n'était pas un sujet sensible chez elle. « Non, pas du tout. Il s'agirait plutôt d'une dame de la bonne société aidant une femme de la digne classe ouvrière.

— Je dois donc renoncer au port du diadème et de la tiare, Guido ?

— Non, Donatella, je suis sérieux. Personne ne va venir en aide à cette femme. Quelqu'un la manipule, mais elle refuse d'écouter sa famille et aucun de ses proches ne peut faire quoi que ce soit. Son banquier, apparemment, n'a pas réussi à lui faire retrouver son bon sens. Et si jamais elle apprenait que nous enquêtions sur ce Gorini – ce qui est en infraction directe avec la procédure, voire complètement illégal –, je suis certain qu'elle romprait toute relation avec Vianello. Et je suis certain aussi qu'il en souffrirait beaucoup.

— En d'autres termes, il incombe à l'aristocratie de voler au secours d'un membre des classes populaires ? » Elle avait parlé avec ironie, son ton indiquait des guillemets quand elle avait mentionné les classes populaires.

« On peut le présenter comme ça, si tu préfères », dit Brunetti en prenant une gorgée de Spritz.

— As-tu au moins la preuve que ce Gorini est un charlatan ?

— C'est l'histoire de sa vie – une suite d'entourloupes en tous genres.

— Ah, murmura-t-elle, voilà qui me rappelle un peu nos chers dirigeants. »

Brunetti ne commenta pas.

« Un autre verre? lui proposa-t-elle, voyant le niveau de celui de Guido baisser.

— Non, merci. Je vais rentrer chez moi, manger un morceau, appeler Paola et me coucher. J'ai passé je ne sais combien d'heures dans le train, aujourd'hui. » Il préféra ne pas évoquer l'enquête criminelle qui venait de commencer – elle en entendrait parler le lendemain par les journaux.

« À ton avis, ce Gorini est-il un méchant homme? » demanda-t-elle.

Il sonda les fenêtres qui lui faisaient face et constata avec soulagement que l'intensité de la lumière avait encore décru. « Jusque-là, rien ne laisse penser qu'il puisse être violent, dit-il finalement. C'est quelque chose dont il n'a jamais été accusé. Mais oui, je pense que c'est ce qu'on peut appeler un méchant homme. Il repère les faiblesses des gens et les exploite. Il a commencé par frauder l'État, puis il semble s'être aperçu qu'il était moins dangereux d'escroquer les particuliers. L'État se défend lui-même, mais il n'a guère le temps de défendre les citoyens contre ce genre d'agissements. » Il pensa un instant à s'en tenir là, puis décida du contraire. « Ni le temps, ni l'intérêt.

— Et c'est un employé de ce même État qui me sort ça », dit-elle.

Moins fatigué, Guido aurait été ravi d'avoir une joute verbale avec elle sur ce sujet, comme cela leur était si fréquemment arrivé par le passé. Paola tenait de son père sa vision sardonique du monde – de cela, il était sûr. Mais c'était de sa mère qu'elle avait hérité ce sens de l'ironie avec lequel elle adoucissait ce qu'elle voyait.

Brunetti s'appuyait déjà des mains sur les accoudoirs de son fauteuil pour se lever lorsqu'elle le prit par surprise en disant : « Très bien.

— Pardon?

— Très bien. Je vais le faire. Je vais aller parler à cet homme et voir un peu ce qu'il mijote. À toi de trouver le moyen de justifier ma visite : je ne peux tout de même pas passer dans la rue et dire que j'ai vu son nom sur la porte et que du coup, j'ai pensé pouvoir trouver dans les astres la solution à tous mes problèmes, hein ?

— C'est indiscutable, admit Guido, se laissant retomber dans son siège. Je vais charger la signorina Elettra de voir s'il y a un endroit où il fait sa publicité, où les gens peuvent apprendre son existence.

— Avec l'ordinateur ? demanda-t-elle, incapable de cacher son étonnement.

— C'est l'époque actuelle qui veut ça, Donatella. »

La première chose qu'il fit, en arrivant chez lui, fut d'ouvrir toutes les fenêtres en grand et de passer sur la terrasse où, espérait-il, l'air chaud confiné le suivrait. Les rideaux frôlèrent ses jambes et l'accompagnèrent à l'extérieur, prouvant par là que son vœu était exaucé. Au bout d'une dizaine de minutes, Brunetti retourna à l'intérieur où il faisait effectivement moins chaud.

Comme ils étaient partis en principe pour quinze jours, Paola avait vidé le frigo et, quand il l'ouvrit il n'y trouva que deux ou trois oignons dans le bac à légumes, du parmesan dans son emballage sous vide et deux yaourts nature. Dans un placard, il découvrit de l'huile d'olive, un petit pot de pesto, un pack de six boîtes de tomates et un pot d'olives noires.

Il appela Paola sur son portable. « Fait frire les oignons dans l'huile d'olive, ajoute les tomates et les olives. Elles sont dénoyautées. Et n'oublie pas de remettre le parmesan dans un plastique neuf, un de ceux qui ferment, dit-elle.

— Toi aussi, tu me manques désespérément, répliqua-t-il.

— Ne fais pas le malin avec moi, Guido, sinon je vais te raconter qu'il fait quatorze degrés et que je porte un chandail dans la maison. » Il commença à se défendre, sur quoi elle ajouta : « Et le poêle est allumé.

— Je connais un certain nombre d'avocats qui s'occupent de divorces, tu sais.

— Et nous sommes allés nous promener cet après-midi ; trois heures, un grand soleil et le sommet de l'Ortler est toujours enneigé.

— Très bien, très bien. Je vais faire un chantage musclé à Patta et vous rejoindre demain.

— Parle-moi un peu de ce coup de téléphone. Qui a été tué ? demanda-t-elle sans la moindre trace d'humour dans la voix, cette fois.

— Un homme qui était employé au palais de justice. Il pourrait s'agir d'un vol qui aurait mal tourné. »

Elle était son épouse depuis plus de vingt ans et demanda donc : « Il pourrait s'agir ? Cela signifie-t-il que le vol avec agression est probable ou que Patta va vouloir la faire passer pour telle ?

— Il pourrait s'agir simplement de ça. Il a été tué dans la cour de son domicile, et on ne l'a retrouvé qu'au matin. Quant à Patta, je ne sais pas encore ce qu'il voudra faire.

— As-tu des hypothèses ?

— Seulement quelques vagues idées », admit-il. Paola l'ayant lancé sur le sujet du meurtre, il ne jugea pas utile de lui annoncer qu'il avait enrôlé sa mère dans une autre enquête de police, peut-être criminelle. Et pour être bien certain de ne pas en parler, il demanda des nouvelles des enfants.

« Ils sont crevés. Je les ai fait manger et ils essaient de tenir jusqu'à vingt-deux heures. Ils s'imaginent encore qu'il n'y a que les petits qu'on couche avant cette heure.

— Oh, être un petit enfant, s'exclama Brunetti.

— Très bien. Mange tes oignons, et puis va te coucher. Il sera de toute façon plus de vingt-deux heures à ce moment-là.

— Merci. J'espère qu'il continuera à faire frais avec un grand soleil et que tu seras obligée de porter un chandail tous les jours.

— Et à Venise, c'est comment ?

— À crever.

— Va manger, Guido. »

Il lui dit au revoir et raccrocha.

18

Le lendemain, il faisait peut-être encore plus chaud; Brunetti se réveilla à six heures dans des draps moites et avec la vague impression de n'avoir cessé de se réveiller au cours de la nuit. En l'absence de tout représentant de la Police de l'Eau, il s'autorisa le luxe de prendre une douche prolongée, chaude tout d'abord, puis froide et de nouveau chaude. Pis encore, il s'offrit le luxe de se raser sous la douche, un crime écologique qui lui aurait valu la bruyante condamnation de ses deux enfants, s'ils avaient été là.

Il ne prit pas la peine de se faire un café, sortit dès qu'il fut prêt et s'arrêta dans le premier bar sur son chemin, puis poussa jusqu'à Ballarin pour déguster une brioche accompagnée d'un cappuccino. Il avait acheté les journaux à son kiosque, en cours de route, et il étala le deuxième cahier d'*Il Gazzettino* sur l'une des tables rondes de la pâtisserie. Tout en buvant son café, il étudia la manchette : UN GREFFIER DU TRIBUNAL ASSASSINÉ. Rien à dire. Et le début de l'article était étonnamment précis : il donnait l'heure de la découverte du corps et la cause probable de la mort.

Après quoi, il passait en mode « *Gazzettino* », pour reprendre une formule de Brunetti. Les collègues de travail de Fontana se répandaient sur ses nombreuses vertus, son sérieux, sa dévotion à la cause de la justice, sa pauvre mère, une veuve qui venait de perdre son fils unique. Après quoi, venaient les insinuations venimeuses – mais soigneusement camouflées en spéculations innocentes – sur ce qui avait pu provoquer ce crime horrible. La victime aurait-elle été impliquée dans une affaire douteuse qui se serait avérée fatale pour elle ? Son travail au palais de justice lui aurait-il donné accès à des informations dangereuses ? Rien n'était dit, tout était sous-entendu.

Brunetti replia le journal, paya et reprit le chemin de la questure sous une chaleur croissante. Une fois sur place, bien avant huit heures, il établit la liste de ce qu'il devait vérifier. En premier lieu, il y avait l'autopsie, qui avait dû être faite la veille. Puis la question de la famille de Fontana : Vianello avait peut-être réussi à la trouver. Il avait aussi besoin de connaître le nom des personnes impliquées dans les diverses affaires pour lesquelles la juge Coltellini avait fait traîner les choses en longueur. Et comment se faisait-il que Fontana et sa mère eussent payé un loyer aussi dérisoire au signor Puntera ?

Il alla jusqu'à sa fenêtre ouverte ; les rideaux pendaient, inertes. Il consulta la façade de San Lorenzo pour savoir comment il devait s'y prendre.

Soudain saisi d'impatience, il appela l'hôpital civil et apprit que le dottor Rizzardi s'y trouverait toute la matinée. Il demanda qu'on avertisse le médecin de sa visite et quitta la questure. Le temps d'atteindre le Campo SS Giovanni e Paolo, chemise et veston lui collaient au dos, et le côté de ses pieds frottait inconfortablement contre l'intérieur de ses chaussures. Le seul fait de traverser la place lui fit se demander s'il n'avait pas été fou de partir à pied.

Il alla jusqu'au bureau de Rizzardi, où on lui apprit que le légiste était encore à la morgue. Ce seul mot fit baisser la température d'un cran ; l'air qui tourbillonna autour de lui quand il poussa la porte emporta le reste de chaleur. Il avait toujours sa chemise et son veston collés au dos, mais la sensation était à présent celle d'une sinistre fraîcheur et non une simple gêne.

Rizzardi, constata-t-il avec soulagement, se tenait devant son évier et se lavait les mains. Que les éviers de cette salle fussent si profonds et situés aussi bas avait toujours mis Brunetti vaguement mal à l'aise, mais il n'avait jamais demandé les raisons de cette disposition.

« J'ai préféré venir », dit le commissaire. Il regarda autour de lui. Trois silhouettes étaient allongées sous un drap, alignées sur la gauche de Rizzardi. « Je voudrais que tu me parles de Fontana.

— Oui », dit le médecin. Il prit une serviette verte en nid-d'abeilles et entreprit de s'essuyer soigneusement les mains, un doigt après l'autre pour la gauche comme pour la droite. « Il est mort de trois coups portés à la tête. Autrement dit, si quelqu'un s'imagine qu'il s'est tué dans sa chute, il faudra qu'il trouve autre chose : on ne tombe pas trois fois de suite. » Le médecin cessa de s'essuyer. « Il présente une marque à la tempe gauche qui laisse à penser qu'il a été frappé à cet endroit, peut-être simplement d'un coup de poing.

— Ce n'était pas la sculpture ?

— Qui l'a tué ? » demanda Rizzardi. Brunetti hocha la tête. « Sans le moindre doute. Il y avait du sang et de la matière grise dessus, et la forme de la blessure correspond parfaitement à la tête de la sculpture. » Brunetti renonça à l'idée de demander ce qu'on avait fait du faux lion byzantin. Le dottor Rizzardi disposa soigneusement la serviette sur le rebord de l'évier. « La première hypothèse est qu'ayant reçu un coup de poing à la tempe, ce qui expliquerait le bleu, il serait tombé contre la sculpture. » Rizzardi se pencha et plaça la main à une quarantaine de centimètres du sol. « La tête du lion n'arrive qu'à cette hauteur, et il serait donc tombé dessus avec une certaine force. »

Le médecin se redressa. « Après quoi, l'agresseur n'avait plus qu'à lui soulever la tête et à la frapper de nouveau contre la statue. Rien de plus facile.

— Combien de temps a-t-il pu mettre à mourir ? demanda Brunetti.

— D'après ce que j'ai vu, n'importe lequel des coups a pu être mortel, mais il a forcément fallu un certain temps pour que le sang envahisse le cerveau et paralyse toutes les fonctions vitales.

— Aucune chance, alors ?

— De quoi ?
— Si on l'avait trouvé plus tôt ? »

Rizzardi se tourna, s'appuya contre l'évier, posa une cheville sur l'autre et croisa les bras. Comme il ne portait qu'une légère chemise de coton sous sa blouse, Brunetti, qui avait presque douloureusement conscience du froid, se demanda si l'homme ne cherchait pas à se tenir chaud en adoptant cette position. Il vit que Rizzardi analysait sa question comme s'il parcourait les informations dont il pourrait déduire une réponse.

« Non, dit finalement le médecin. Pratiquement aucune chance. Pas après le deuxième coup et encore moins après le troisième. Il y a des marques des deux côtés de son menton et à son cou, là où il a été tenu. » Pour illustrer son propos, Rizzardi leva les mains comme s'il écrasait quelque chose entre elles. « Mais le tueur portait des gants, ou s'était couvert les mains d'une manière ou d'une autre, je dirais.

— Comment le sais-tu ?

— Les ecchymoses. S'il s'y était pris à mains nues, elles auraient été plus profondes, les bords auraient été plus francs, mais les traces laissées sont indistinctes. À mains nues, ses ongles auraient entamé la peau, même s'ils avaient été très courts. » Il leva les mains, comme pour répéter le geste, mais les laissa retomber.

Il retira sa blouse et la posa sur le rebord de l'évier, parfaitement alignée avec la serviette. « Il y a autre chose. »

Son ton alerta Brunetti.

« Du sperme. » En disant cela, Rizzardi regarda vers les trois formes allongées, mais comme c'était aussi la direction de la porte donnant sur la chambre froide de la morgue, Brunetti n'y prêta pas attention.

Il savait, par des récits historiques, que les pendus pouvaient avoir une éjaculation spontanée ; peut-être s'agissait-il d'un cas similaire. Ou peut-être avait-il eu un rapport sexuel avec une femme avant de rentrer chez lui. Étant donné la personnalité de sa mère, il était tout à fait plausible que ce pauvre Fontana se soit montré des plus discrets sur la question.

Le silence de Brunetti ayant duré assez longtemps, Rizzardi ajouta : « Dans l'anus.

— *Oddio!* s'exclama Brunetti tandis que la réalité des choses, soudain bousculée, prenait une tout autre forme dans sa tête. Assez pour identifier l'homme ?

— Si tu me le trouves, oui, répondit Rizzardi.

— L'échantillon peut-il nous dire quelque chose sur lui ? »

Quel son pouvait bien faire un haussement d'épaules, en particulier quand il est fait sur fond de ronronnement d'une chambre froide ? Toujours est-il que Brunetti crut entendre comme un bruit lorsque le médecin souleva et laissa retomber ses épaules. « Le type sanguin, mais pour tout le reste, il faudrait comparer avec un échantillon pris sur l'individu.

— Et combien de temps faut-il pour connaître le type sanguin ?

— Normalement, pas longtemps, mais…

— Mais nous sommes en août, dit Brunetti, finissant la phrase pour Rizzardi.

— Exactement. On risque donc de devoir compter une semaine.

— Ou plus ?

— Ce n'est pas à exclure.

— Peux-tu faire accélérer les choses ?

— Je suis certain qu'au moment même où nous parlons, tous les commissaires de police de service en Italie posent exactement la même question à leur médecin légiste, et que ces médecins la posent aux laboratoires.

— Dois-je en conclure que tu ne peux rien faire ? » demanda Brunetti.

Rizzardi s'éloigna de l'évier de quelques pas et vint se placer à la tête de l'une des silhouettes allongées. Un frisson glacé monta dans le dos toujours humide de Brunetti. « J'ai envoyé une fois un échantillon d'ADN au labo, répondit le médecin. C'était pour une affaire à Mestre… et j'ai dû attendre les résultats quinze jours.

— Je vois », dit Brunetti. Il se tourna légèrement, le plus naturellement du monde, et fit quelques pas en direction de la porte donnant sur le couloir. Il eut une petite toux qui aurait pu être provoquée par le froid. « Ettore, je voudrais te demander quelque chose, mais je voudrais que tu saches auparavant que j'ai une très bonne raison de le faire. »

Rizzardi ne cilla pas. « Quoi ? Ou qui ?

— La signorina Montini. Elvira. »

Brunetti attendit. D'un mouvement machinal, Rizzardi tendit la main vers le drap qui recouvrait la silhouette et Brunetti sentit sa poitrine se serrer, mais le médecin se contenta d'effacer des plis dans le tissu. Il parla en gardant les yeux tournés vers la forme allongée. « C'est la meilleure ici. Elle m'a très souvent donné un bon coup de main, au cours de toutes ces années. Plus de dix ans.

— J'admire ta loyauté, Ettore, mais elle est peut-être en relation avec quelqu'un de peu recommandable.

— Qui ça ? »

Brunetti secoua la tête. « Je ne suis pas encore sûr.

— Mais tu le seras bientôt ?

— Je pense que oui.

— Peux-tu me promettre quelque chose ? » demanda Rizzardi, levant finalement les yeux vers le commissaire. Depuis que les deux hommes se connaissaient – plus de vingt ans –, c'était la première fois que le légiste lui demandait une faveur.

« Si je peux, oui.

— L'avertiras-tu, si tu en as le temps ? »

Brunetti ignorait ce que cela pouvait finir par signifier : un coup de canif à la loi, un petit arrangement avec les règles du jeu, peut-être ? « Si j'en ai le temps, oui.

— Très bien. » Le visage de Rizzardi se détendit – mais pas beaucoup. « Cela fait à peu près un an que ses collègues ont commencé à remarquer que quelque chose n'allait pas ; en tout cas, cela fait à peu près un an qu'ils m'en ont parlé. Elle est maussade, paraît malheureuse, ou au contraire déborde d'une joie malsaine, mais cela ne dure que deux ou trois jours. Par le passé, son travail a toujours été parfait. Elle était le modèle, celle qui définissait les normes pour tous les autres au labo.

— Et aujourd'hui ? »

Rizzardi se détourna du cadavre et, passant entre lui et Brunetti, se dirigea vers la porte. Arrivé devant, il s'arrêta et se tourna pour croiser le regard de Brunetti. « Et aujourd'hui, elle arrive tard, ou ne vient pas du tout. Et elle commet des erreurs, elle mélange des échantillons, fait tomber des objets. Rien de ce qu'elle a fait jusqu'ici n'a été sérieux au point de mettre un malade en danger, mais on commence à se dire que ce n'est qu'une question de temps. Un de ses collègues masculins m'a dit que tout se passait comme si elle n'avait pas le courage de démissionner et faisait tout pour se faire licencier pour faute professionnelle. » Rizzardi se tut.

« Comment est-elle ? demanda Brunetti.

— C'est une femme bien. Introvertie, solitaire, pas très séduisante. Mais vraiment bien. C'est en tout cas ce que je dirais. Mais que sait-on des gens ?

— En effet, admit Brunetti. Merci de m'avoir parlé. » Sur quoi, se sentant obligé d'honorer une promesse qu'il ne comprenait pas, il ajouta : « Je ferai tout ce qui sera en mon possible, Ettore.

— Très bien. » Rizzardi ouvrit la porte. Il sortit, laissant le battant ouvert, et Brunetti ne tarda pas à le suivre dans le couloir, où il faisait nettement plus chaud.

Brunetti se dirigea d'un pas lent vers la sortie, passant devant la buvette de l'hôpital avec sa clientèle en pyjama ou en tenue de ville. Une fois dans la cour herbeuse qui avait été autrefois le cloître des moines, il alla s'asseoir sur le muret, entre deux colonnades, de l'autre côté. Tel un plongeur remontant à la surface, il lui fallait se réaccoutumer à la chaleur avant d'oser sortir en plein soleil. Il se prit à penser au mort, Fontana, et à envisager la situation sous une toute nouvelle perspective. Il ne connaîtrait jamais les sentiments que l'homme nourrissait pour sa mère – de toute façon, ce n'est jamais simple pour personne. Mais les attentions que le greffier avait eues pour la juge Coltellini devaient être interprétées sous un nouveau jour. Ce n'était ni une histoire d'amour contrarié, ni une histoire d'amour à sens unique. Comment la signorina Elettra avait-elle décrit la scène ? On aurait dit qu'il lui était reconnaissant, avait-elle dit, à la manière dont un croyant se montre reconnaissant à la Madone d'avoir exaucé ses prières, ou quelque chose comme ça. Mais si la prière exaucée n'avait rien à voir avec la magie de l'amour, quelle avait bien pu être cette prière ? Les paroles de Brusca lui revinrent : si ce n'était ni le sexe, le sexe, le sexe, ni l'amour, l'amour, l'amour, alors c'était l'argent, l'argent, l'argent.

Un chat gris traversa la pelouse et sauta à côté de lui. Il tendit la main, et l'animal pressa son crâne contre sa paume. Brunetti se mit à le caresser derrière les oreilles ; le chat se laissa tomber contre lui et s'endormit au bout de quelques minutes en se laissant caresser, à la surprise du policier. Brunetti se dégagea doucement. « Je t'avais bien dit de ne pas prendre ta fourrure aujourd'hui », murmura-t-il. Puis il repartit pour la questure.

La signorina Elettra parut contente de le voir, mais ne sourit pas. « Je suis désolée que vos vacances aient été si vite écourtées, commissaire, dit-elle en le voyant.

— Et moi donc. Ma femme et mes enfants portent des lainages et ils allument un feu dans la cheminée, le soir.

— Le Haut-Adige, n'est-ce pas ?

— Oui, mais je n'ai pas été plus loin que Bolzano. »

Elle secoua la tête d'indignation, puis lui demanda ce qu'elle pouvait faire pour lui.

« Avez-vous trouvé les noms des personnes impliquées dans les affaires de la liste que je vous ai donnée ?

— Je ne les ai eus que ce matin », dit-elle en montrant des papiers sur son bureau. Parmi eux, Brunetti reconnut les documents judiciaires que Brusca lui avait remis. « Je pensais vous les monter un peu plus tard. »

Brunetti jeta un coup d'œil à sa montre et constata qu'il n'était pas encore onze heures. « J'ai bien fait de passer vous voir, alors. »

Elle poussa les feuilles vers lui. « Le signor Puntera est impliqué dans deux des affaires, dit-elle, montrant ce que Brunetti avait entouré au crayon et à l'encre rouge.

— Le signor Puntera... Comme c'est intéressant, répondit-il avec un signe de tête pour qu'elle continue.

— Le premier procès concerne une plainte déposée par la famille d'un jeune homme qui a eu un accident du travail dans l'un des entrepôts du signor Puntera.

— À Venise ?

— Oui. Il y est locataire de deux entrepôts, du côté du Ghetto. Ils servent de remises pour les matériaux de construction qu'utilise l'une de ses sociétés spécialisée dans la restauration.

— Qu'est-ce qui s'est passé ?

— Le jeune homme en question n'était engagé que depuis trois jours, pauvre gosse. Il transportait des sacs de ciment jusqu'à un bateau amarré dans le canal, derrière l'entrepôt. L'ouvrier qui était sur le bateau était chargé de les empiler. Quand il a vu que son collègue ne revenait pas, il est allé le chercher et l'a trouvé sur le sol – il a trouvé ses pieds, pour être exact. Il avait été enterré par un glissement de sacs de ciment.

— Comment est-ce arrivé ?

— Allez savoir, dit-elle de façon rhétorique. Personne n'a rien vu. La défense prétend qu'il a voulu tirer un sac de dessous la pile, ou bien que la pile n'avait pas été correctement montée. Ils ont aussi un Fenwick qui, au même moment, aurait déplacé des palettes de sac de sable, et d'après l'avocat du plaignant, le conducteur a dû faire bouger quelque chose depuis l'autre côté de la pile. Celui-ci prétend bien entendu que non, qu'en fait il est resté toute la matinée à l'autre bout de l'entrepôt.

— Et le jeune homme, que lui est-il arrivé ?

— Il est tombé tête la première et s'est retrouvé enterré sous les sacs. Certains se sont déchirés et il y avait du ciment partout autour de lui. Il a eu un bras et une jambe cassés, mais le plus grave, de loin, a été le manque d'oxygène.

— Dans quel état est-il ?

— D'après son avocat, il est comme un petit enfant.

— *Maria Vergine* », murmura Brunetti. Il revivait la surprise du garçon, sa terreur, l'épouvantable impression d'être enterré vivant. « Son avocat, répéta-t-il. Qui a porté plainte ?

— Les parents. Il va avoir besoin d'une assistance pour le reste de sa vie et ils ne veulent pas le placer dans un hôpital d'État. » Brunetti hocha la tête – jamais des parents ne voudraient ça pour leur enfant, pas plus que pour eux-mêmes, d'ailleurs. Ou même pour leur voisin.

« Quoi d'autre ?

— D'après son avocat, Puntera a commencé par faire une offre de dédommagement à la famille, si elle retirait sa plainte. Ils ont refusé et l'affaire s'est donc retrouvée devant le tribunal, mais dès le début, tout est allé de travers. Retards, ajournements, pièces manquantes…

— Je vois », dit Brunetti. Il regarda le document et vit que l'accident remontait à quatre ans. « Et où est-il, en attendant que la justice ait statué ?

— À l'hôpital de Mestre, mais sa famille le reprend pendant les week-ends.

— Que va-t-il arriver ? » demanda le commissaire, même s'il n'y avait aucune raison que la secrétaire le sache mieux que lui.

Elle haussa les épaules. « Tôt ou tard, ils vont accepter son offre. Il n'y a aucun moyen de savoir quand cette histoire sera réglée. Au civil, certaines affaires ont traîné pendant huit ans. Ils vont finir par craquer. Ces gens-là n'ont pas les moyens de payer des frais d'avocat pendant des années.

— Et le garçon ?

— Toujours d'après l'avocat, ce serait un grand soulagement pour ses parents s'il mourait – et pour lui aussi. »

Brunetti laissa passer quelques secondes. « Et l'autre affaire ?

— Elle concerne aussi les entrepôts. Comme je vous l'ai dit, ils ne lui appartiennent pas, il n'en est que locataire. Le propriétaire cherche à les récupérer pour les transformer en appartements.

— Vite, par pitié, dit Brunetti d'un ton suppliant à personne en particulier, que quelqu'un me raconte une histoire vénitienne que je n'ai pas déjà entendue dix fois. »

Mais la secrétaire l'ignora. « Tant que l'affaire n'est pas jugée, il peut continuer de les utiliser.

— Et cette affaire-ci, depuis combien de temps traîne-t-elle ?

— Depuis trois ans. À un moment donné, il a même envoyé ses employés manifester contre ce projet d'éviction – à Cà Farsetti, devant l'entrée qu'utilise le maire.

— Et monsieur le maire ? Quelle a été sa tactique ?

— Voulez-vous dire : comment s'y est-il pris pour calmer les travailleurs tout en montrant clairement que ses sympathies allaient entièrement à leur employeur ? »

Brunetti leva les mains, l'air émerveillé, comme s'il venait d'entendre parler la sibylle de Cumes. « Jamais je n'ai entendu aussi bien formulée la philosophie de nos hommes politiques.

— Notre maire bien-aimé, cette fois-ci, a fait mieux : il a zappé la confrontation, expliqua la signorina Elettra. Sans doute quelqu'un avait-il dû l'avertir, et de toute façon, il n'y avait que cinq manifestants devant l'entrée de la mairie.

— Et comment s'y est-il pris ?

— Il est passé par l'entrée de côté.

— Preuve supplémentaire de son génie, commenta Brunetti. Et l'affaire ?

— Il semble que Puntera ait trouvé un local plus vaste à Marghera et qu'il va vider les lieux l'année prochaine.

— Mais jusque-là ?

— Le procès va continuer à traîner d'ajournements en reports », répondit-elle comme si c'était la chose la plus naturelle du monde.

Par simple curiosité, Brunetti posa une dernière question. « Il y avait d'autres affaires, sur la liste. Avez-vous trouvé quelque chose à leur sujet ?

— Non, dottore. Je n'ai pas eu le temps.

— Laissez tomber pour le moment, décida Brunetti. Si jamais vous reparlez avec votre ami du tribunal, pouvez-vous essayer de voir s'il sait quelque chose de la vie privée de Fontana ?

— Du peu que j'ai pu voir de lui au café, l'autre jour, répondit-elle d'un ton sérieux, je serais surprise qu'il en ait eu une.

— "Secrète" serait un adjectif plus approprié que "privée" », se corrigea Brunetti. Elle lui jeta un coup d'œil mais ne dit rien et il poursuivit donc : « Rizzardi a trouvé des indices prouvant qu'il était gay. »

La surprise se peignit sur le visage de la secrétaire, puis il la vit qui passait par le même processus de réflexion que lui, tandis qu'elle rejouait dans sa mémoire sa brève rencontre avec Fontana. « Oh, toi qui as des yeux et qui ne vois pas, scanda-t-elle, portant les mains à son visage et secouant la tête. Mais évidemment, évidemment ! »

Brunetti garda le silence, la laissant parcourir l'éventail des possibilités. Puis elle leva la tête. « Dans ce nouveau contexte, lui demanda-t-il, comment interprétez-vous son adoration pour la juge Coltellini ? »

Au lieu de lui répondre, elle mit le menton dans la paume de sa main, les doigts appuyés sur la lèvre inférieure, attitude qu'elle prenait machinalement quand elle réfléchissait. Il la laissa ainsi et alla jusqu'à la fenêtre, mais l'air y était tout aussi inerte.

« Soit elle savait quelque chose sur lui qu'elle gardait pour elle, soit elle lui a rendu un grand service qu'il essaie de lui rembourser comme il peut », dit-elle dans le dos de Brunetti. Il ne réagit pas, espérant qu'elle allait poursuivre.

« Cela donne l'impression d'une forme exagérée de gratitude, ajouta-t-elle.

— Le fait qu'elle soit juge pourrait-il jouer ?

— C'est possible. Il m'a fait l'effet de venir d'un milieu populaire. Si bien qu'avoir l'amitié d'une juge – même si je ne suis pas trop sûre que ce soit le mot qui convienne – était une sorte de promotion, une preuve de son statut. Quelque chose qui devait plaire à sa mère, ajouta-t-elle au bout d'une seconde.

— Vous croyez que les gens pensent encore en ces termes-là ? demanda Brunetti en se tournant vers elle.

— Je dirais même que c'est l'obsession de beaucoup de personnes », répondit-elle aussitôt.

Brunetti se souvint qu'il devait encore demander à Vianello si celui-ci avait retrouvé des parents du côté Fontana de la victime. Mais avant de quitter le bureau de la signorina Elettra, il lui demanda autre chose : « J'aimerais que vous vérifiiez s'il existe un lien quelconque entre la juge Coltellini et le signor Puntera. »

Elle le regarda avec dans les yeux quelque chose qui était proche de l'admiration. « Ah, oui, j'aurais dû y penser. Le loyer. Bien entendu. »

Il était sur le point de partir lorsqu'il se rappela qu'il devait trouver un moyen pour que sa belle-mère puisse entrer en contact avec Gorini. « Et aussi que vous me trouviez comment s'y prennent les gens pour découvrir les services – quels qu'ils soient – qu'offre le signor Gorini. »

Elle eut un petit geste gracieux qui se termina par ses deux mains lui montrant l'écran de son ordinateur, comme si cela suffisait à tout expliquer.

Brunetti ne savait trop de quelle utilité cela serait pour sa belle-mère, mais il remercia néanmoins la secrétaire et cette fois, quitta le bureau pour de bon.

19

Ces trucs sur Internet devaient être addictifs : Brunetti trouva Vianello devant l'écran de l'ordinateur, dans la salle des officiers, regardant un homme qui disposait des cartes devant lui. L'inspecteur avait reculé sa chaise et se tenait bras croisés, les pieds posés sur un tiroir ouvert. Un peu derrière lui se tenait Zucchero, les bras croisés lui aussi, scrutant l'écran avec la même intensité. Brunetti s'approcha en silence et s'arrêta à côté de Vianello.

L'homme à l'écran continuait d'étudier les cartes posées sur une table devant lui, si bien qu'on voyait surtout son crâne, deux larges épaules et son torse.

Une voix de femme s'éleva, venant de derrière lui, ou de dessus, ou de côté. « Oui, il l'a fait. Souvent.

— Mais il ne vous a jamais donné de date ? » La voix de l'homme n'aurait pas pu être plus neutre.

Après une longue hésitation, la femme répondit : « Non. »

L'homme leva la main gauche et, d'un doigt délicat, repoussa une des cartes de quelques centimètres vers la gauche. Il releva alors la tête et, pour la première fois, Brunetti vit son visage. Un visage presque parfaitement rond, comme si on avait dessiné des yeux, un nez et une bouche sur un ballon de baudruche, puis collé des cheveux sur le front pour donner l'impression d'une tête humaine. Non seulement sa tête, mais ses yeux étaient ronds, surmontés de sourcils épais qui formaient eux-mêmes deux demi-cercles parfaits ; l'effet qui en résultait était celui d'une innocence sans tache, comme si cet homme venait juste de naître, ou encore de se matérialiser à l'entrée du studio de télévision, et que la seule chose qu'il savait faire dans la vie était de retourner des cartes et de regarder son public invisible pour l'aider à comprendre ce qu'il y lisait.

S'adressant à présent à la femme qui, quelque part, le regardait et l'écoutait, il demanda : « A-t-il jamais parlé de manière précise du moment où il voulait vous épouser ? »

Cette fois, il lui fallut encore plus longtemps pour répondre ; quand elle le fit, ce fut en commençant par un « hummmm » qui se prolongea le temps de deux respirations normales. « Il doit régler certaines choses avant. » Brunetti n'avait que trop souvent assisté à des tentatives pour éviter un sujet gênant, et il avait eu affaire à des champions dans le genre. La femme n'était qu'une piètre amatrice, dont la tactique si évidente aurait prêté à rire s'il n'y avait pas eu autant de désespoir dans sa voix : à croire qu'elle savait que personne ne se laisserait abuser mais qu'elle ne pouvait s'empêcher d'essayer tout de même.

« Quelles choses ? » demanda l'homme, regardant droit dans la caméra et, avait-on l'impression, droit vers la bouche qui débitait ces mensonges et vers le cœur volage de l'homme.

« Sa séparation, répondit-elle d'une voix qui ralentissait et s'amenuisait à chaque syllabe.

— Sa séparation, répéta l'homme au visage rond, le rythme de sa voix étant cette fois comme un pas lent et lourd vers la vérité.

— Ce n'est pas encore fait », dit-elle. Elle avait essayé de parler posément, mais elle n'avait pu qu'implorer.

Jusqu'ici, le dialogue s'était déroulé avec une telle lenteur que lorsque l'homme demanda, à la vitesse de l'éclair : « Et cette séparation, est-ce qu'il l'a déjà demandée ? », Brunetti tressaillit tandis que la femme avait le souffle coupé.

Le bruit de sa respiration parvint au studio, emplit les oreilles de l'homme à tête ronde, courut sur les ondes. « Que disent les cartes ? » demanda-t-elle d'un ton presque gémissant.

Jusque-là, l'homme avait conservé une telle immobilité que lorsqu'il leva une main pour montrer à la caméra (et à la femme) les cartes qui lui restaient, le mouvement prit Brunetti par surprise. « Tenez-vous vraiment à savoir ce que les cartes ont à vous dire, signora ? » demanda-t-il d'un ton d'où toute sympathie avait disparu.

Elle mit encore un moment à répondre. « Oui, oui. Il faut que je sache. » Après quoi, on entendit le son continuel de sa respiration douloureuse.

« Très bien, signora, mais n'oubliez pas que je vous ai demandé si vous vouliez savoir. » Il parlait avec la solennité d'un médecin demandant à un patient s'il veut connaître les résultats de ses examens.

« Oui, oui, répéta-t-elle, quasi suppliante.

— *Va bene* », dit-il en joignant les mains. La droite prit la première carte et la sortit du paquet. La caméra se déplaça autour de lui, s'éleva, et montra non plus sa bouille ronde, mais le haut des cartes depuis son dos. Il resta un instant immobile, puis retourna lentement la carte. Le Joker.

« Le Mystificateur, signora », dit l'homme. Sa voix tomba, totalement impersonnelle, dépourvue de toute émotion, de tout jugement. Et de toute miséricorde.

Les pieds de Vianello retombèrent sur le sol, faisant sursauter Brunetti. « Bon Dieu, il est redoutable, ce type », dit l'inspecteur, se penchant pour éteindre l'écran.

Ce fut la soudaineté du geste de Vianello qui fit comprendre à Brunetti à quel point il avait été pris dans l'enchantement – littéralement – de l'échange entre l'homme à la bouille ronde et la femme invisible. Le cœur humain, avec toutes ses faiblesses, sa façon de se tromper lui-même, avait été exposé au su et à la vue de tous de manière clinique et dépassionnée, par un homme qui en profitait pour se faire passer pour un spécialiste de ses mystères. Si on n'y prenait garde, on pouvait facilement conclure que ce personnage détenait les réponses à toutes les questions qu'on n'osait se poser soi-même.

Et cependant, qu'avait-il fait ? Il s'était contenté de tendre l'oreille aux balbutiements et aux hésitations parfaitement audibles d'une voix de femme, à ses tentatives de détournement, à ses justifications : il aurait tout aussi bien pu lire son avenir dans les capsules de bouteille que dans les cartes du tarot, si c'était pour découvrir un mystificateur.

« Le Mystificateur », dit Brunetti à haute voix.

Vianello réagit par un gros éclat de rire. « Ma mère aurait pu lui dire la même chose dans la queue à la caisse du supermarché en l'écoutant raconter son histoire. »

Zucchero voulut parler, puis hésita. Brunetti l'encouragea d'un geste de la main. « Mais les cartes, ça aide, inspecteur. Elles donnent l'impression que la réponse vient d'un autre endroit, un endroit mystique, pas juste du bon sens commun. »

Brunetti avait eu le temps de faire ses propres parallèles et, abandonnant la comparaison avec les capsules de bouteille, il dit : « C'était le rôle des augures, du temps des Romains. Ils ouvraient le ventre d'un animal et disaient ce qu'ils voyaient, mais ils faisaient bien attention à tenir des propos ambigus. Si bien que lorsque l'événement qui devait se produire s'était produit, analysée rétrospectivement, leur interprétation paraissait vraie.

— Le Mystificateur, répéta Vianello, avec mépris lui aussi. Et cette pauvre femme qui paie un euro la minute pour écouter ce type. » Il regarda sa montre. « Ce truc a pris environ huit minutes. » Il tapa sur quelques touches et ranima l'écran. « Voyons un peu si elle est toujours accrochée à l'hameçon. »

Mais l'homme à la bouille ronde avait une nouvelle victime en ligne, car lorsque l'image revint, la voix qu'ils entendirent était celle d'un homme. « ... pensez que c'est le plus sage, parce que c'est mon beau-frère, et ma femme veut que je le fasse. »

« Est-il possible de couper le son ? » demanda Brunetti.

Vianello se tourna brusquement. « Quoi ?

— Baisse le son », répéta Brunetti.

L'inspecteur se pencha sur le clavier, baissa le son, puis le coupa complètement. Ils se retrouvèrent en face de Bouille-Ronde, lequel partageait son attention entre les cartes et la caméra. Quelques minutes passèrent en silence. « Je fais toujours ça en avion, dit alors Brunetti, quand il y a un film. Je ne prends pas le casque. On se rend alors compte à quel point les gestes et les réactions des acteurs sont programmés : dans les films, ils ne se comportent jamais comme le feraient les gens à la table d'à côté, au restaurant. Ou comme les gens qui marchent dans la rue. Ce n'est jamais naturel. »

Les trois hommes continuèrent de regarder l'écran. La remarque de Brunetti s'avéra prophétique, car les gestes de Bouille-Ronde leur parurent soudain apprêtés, étudiés. Jamais l'attention qu'il portait aux cartes pendant qu'il les retournait ne se démentait; la concentration dans ses yeux, tandis qu'il fixait la caméra pour le bénéfice de son interlocuteur, ne baissait pas un seul instant. Il avait d'ailleurs un regard d'une telle intensité qu'on aurait pu croire qu'il assistait à une exécution publique.

Sous les yeux des trois policiers, Bouille-Ronde fit glisser une nouvelle carte de côté et la caméra passa derrière lui, comme la première fois. Avec une lenteur destinée à mettre sa victime sur le gril, il retourna la carte et la posa à côté des deux premières. La carte n'avait aucun sens pour les trois hommes qui regardaient le numéro, mais Brunetti pensait en avoir vu assez pour se risquer à dire : « Quand la caméra s'arrêtera sur son visage, il aura l'air d'Œdipe reconnaissant sa mère. »

Ce fut exactement ce qui se passa. La caméra cadra serré la tête de l'homme; sur son visage se peignait un étonnement en technicolor. Vianello tendit la main vers la souris, mais Brunetti posa la sienne sur son épaule. « Non, attends encore une minute. »

Durant ces soixante secondes, l'expression, sur la figure de Bouille-Ronde, passa du choc à la consternation. Il dit deux ou trois choses, secoua à peine la tête, puis resta longtemps les yeux fermés. « Il se lave les mains de la décision de l'homme », risqua Zucchero.

Vianello ne put tenir plus longtemps et rétablit le son. « ... rien que je puisse faire pour vous aider. Je ne peux que vous montrer ce que les cartes disent. C'est à vous de choisir ce que vous ferez et je ne peux vous donner qu'un conseil : réfléchissez bien avant de prendre votre décision. » Il inclina la tête, tel un prêtre s'apprêtant à jeter de l'eau bénite sur un cercueil. Il y eut un silence, puis le clic d'un téléphone qu'on repose.

« Très subtile, la dernière touche », observa Vianello avec une admiration qu'il ne cacha pas. Sur l'écran apparut alors une liste de numéros de téléphone, pendant qu'une voix féminine expliquait que des conseillers professionnels se tenaient prêts à répondre vingt-quatre heures sur vingt-quatre aux appels. Ils avaient des experts ayant des années d'expérience dans la lecture des cartes, le déchiffrement des horoscopes, l'interprétation des rêves. Dans une fenêtre rouge au bas de l'écran, on pouvait voir le prix des différents appels.

« Il n'y a aucun moyen d'arrêter ces types ? » demanda Zucchero. Cela fit du bien à Brunetti de voir à quel point le jeune homme était scandalisé.

« La *Guardia di Finanza* les tient à l'œil. Mais tant qu'ils n'enfreignent aucune loi, on ne peut strictement rien faire contre eux, répondit Brunetti.

— Et Vanna Marchi ? » demanda le jeune policier. Cette célébrité de la télévision venait d'être arrêtée et condamnée.

« Elle est allée trop loin, dit Vianello, qui fit un geste en direction de l'écran. Alors que pour autant qu'on puisse en juger, ce type parle d'or. » L'inspecteur ne laissa pas à Brunetti le temps de présenter une objection. « Cela fait plusieurs fois que je le vois, et tout ce qu'il fait se résume à dire aux gens ce que toute personne de bon sens leur dirait.

— Pour un euro la minute ? demanda Brunetti.

— Ça reste tout de même moins cher qu'un psychiatre, observa Zucchero.

— Ah, les psys », dit Vianello, comme s'il venait de faire dégringoler un château de cartes.

Brunetti faillit faire observer à Vianello qu'on aurait pu en dire tout autant de l'homme dont s'était apparemment entichée sa tante, mais il se douta que l'inspecteur ne le prendrait pas très bien. Il préféra demander à Zucchero s'il avait pu parler avec les gens du voisinage, comme il le lui avait demandé.

« Oui, monsieur.

— Et ?

— Un homme, qui habite à deux ou trois maisons du palazzo, m'a dit qu'il a entendu quelque chose. Il pense que c'était un peu après onze heures, mais il n'a pas pu être plus précis. Il était assis dans sa cour à cause de la chaleur, et il a entendu un bruit qui pouvait être des voix en colère, mais il m'a dit qu'il n'y avait pas prêté tellement attention.

— Des voix qui venaient d'où ?

— Il n'a pas su me dire, monsieur. Comme il y a des bars de l'autre côté du canal, il a pensé que les bruits pouvaient venir de là. Ou d'une télévision, peut-être.

— Est-il sûr de l'heure ?

— Il est sûr, en tout cas, que c'était après onze heures ; il avait éteint sa télé pour descendre dans la cour.

— Et Alvise ? Il t'a donné la liste ?

— Oui, monsieur. » Le jeune policier fit demi-tour et alla jusqu'au bureau qu'il partageait avec un collègue. Il en ramena une feuille de papier qu'il tendit à Brunetti. « Ce sont les personnes qui habitent au palazzo, monsieur. Alvise m'a dit qu'il suffisait que le lieutenant parle avec les habitants, et comme aucun de ceux qui étaient dans la cour n'était des locataires, il n'a pas pris la peine de leur demander leurs noms. » En réaction au regard de Brunetti, Zucchero ajouta : « Alvise n'a pas fermé la porte de la cour, quand nous sommes entrés, je crois. » Il avait parlé d'un ton neutre.

Brunetti s'autorisa à laisser s'échapper de ses lèvres un « Aaaah » atténué.

« Dans ce cas, je pense que toi et moi devrions parler à ces locataires, dit-il à Vianello. Comme l'inspecteur ne répondit pas immédiatement, il ajouta : « À moins que tu attendes d'appeler pour te faire dire ton horoscope. » Le commissaire se mit à rire. Vianello coupa l'écran et se leva.

20

Brunetti aurait très bien pu convoquer à la questure les autres locataires du palazzo où logeaient Fontana et sa mère pour entendre leur déposition ; mais il savait que les prendre par surprise lui conférerait un avantage. Il n'avait aucune idée de ce que ces gens voudraient révéler (ou cacher) à la police, mais il préférait arriver avec Vianello sans s'annoncer.

La chaleur rendait inenvisageable de se rendre à pied jusqu'à la Misericordia, et le trajet étant compliqué en vaporetto, Brunetti réquisitionna Foa et la vedette de la police. Vianello et lui restèrent sur le pont ; même fenêtres ouvertes, la touffeur de la cabine était insupportable à petite vitesse. Foa avait installé la banne, mais celle-ci n'était pas de taille contre le soleil. Il faisait à peine moins chaud à l'air libre grâce à la brise, et le fait d'être sur l'eau aidait peut-être, mais ils étaient tellement écrasés l'un et l'autre par la chaleur qu'ils ne supportaient même pas l'idée de s'en plaindre. Ils devaient leurs seuls moments de soulagement aux occasionnelles bouffées d'air plus frais qu'ils traversaient, un phénomène que Brunetti n'avait jamais compris : peut-être s'agissait-il d'un appel d'air sortant de la *porte d'acque* des palazzi devant lesquels ils passaient, ou encore à un microsystème de poches d'air plus froid situées ici ou là dans les canaux.

Lorsqu'ils accostèrent près du palazzo, Brunetti dit à Foa de retourner à la questure, se souvenant que Patta aurait besoin de la vedette, comme tous les matins, pour aller nager. Il lui dit qu'ils le rappelleraient ou bien, si les interrogatoires leur prenaient trop de temps, qu'ils iraient déjeuner quelque part et rentreraient à pied.

La sonnette du haut, à côté du portail, portait le nom de Fulgoni. Brunetti appuya dessus.

« Qui c'est ? fit une voix de femme.

— La police, signora, répondit Brunetti. Nous souhaiterions vous parler.

— Très bien », répondit-elle après une brève hésitation. L'ouvre-porte cliqueta.

Ils s'attendaient à trouver un air plus frais dans la cour, si bien qu'ils ne l'apprécièrent pas autant que les poches plus froides aléatoires qu'ils avaient traversées sur les canaux. En passant devant l'endroit où Fontana avait été tué, Brunetti remarqua que la bande rouge et blanc qui la délimitait était toujours en place, mais que le sol avait été nettoyé. La sculpture du lion n'avait toujours pas retrouvé sa place.

Ils montèrent jusqu'au dernier étage. La porte était entrouverte et une femme, grande, large d'épaules, d'une cinquantaine d'années, se tenait dans l'embrasure. C'est à ses cheveux que Brunetti la reconnut pour l'avoir vue dans la rue : ils étaient d'un noir aile-de-corbeau, et bordaient son visage en deux vagues aérodynamiques solidifiées tel un casque, sans doute dû à quelque substance connue des femmes et des coiffeurs. Son visage avait l'air d'autant plus pâle, comme s'il avait été couvert de poudre de riz alors qu'elle avait un rouge à lèvres rose pour tout maquillage. Elle portait un chemisier vert foncé avec des fronces qui ne convenait guère à une femme de son gabarit. La couleur, de plus, s'accordait mal à celle de sa jupe bleue. Brunetti se rendit compte que bien que ses vêtements fussent chics, ni le chemisier ni la jupe ne flattaient la femme.

« Signora Fulgoni ? » dit Brunetti en tendant la main.

Mais elle l'ignora, recula d'un pas et leur fit signe d'entrer. Elle les précéda en silence dans le couloir et les introduisit dans un petit salon parqueté meublé d'un canapé deux places et d'un fauteuil. Les couvertures bariolées de quelques revues jetaient une note de gaieté depuis la table basse ; contre un mur, une bibliothèque contenait des livres qui paraissaient avoir été lus. La lumière entrait dans la pièce par trois grandes fenêtres, dont les rideaux à rayures en lin avaient été tirés. Le contraste était violent avec l'obscurité qui régnait dans l'appartement des Fontana, à l'étage en dessous. Les murs étaient couleur ivoire très clair. Sur l'un d'eux, était alignée une série de gravures apparemment d'Otto Dix ; sur un autre, il y avait plus d'une douzaine de peintures, sans doute toutes de la même main : de petites toiles abstraites n'utilisant que trois couleurs – jaune, rouge et blanc –, vraisemblablement posées au couteau. Brunetti les trouva à la fois dynamiques et reposantes, sans avoir la moindre idée de la façon dont l'artiste s'y était pris.

« C'est l'œuvre de mon mari », dit-elle d'un ton neutre étudié, avec un geste de la main qui se poursuivit jusqu'au canapé pour les inviter à s'asseoir. Brunetti trouva la formulation intéressante, comme si son mari n'avait pas été peintre, et attendit l'explication. Celle-ci vint. « Il est banquier et ne peint que quand il en a le loisir. » Il y avait de la fierté dans sa voix, calme et précise, au timbre grave et agréable.

« Je vois », dit Brunetti en se laissant tomber à côté de Vianello, qui venait de sortir un carnet de notes de la poche intérieure de son veston. Après l'avoir remerciée de son hospitalité, le commissaire dit : « Nous voudrions que vous nous confirmiez l'heure à laquelle vous et votre mari êtes rentrés chez vous, avant-hier.

— Pourquoi nous poser de nouveau la question ? » Elle paraissait plus interdite que confuse. « Nous l'avons déjà dit aux autres policiers. »

Sans se démonter, très à l'aise et avec un sourire, Brunetti lui répondit par un mensonge : « Il y a une différence d'une demi-heure entre ce dont se souvenait le lieutenant et un autre officier, signora. C'est tout. »

Elle réfléchit quelques instants avant de répondre. « Il devait être minuit cinq ou dix. Nous avons entendu sonner les douze coups à la Madonna dell'Orto quand nous avons quitté la Strada Nuova ; c'est le temps qu'il nous a fallu pour venir de là.

— Et vous n'avez rien vu d'inhabituel en entrant ici ?

— Non. »

Brunetti adopta un ton charmant pour poser sa question suivante. « Pouvez-vous me dire d'où vous veniez, signora ? »

Elle parut surprise, ce qui laissa à penser à Brunetti que Scarpa n'avait pas songé à le lui demander. Elle eut un petit sourire. « Après le dîner, nous avons voulu regarder la télévision, mais il faisait trop chaud et les programmes étaient tous plus stupides les uns que les autres, si bien que nous avons décidé d'aller marcher. Sans compter, ajouta-t-elle d'une voix adoucie, que c'est le seul moment où nous pouvons nous promener dans la ville sans avoir à slalomer entre les touristes. »

Du coin de l'œil, Brunetti vit l'inspecteur approuver d'un hochement de tête.

« En effet », répondit-il avec un sourire complice. Il regarda autour de lui dans la pièce, le haut plafond, les rideaux de lin, soudain frappé de la trouver si agréable. « Pouvez-vous nous dire depuis combien de temps vous habitez ici, signora ?

— Depuis cinq ans, répondit-elle, souriant elle aussi, sensible au compliment implicite du coup d'œil qu'il avait jeté.

— Et comment avez-vous trouvé un endroit aussi charmant ? »

La température de sa voix, cette fois, baissa de plusieurs crans. « C'est une relation de mon mari qui lui en a parlé.

— Je vois. Merci. Savez-vous depuis combien de temps la signora Fontana et son fils habitaient ici ? »

Elle jeta un coup d'œil à une peinture – elle se distinguait par un fort empâtement jaune en son milieu – puis elle revint à Brunetti. « Trois ou quatre ans, je crois. » Elle ne sourit pas, mais son visage s'adoucit, soit qu'elle eût décidé que Brunetti lui était sympathique, soit qu'elle eût été soulagée de ne pas avoir à approfondir la question précédente.

« Est-ce que vous les connaissiez bien, l'un ou l'autre ?

— Oh, non, pas plus que comme on se connaît entre voisins. On se croisait dans l'escalier ou dans la cour.

— Leur avez-vous jamais rendu visite dans leur appartement ?

— Dieux du ciel, non ! se récria-t-elle, à croire que cette seule possibilité la choquait. Mon mari est directeur de banque. »

Brunetti hocha la tête, comme s'il s'agissait d'une réaction des plus normales à une question de ce genre.

« Est-ce que quelqu'un, dans le palazzo ou dans le voisinage, vous a jamais parlé de l'un ou de l'autre ?

— De la signora Fontana et de son fils ? demanda-t-elle, l'air de douter qu'ils puissent s'agir d'eux.

— Oui. »

Elle jeta un coup d'œil de côté à une autre peinture – celle-ci coupée en trois par deux traits verticaux rouges dans un champ de blanc. « Non, pas que je me souvienne. » Elle eut un petit mouvement de la bouche qui pouvait être l'esquisse d'un sourire ou une simple réaction à la vue du tableau.

« Je vois », dit Brunetti. Il avait compris que poursuivre cet interrogatoire ne le mènerait nulle part. « Merci pour votre temps, signora », dit-il d'un ton qui mettait définitivement fin à l'entretien.

Elle se leva d'un seul mouvement gracieux ; alors que lui-même et un Vianello quelque peu surpris durent s'appuyer sur les accoudoirs du canapé.

À la porte, les échanges de civilités furent réduits au strict minimum, et ils entendirent le battant se refermer dès qu'ils eurent attaqué l'escalier. Vianello, d'un ton choqué et désapprobateur, n'attendit pas davantage pour lancer : « Dieux du ciel, non, mon mari est directeur de banque !

— Un directeur de banque qui a du goût, ajouta Brunetti.

— Pardon ? dit un Vianello interloqué.

— Une femme qui porte un chemisier pareil n'a pas pu choisir les rideaux », répondit le commissaire, ce qui ne fit qu'aggraver la confusion de Vianello.

Au premier étage, ils s'arrêtèrent à la porte marquée « Marsano » et sonnèrent. Au bout d'un long moment, une voix de femme, venant de l'intérieur, demanda qui était là.

« La police », répondit Brunetti. Il crut entendre des pas qui s'éloignaient puis lui parvint finalement ce qui lui parut être une voix d'enfant qui posa la même question. « Qui c'est?

— C'est la police, dit Brunetti en prenant le ton le plus gentil qu'il put. C'est ce que j'ai déjà dit à ta maman.

— Ce n'est pas ma maman. C'est Zinka.

— Et toi, comment tu t'appelles?

— Lucia.

— Dis-moi, Lucia, veux-tu bien nous ouvrir?

— Maman dit que je ne dois jamais laisser entrer des étrangers dans l'appartement.

— Ta maman a raison, Lucia, reconnut Brunetti, mais c'est différent quand c'est la police. Ta maman ne te l'a pas expliqué? »

Il fallut un long moment à la fillette pour répondre. Quand elle le fit, Brunetti fut surpris de l'entendre demander : « C'est à cause de ce qui est arrivé au signor Araldo?

— Oui, c'est ça.

— Pas à cause de Zinka? » Il y avait quelque chose de presque adulte dans l'inquiétude de son ton.

« Non, je ne sais même pas qui est Zinka », dit Brunetti, on ne plus sincère.

Il entendit enfin une clef qui tournait dans la serrure et la porte s'ouvrit. Il vit devant lui une fillette qui pouvait avoir huit ou neuf ans. Elle portait un jean et un tee-shirt blanc et était pieds nus. Elle recula un peu et regarda les deux hommes avec une franche curiosité. Elle était jolie comme un cœur.

« Vous n'avez pas d'uniforme », fut la première chose qu'elle leur dit.

Les deux hommes éclatèrent de rire, ce qui parut convaincre la fillette de leur bonne volonté, sinon de leur profession.

Brunetti discerna un mouvement au fond du couloir et une femme, portant un tablier bleu, sortit d'une des pièces. Elle avait le corps compact, en patate, d'une femme d'Europe de l'Est et le visage rond couronné de cheveux blond clair qui allaient souvent avec. Il comprit sur-le-champ que c'était une immigrante clandestine, travaillant ici comme employée de maison ou baby-sitter, mais même la peur de la police n'avait pu l'empêcher de venir vérifier que la fillette était en sécurité.

Brunetti sortit son portefeuille et en retira sa carte de police. Il la tendit à la femme. « Signora Zinka, je suis le commissaire Brunetti. Je suis venu pour poser des questions sur le signor Fontana et sa mère. » Il l'étudia, pour voir si elle avait compris. Elle hocha la tête mais ne bougea pas. « Je ne m'intéresse à rien d'autre, signora. Vous comprenez ? » L'attitude de la femme perdit un peu de sa rigidité ; Brunetti fit un pas de côté, restant toujours sur le palier et, d'un signe, indiqua à Vianello de l'imiter. « Et voici mon assistant, le lieutenant Vianello. »

Sans rien dire, elle avança de quelques pas hésitants dans leur direction. La fillette se tourna alors vers elle. « N'aie pas peur, Zinka. Viens leur parler. Ils ne nous feront pas de mal, ce sont des policiers. »

À ce mot, la femme s'immobilisa à nouveau et l'expression qu'elle arbora suggérait que la vie lui avait appris à tirer des conclusions différentes sur le comportement de la police.

« Si vous ne voulez pas que nous entrions, signora, reprit Brunetti lentement et en articulant bien, nous pouvons revenir plus tard dans l'après-midi ou alors à l'heure où la maman de Lucia sera là. » La femme fit un pas de plus vers l'enfant, mais Brunetti n'aurait su dire si c'était pour chercher ou offrir une protection.

Il regarda la fillette. « Dans quelle école vas-tu, Lucia ?

— À Foscarini.

— Ah, c'est bien. Ma fille y est allée aussi, répondit-il, pas à un mensonge près.

— Ah, vous avez une fille ? » demanda la gamine, comme si c'était étonnant de la part d'un policier. Puis elle ajouta, l'air de lui tendre un piège : « Comment elle s'appelle ?

— Chiara.

— C'est aussi le prénom de ma meilleure copine », dit la fillette avec un large sourire. Sur quoi elle s'écarta de la porte. Avec un formalisme étonnant, elle ajouta : « Je vous en prie, entrez.

— *Permesso* », dirent-ils l'un et l'autre en franchissant le seuil. C'est à cet instant que Brunetti, sentant l'air frais lui tomber brutalement dessus, se rendit compte que l'appartement était climatisé.

« On peut aller dans le bureau de mon père. C'est toujours là qu'il va quand ses visiteurs sont des messieurs. » Elle se tourna et ouvrit une porte sur la droite. « Venez », les encouragea-t-elle. Vianello referma la porte de l'appartement, et les deux hommes suivirent la fillette dans le couloir frais. À l'entrée du bureau, Brunetti se tourna vers la femme : « Cela nous aiderait si nous pouvions aussi vous parler, signora, mais seulement si vous le voulez bien. Nous cherchons simplement à savoir qui sont la signora Fontana et son fils. »

La femme boulotte fit un autre pas en avant. « Un monsieur bien.

— Le signor Fontana ? »

Elle acquiesça d'un hochement de tête.

« Vous le connaissiez ? »

Nouveau hochement de tête.

La fillette entra la première dans le bureau et dit, d'une voix qui traîna sur les dernières syllabes : « Mais entre, Zinka, que t'es bête. » Elle traversa la pièce, hésita à côté du gros bureau, puis tira le fauteuil et s'y installa ; ses épaules atteignaient à peine le haut du meuble et Brunetti ne put s'empêcher de sourire.

La femme le vit, regarda vers l'enfant, revint sur Brunetti et il la vit qui évaluait la scène et la réaction qu'il avait eue. « J'ai vraiment une fille, signora », dit-il, allant s'asseoir sur l'une de chaises placées en face du bureau. Vianello prit l'autre.

La femme entra à son tour dans la pièce mais resta debout, à mi-chemin entre la porte restée ouverte et le bureau, position lui permettant de s'interposer pour mettre l'enfant en sécurité, le cas échéant.

« Où est ta maman ? demanda Vianello.

— Elle travaille. C'est pourquoi nous avons Zinka. Elle me garde. Normalement, on aurait dû aller à la plage, aujourd'hui, on a une cabine à l'*Excelsior*. Mais maman a dit qu'il faisait trop chaud, alors on est restées à la maison. Je devais aider Zinka à préparer le déjeuner.

— C'est bien, ça. Et qu'est-ce que tu comptes faire ?

— Une *minestra di verdura*. Zinka m'a dit que si j'étais sage, je pourrais peler les pommes de terre. »

Brunetti se tourna vers la femme, qui paraissait suivre la conversation sans difficulté. « Signora, dit-il, si je ne vous avais pas promis de ne vous interroger que sur les Fontana, je vous demanderais de m'apprendre à convaincre ma fille de ranger sa chambre. » Il sourit pour montrer qu'il plaisantait ; le visage de Zinka s'adoucit et elle sourit à son tour.

Brunetti prit soudain conscience de l'illégalité de ce qu'il faisait ; mais ce fut surtout la perversité de son attitude qui l'écrasa. Lucia n'était qu'une gamine, pour l'amour du ciel : fallait-il donc qu'il ait un besoin irrépressible de savoir, pour s'abaisser à ça !

Il se tourna vers la femme. « Ce n'est pas bien, je crois, de poser d'autres questions à Lucia, dit-il. Nous devrions peut-être vous laisser retourner à la préparation du repas. » Vianello lui adressa un regard surpris, mais il l'ignora pour s'adresser à la fillette. « J'espère qu'il fera un peu moins chaud demain et que tu pourras aller à la plage.

— Merci, signore, dit-elle avec une politesse inculquée. Mais c'est peut-être pas si terrible, si on n'y va pas. Zinka déteste aller à la plage. Pas vrai ? » ajouta-t-elle en se tournant vers la femme.

Le sourire de la femme réapparut, plus large cette fois. « La plage ne m'aime pas non plus, Lucia. »

Brunetti et Vianello se levèrent. « Pouvez-vous nous dire quand les Marsano seront à la maison ? Nous reviendrons à ce moment-là. »

Zinka regarda la fillette. « Lucia ? Va voir dans la cuisine si je n'y ai pas laissé les verres, s'il te plaît », dit-elle.

Heureuse d'obéir, la gamine sauta de son fauteuil et quitta la pièce.

« Le signor Marsano ne vous dira pas les choses. La signora non plus.

— Ils ne me diront pas quelles choses ? voulut savoir Brunetti.

— Fontana, c'était un monsieur très bien et gentil. Il s'est battu avec signor Marsano, battu avec les gens en haut. »

Étant donné le verbe qu'elle avait employé, le commissaire fut pris d'un doute. « Il s'est battu avec des mots ou avec les mains, signora ?

— Avec les mots, seulement bataille avec les mots, répondit-elle, apparemment effrayée à l'idée de l'autre possibilité.

— Qu'est-ce qui s'est passé ?

— Ils ont dit des gros mots. Signor Fontana dit que signor Marsano pas honnête, pareil avec le monsieur, en haut. Puis le signor Marsano dit signor Fontana pas un homme normal, il va avec d'autres hommes.

— Mais vous pensez tout de même que c'était quelqu'un de très bien ? demanda Brunetti.

— Je le sais, répondit-elle avec une certaine force. Il m'a trouvé avocat. Un monsieur aussi très bien au tribunal. Il m'a aidé avec les papiers, pour rester.

— Pour rester en Italie ?

— Ils n'y sont pas, Zinka », cria la fillette depuis l'autre bout du couloir. Puis elle se rapprocha et, de la voix geignarde des enfants qui s'impatientent, elle demanda : « On peut retourner faire la cuisine, maintenant ? »

Zinka sourit en voyant Lucia dans l'encadrement de la porte. « Une minute et j'arrive.

— Pouvez-vous me donner le nom de cet avocat, signora ? demanda Brunetti.

— Penzo, Renato Penzo. Ami de signor Fontana. Lui aussi, un monsieur très bien et gentil.

— Et la signora Fontana, dit Brunetti, sensible à l'impatience de l'enfant et à la gêne grandissante de la femme, elle est gentille, elle aussi ? »

Zinka le regarda, puis se tourna vers la fillette. « Les visiteurs vont partir maintenant, Lucia. Tu veux bien aller leur ouvrir ? »

La gamine, comprenant qu'elle allait bientôt pouvoir peler les pommes de terre, se précipita vers l'entrée. Elle ouvrit la porte, passa sur le palier et alla se pencher sur la rampe pour regarder dans la cage d'escalier. Brunetti vit Zinka devenir nerveuse de la voir faire et prit la direction de la porte.

Il s'arrêta juste sur le seuil. « Et la signora Fontana ? » répéta-t-il.

Elle secoua la tête, comprit que Brunetti acceptait qu'elle n'ait pas envie de parler et dit simplement : « Non, pas comme fils. »

Le commissaire lui répondit d'un hochement de tête, dit au revoir à Lucia et entreprit de descendre l'escalier, suivi de Vianello.

21

N'ayant pas oublié la chaleur qui régnait sur les bords du canal, Brunetti s'attarda dans la cour et demanda à Vianello : « As-tu déjà entendu parler de ce Penzo ? »

Vianello acquiesça. « Oui. On a mentionné son nom plusieurs fois devant moi. Il travaille souvent bénévolement. Il vient d'une bonne famille – service public, tu vois le profil.

— Pour aider les immigrants, le bénévolat ? » Brunetti se souvenait maintenant d'avoir également entendu prononcer le nom de l'avocat.

« S'il s'est occupé du cas de cette baby-sitter, on peut le supposer. Ce n'est certainement pas avec son salaire qu'elle peut s'offrir les services d'un avocat. » Vianello devint silencieux et Brunetti comprit qu'il fouillait dans sa mémoire. « Je ne me souviens de rien qui le relierait précisément aux immigrants ; il me semble me rappeler, et encore c'est bien vague, que les gens ont une bonne opinion de lui. » Vianello agita la main en l'air, allusion aux mystères insondables de la mémoire. « Tu sais comment c'est.

— Ouais », convint Brunetti. Il consulta sa montre et constata avec surprise qu'il n'était pas encore une heure et demie. « J'ai envie d'appeler le tribunal. Si jamais il devait s'y rendre aujourd'hui, crois-tu que tu auras assez d'énergie pour faire tout ce chemin sans t'effondrer ? »

L'inspecteur ferma les yeux ; Brunetti se demanda un instant quel mélodrame son adjoint lui préparait, même si ce genre de numéro n'était pas son style. « On pourrait prendre le *traghetto* à Santa Sofia, dit finalement Vianello. C'est le trajet le plus court et il n'y aura que sur la Strada Nuova et dans la gondole que nous serons au soleil. »

Brunetti appela le central du palais de justice, demanda le secrétariat et apprit que maître Penzo devait se présenter au tribunal aujourd'hui avec un client. L'affaire était censée passer à onze heures, dans la salle d'audience 17D, mais les choses avaient pris du retard, si bien que l'audience n'avait sans doute pas commencé avant treize heures – mais on ne pouvait le savoir avec certitude sans être sur place. Brunetti remercia la secrétaire et raccrocha. « Les audiences ont du retard, aujourd'hui », dit-il à Vianello.

L'inspecteur ouvrit le portail donnant sur la ruelle, jeta un coup d'œil à l'extérieur et se tourna vers Brunetti. « Le soleil est dans le ciel », annonça-t-il.

Vingt minutes plus tard, les deux hommes pénétraient dans le palais de justice sans que personne leur ait demandé quoi que ce soit. Ils montèrent au premier étage, et s'engagèrent dans le corridor conduisant aux salles d'audience. Sur leur gauche, à travers les bureaux aux portes ouvertes, ils apercevaient, par les fenêtres, les palazzi de l'autre côté du Grand Canal.

L'air était immobile, tout comme les gens adossés aux murs ou assis dans le couloir. Toutes les chaises étaient occupées. Certains avaient transformé leur porte-documents en siège ou en tabouret pour s'asseoir ; un homme était juché sur une pile de dossiers maintenus par de la ficelle. Toutes les portes des bureaux étaient ouvertes pour permettre à l'air de circuler ; des gens en sortaient de temps en temps et s'avançaient lentement dans le passage encombré, enjambant des pieds et des jambes et contournant comme ils le pouvaient les corps avachis.

La chambre de comparution 17D se trouvait à l'autre bout du corridor. La porte était ouverte, ici aussi, et les gens entraient et sortaient à leur gré. Brunetti arrêta un employé qu'il connaissait et lui demanda où se trouvait maître Penzo. C'était justement son affaire qui était examinée, lui répondit l'homme, « contre Manfredi », autre avocat connu de Brunetti. Ils entrèrent et simultanément, les deux policiers enlevèrent leur veste. Ne pas le faire aurait quasiment engagé leur pronostic vital.

Le juge présidait, au fond de la salle, depuis une estrade surélevée. Il portait sa toque ainsi que sa robe, et Brunetti resta stupéfié qu'il puisse les supporter. Quelqu'un lui avait dit un jour que l'été, certains juges ne portaient que leurs sous-vêtements sous leur robe : aujourd'hui, ça lui paraissait évident. Les fenêtres donnant sur le canal étaient ouvertes, et les quelques personnes présentes dans la salle avaient tiré les chaises de ce côté-là, mis à part les avocats, qui se tenaient en face du juge ; eux aussi avaient enfilé leur robe. Une avocate était assise sur la chaise la plus éloignée des fenêtres, la tête renversée sur le dossier. Même à cette distance, Brunetti se rendait compte, à voir ses cheveux collés à son front, qu'elle avait l'air de sortir de la douche. Elle avait les yeux fermés, la bouche ouverte : elle aurait tout aussi bien pu être inconsciente ou endormie, assommée par la chaleur.

Telle de la paille de fer attirée par un aimant, les deux policiers se dirigèrent vers les fenêtres où ils trouvèrent deux chaises inoccupées. Il y avait bien la sonorisation dans la salle, ainsi que des micros devant le juge et sur la table des avocats, mais elle fonctionnait mal et les voix qui sortaient des haut-parleurs placés en hauteur étaient déformées par un grésillement continu au point de les rendre incompréhensibles. La sténo était assise en contrebas du juge : elle était soit capable de déchiffrer les grésillements, soit suffisamment près des voix pour les distinguer. Elle pianotait sur sa machine comme si elle se trouvait sur une autre planète – une planète à la température plus clémente.

Brunetti étudiait cette scène, familière pour lui, et le comportement de ses acteurs. Il s'imagina à bord d'un avion à regarder un autre genre de film sans les écouteurs. Il observa les effets de manche des avocats, l'arc décrit par un bras pour souligner un propos concluant – ou chasser une mouche. L'un d'eux affichait de la stupéfaction ; l'autre levait les mains en l'air, comme pour exprimer sa totale incrédulité. Brunetti se demanda s'il arrivait aux juges de couper le son. De plus, dans une ville aussi petite que Venise, tous les avocats avait leur cote en termes de réputation et du degré d'honnêteté qu'on leur accordait. Si bien qu'un juge expérimenté avait juste besoin de connaître le nom des avocats des deux parties pour savoir où se trouvait la vérité.

Car après tout, la majorité des propos tenus étaient des mensonges, ou du moins une présentation tendancieuse, voire fantaisiste des faits. Ce n'était de toute façon pas la vérité que cherchait à découvrir la justice : il s'agissait avant tout pour elle d'imposer le pouvoir de l'État sur les citoyens.

Brunetti regarda de nouveau vers l'avocate endormie, qui n'avait pas bougé d'un cil. Puis la chaleur eut raison de lui et il ferma les yeux à son tour. Un léger coup de coude le réveilla. Il regarda Vianello, lequel, d'un mouvement du menton, lui montra la tribune du juge.

Les deux personnages en robe noire s'étaient approchés de lui ; il y eut un dialogue qui ne passa pas dans la sono, même déformé. Comme pour renforcer l'idée de Brunetti que tout cela n'était qu'une pantomime, le juge tapota son verre de montre. Les deux avocats parlèrent alors en même temps ; le juge secoua la tête. Il rassembla ses papiers, se leva et sortit du tribunal, laissant les avocats au pied de son estrade.

Ils se tournèrent l'un vers l'autre et eurent un bref échange. L'un d'eux ouvrit son porte-documents et en sortit un document qu'il montra à l'autre. Ce dernier le prit et le lut, sans paraître gêné par le bruit des chaises repoussées par le public qui commençait à se lever et à quitter la salle d'audience. Brunetti et Vianello se levèrent aussi, avant tout pour laisser passer les gens devant eux, puis se rassirent quand la salle fut vide.

L'avocat qui venait de lire le document s'humecta les lèvres, puis il eut un mouvement de sourcil pouvant laisser penser qu'il se disait d'accord, mais à contrecœur. Il garda le document et retourna près de son client. Il posa le papier sur le bureau devant l'homme en le lui montrant de la main.

Le client posa un doigt dessus et se mit à lire en suivant les lignes de son index, à croire que le texte était écrit en braille. À un moment donné, son doigt abandonna ; sa main retomba à plat et recouvrit, par hasard ou volontairement, le texte que l'homme venait de lire.

Il regarda son avocat et secoua la tête. L'avocat dit quelques mots, et son client détourna les yeux. Du temps passa, l'avocat ajouta quelque chose, puis reprit le document et le rapporta à son collègue, lui rendant une feuille de papier quelque peu froissée ; après quoi les deux avocats firent demi-tour et quittèrent la salle d'audience, laissant le client du second assis seul à la table.

Cette fois-ci, les deux policiers se levèrent pour de bon et se dirigèrent vers la sortie.

« Celui qui a perdu, c'est Manfredi, dit Brunetti. Ce qui veut dire que Penzo a gagné.

— Je me demande ce qu'il y avait d'écrit sur le papier.

— Manfredi est complètement dépourvu de scrupules, répondit Brunetti du ton de celui qui savait de quoi il parlait. Il est donc probable que c'était quelque chose qui prouvait que lui ou son client avait menti.

— Et que Penzo pouvait le prouver.

— On aimerait bien pouvoir le croire », conclut le commissaire, rechignant à admettre qu'un avocat était intègre tant qu'il n'avait pas été directement confronté à la personne. « Allons lui parler. » Ils trouvèrent Penzo au bout du corridor, où il regardait par la fenêtre, sa robe noire posée sur le rebord, les bras légèrement écartés du corps, très certainement pour essayer – mais en vain – de trouver un peu de fraîcheur. En le voyant de dos, Brunetti fut frappé par sa minceur ; il avait des hanches d'adolescent et sa chemise retombait en plis humides et vides entre ses épaules et sa taille.

« Maître Penzo ? »

L'avocat se tourna, prenant un air légèrement intrigué. Il avait le visage aussi étroit que le corps, et ses joues particulièrement creuses donnaient à son nez, pourtant tout à fait normal, une taille disproportionnée. Ses yeux, de la couleur du chocolat au lait, étaient cernés par les petites rides produites par des années à plisser les paupières au soleil.

« *Si?* » demanda-t-il. Son regard alla de Brunetti à Vianello et il comprit aussitôt qu'il avait affaire à des policiers. « Qu'est-ce qui se passe? » ajouta-t-il poliment. Brunetti apprécia qu'il évite de se lancer dans les plaisanteries d'usage, comme l'auraient fait bien des gens.

Comme s'il n'avait pas remarqué l'expression de Penzo, Brunetti répondit : « Je suis le commissaire Guido Brunetti, et voici l'inspecteur Lorenzo Vianello. »

Penzo se retourna, récupéra sa robe et la replia sur son bras. « En quoi puis-je vous aider? demanda-t-il.

— Nous aimerions vous entretenir de l'une de vos clientes.

— Volontiers. Où allons-nous faire ça? » Penzo regarda le couloir, autour de lui. C'était l'heure du déjeuner et il n'y avait plus foule, mais il n'était pas vide pour autant et des gens allaient et venaient.

« Nous pourrions aller au Do Mori prendre un verre », proposa Brunetti. Vianello laissa échapper un soupir de soulagement parfaitement audible et Penzo donna son accord d'un sourire.

« Pouvez-vous me donner cinq minutes pour me débarrasser de ça? demanda Penzo en levant le bras qui portait la robe. Nous pourrions nous retrouver dans l'entrée. »

Brunetti accepta la proposition et les deux policiers se dirigèrent vers l'escalier.

« D'après toi, qui appelle-t-il? demanda Brunetti pendant qu'ils rejoignaient le rez-de-chaussée.

— Sa femme, sans doute, pour dire qu'il va arriver en retard au déjeuner », suggéra Vianello, montrant par là que l'avocat lui était sympathique.

Après quoi, ils ne dirent plus rien. Dehors, le soleil avait chassé toute vie du Campo San Giacometto. Le fleuriste et les deux stands de fruits séchés étaient fermés; même le peu d'eau qui coulait de la fontaine paraissait excédé par la chaleur. Seuls les stands situés sous la protection de la longue arcade étaient ouverts.

Les deux policiers allèrent attendre à l'ombre des arcades. Penzo les rejoignit rapidement, son porte-documents à la main.

« Qu'avez-vous donc montré à votre collègue, maître ? » demanda Vianello – s'excusant aussitôt de sa curiosité.

Penzo éclata d'un rire communicatif. « Son client demandait des dommages et intérêts pour avoir subi le coup du lapin dans un accident de voiture. Mon collègue prétendait qu'il avait eu une incapacité de plusieurs mois, qu'il n'avait pu travailler et qu'il avait perdu toute chance de promotion dans sa boîte.

— Et pour ça, il réclamait combien ? demanda Brunetti, à son tour curieux.

— Seize mille euros.

— Combien de temps a-t-il été arrêté ?

— Quatre mois.

— Qu'est-ce qu'il faisait ? demanda Vianello.

— Pardon ?

— Quel genre de métier ? précisa l'inspecteur.

— Cuisinier.

— Quatre mille par mois. Pas mal », dit un Vianello appréciatif.

Les trois hommes commencèrent à se diriger vers le Do Mori, tournant machinalement à droite, à gauche, puis de nouveau à droite. Devant l'établissement, Penzo fit halte, comme pour conclure cette partie de leur conversation avant d'entrer. « Mais son syndicat a veillé à ce qu'il touche son salaire pendant qu'il était en congé maladie. Les dommages et intérêts ne concernaient que ses souffrances.

— Je vois », dit Brunetti. Être payé pour les souffrances que l'on a subies. Tellement mieux que de travailler. « Qu'est-ce que vous lui avez montré ?

— Une déclaration sous serment de deux cuisiniers travaillant dans un restaurant de Mira : d'après eux, le type a travaillé pendant trois des quatre mois où il était en principe en congé maladie.

— Et comment l'avez-vous découvert ? demanda impulsivement Vianello, alors qu'il savait très bien que les avocats préfèrent en général rester discrets sur ce genre de choses.

— Comment ? Par sa femme, répondit Penzo en éclatant de nouveau de rire. Elle était séparée de lui à cette époque – ils sont divorcés, aujourd'hui – et il s'est mis à payer la pension alimentaire avec retard. Il se servait de son accident comme prétexte, mais elle le connaissait trop bien pour ne pas avoir de doutes, et elle l'a fait suivre un jour qu'il se rendait à Mira. Quand elle a découvert qu'il y travaillait, elle me l'a dit et je suis allé parler aux autres cuisiniers, qui m'ont fait leur déclaration.

— Par simple curiosité, maître, demanda Brunetti, à quand cette affaire remonte-t-elle ?

— Huit ans », répondit Penzo d'un ton neutre. Tous les trois étaient habitués aux rouages de la justice, si bien qu'aucun ne trouva le délai anormal.

« Il a donc perdu seize mille euros ? demanda Vianello.

— Il n'a rien perdu, inspecteur, le corrigea l'avocat. Simplement, il ne touchera pas l'argent qu'il ne mérite pas.

— Ce qui n'empêche qu'il doive tout de même payer son avocat, observa Brunetti.

— C'est toute la beauté de la chose », se permit de dire Penzo en guise de commentaire. Cette question réglée, il leur fit signe de s'engager par les doubles portes entrouvertes et attendit pendant que Brunetti et Vianello passaient devant lui.

22

Certaines des personnes que Brunetti avait vues dans le tribunal se tenaient devant le comptoir, un verre de vin dans une main, un *tramezzino* dans l'autre. Un courant d'air constant relativement frais arrivait des portes ouvertes aux deux extrémités du bar étroit ; c'était un soulagement d'entrer ici, et pas seulement à cause de l'abondance de choses délicieuses qui s'étalaient devant eux. Qu'est-ce qui empêchait donc Sergio et Mamadou, dans le bar proche de la questure, d'imiter un si bel exemple ? Les *tramezzini* qu'ils proposaient, comparés à ceux du Do Mori, n'étaient que du bas de gamme. Brunetti regarda Vianello. « Pourquoi diable la questure n'est-elle pas située dans les environs ?

— Parce que dans ce cas, tu mangerais des *tramezzini* tous les jours et tu n'irais jamais déjeuner chez toi », répondit l'inspecteur. Sur quoi il commanda tout un assortiment, cœurs d'artichauts, olives frites, crevettes, calamars. « C'est pour tous les trois », expliqua-t-il. Il y ajouta pour lui-même un bresaola et rucola, un jambon-gorgonzola et un jambon-champignons. Quant à Brunetti, plus modéré, il se contenta de bresaola-artichaut et de jambon-champignons.

Ils tombèrent d'accord pour accompagner cela de pinot gris et de grands verres d'eau minérale. Puis ils portèrent verres et plateaux jusqu'à l'une des tablettes surélevées et se répartirent les sandwichs. Quand ils eurent terminé leur premier, Vianello leva son verre et les autres se joignirent à lui.

Penzo piqua une olive frite, en grignota la moitié et demanda : « De quelle cliente voulez-vous me parler? »

Mais avant que Brunetti puisse répondre, un homme qui passait tapa Penzo sur l'épaule et lui dit : « Est-ce qu'ils t'offrent à déjeuner ou est-ce qu'ils vont t'arrêter, Renato ? » Mais ce fut dit et pris sur le ton de la plaisanterie et Penzo revint à son olive. Il jeta la pique en bois dans l'assiette et se saisit de son verre de vin.

« Zinka », répondit Brunetti. Il était sur le point d'expliquer pour quelle raison il s'intéressait à elle, mais la fugitive expression douloureuse qui traversa le visage de Penzo l'arrêta. L'avocat ferma un instant les yeux, les rouvrit et prit une gorgée de vin.

Sur quoi il reposa son verre, prit son deuxième sandwich et se tourna vers Brunetti. « Zinka? demanda-t-il d'un ton léger. Comment se fait-il que vous vous intéressiez à elle? »

Brunetti but un peu d'eau et tendit la main vers son second sandwich, aussi naturellement que s'il n'avait pas vu la réaction de l'avocat. « Ce n'est pas à elle que nous nous intéressons, mais à quelque chose qu'elle a dit.

— Vraiment? Et quoi donc? » demanda Penzo d'une voix qu'il avait maîtrisée et qui paraissait tout à fait calme. Il porta le sandwich à sa bouche mais le reposa sur l'assiette sans l'avoir entamé.

Vianello jeta un coup d'œil à Brunetti et souleva les sourcils en finissant son verre. « Quelqu'un en veut un autre? » demanda-t-il.

Brunetti répondit d'un hochement de tête, Penzo dit que non.

Vianello alla jusqu'au bar. Brunetti reposa son verre vide. « Elle nous a fait part d'une dispute qu'a eue son employeur avec l'un de ses voisins. »

Penzo, qui étudiait son sandwich, garda les yeux baissés. « Ah, vraiment?

— Avec Araldo Fontana, dit Brunetti. Penzo aurait dû lever les yeux ou au moins lui jeter un coup d'œil, à ce moment-là, mais il continua obstinément de regarder son sandwich comme si c'était celui-ci qui lui avait parlé. Elle m'a dit aussi que le signor Fontana avait eu une dispute avec le locataire du troisième étage. » Brunetti se tut un instant. « Étant donné que personne n'habite au rez-de-chaussée, on peut dire que le signor Fontana s'est disputé avec tout le monde, dans l'immeuble. »

Penzo ne répondit pas.

« Et cependant, la signora Zinka – qui nous a fait l'effet d'être une personne sensée – nous a dit que le signor Fontana était un monsieur très bien. » Brunetti jeta un coup d'œil vers le comptoir où Vianello, leur tournant le dos, sirotait un verre de vin.

S'il y avait eu l'afflux habituel de clients dans l'établissement, la voix de Penzo aurait été noyée dans le brouhaha, tant il répondit doucement : « C'était vrai.

— J'en suis heureux, même si cela rend sa mort encore pire. Parce que sa vie, elle, aura été meilleure. »

Penzo releva alors lentement la tête et regarda enfin son interlocuteur. « Qu'est-ce que vous avez dit ?

— Que sa bonté a dû lui valoir une vie meilleure, répéta Brunetti.

— Mais une mort pire ?

— Oui. Mais ce n'est pas cela qui compte, n'est-ce pas ? C'est la vie que l'on a eue avant qui est importante. Et ce dont les gens se souviendront.

— Ce dont les gens se souviendront, dit Penzo d'un ton virulent, même s'il parlait à voix basse, murmurant presque, c'est qu'il était gay et qu'il a été tué par un salopard qu'il a ramené chez lui pour une partie de sexe dans la cour.

— Je vous demande pardon ? dit Brunetti, incapable de cacher son étonnement. Où avez-vous entendu dire une chose pareille ?

— Au palais de justice, dans les bureaux, dans les couloirs. C'est ça, que les gens racontent. Qu'il était pédé et qu'il aimait le sexe dangereux et qu'il a été tué par une brute anonyme.

— C'est absurde, dit Brunetti.

— Bien sûr, que c'est absurde, siffla Penzo. Mais cela n'empêche pas les gens de le répéter, cela ne les empêche pas de le croire. » Il y avait de la rage dans la voix de l'avocat, mais il regardait de nouveau son assiette et Brunetti ne put voir son expression.

En d'autres circonstances, devant un tel ton, Brunetti se serait senti poussé à poser une main amicale sur le bras de son interlocuteur ; il retint cependant son geste, subodorant qu'il pourrait être mal interprété. En un éclair, il prit conscience de ce que cela pouvait signifier et décida de tout miser sur un seul mot. « Vous deviez beaucoup l'aimer », dit-il.

Penzo releva la tête et scruta Brunetti comme s'il venait de lui tirer dessus. Décapé par la phrase du commissaire, toute expression avait disparu de son visage. Il essaya de parler et, poussé par des années de déni, s'efforça de faire prendre à ses traits un air intrigué, comme s'il s'apprêtait à demander à Brunetti ce qu'il avait voulu dire par là – la force de l'habitude qui, par prudence, lui avait fait traiter le nom de Fontana comme celui de n'importe qui, et l'homme comme un collègue comme un autre.

« Nous nous connaissions depuis le lycée. Cela remonte à presque quarante ans », répondit finalement Penzo en prenant son verre d'eau. Il pencha la tête en arrière et vida son contenu en quatre longues rasades. Puis, comme si boire avait replacé son entretien avec Brunetti dans le cadre d'une conversation normale, il demanda : « Que vouliez-vous savoir de lui, commissaire ? »

Brunetti fit comme s'il n'avait pas posé sa question précédente. « Avez-vous une idée des raisons pour lesquelles le signor Fontana s'est disputé avec ses voisins ? »

Au lieu de répondre à la question, l'avocat demanda à Brunetti s'il voulait bien aller lui chercher un autre verre d'eau. Lorsque Brunetti commença à se diriger vers le comptoir, il ajouta : « Vous pouvez ramener l'inspecteur, commissaire. »

Brunetti s'exécuta. Lorsque Penzo eut vidé la moitié du deuxième verre et l'eut reposé, il dit à Brunetti : « Araldo pensait que les occupants de ces appartements les avaient obtenus en échange de services rendus au propriétaire.

— Le signor Puntera ?

— Oui. » Penzo regarda le sol. « C'est très compliqué. »

Brunetti donna un coup de menton en direction de Vianello.

« Nous ne sommes pas pressés, maître, dit l'inspecteur. Prenez tout votre temps. »

Lèvres serrées, Penzo acquiesça. « Je ne sais pas trop par où commencer, avoua-t-il en regardant Brunetti, cette fois.

— Par la mère, peut-être ? suggéra Brunetti.

— Oui, dit l'avocat avec un petit haussement d'épaules, par la mère. Elle est veuve. Si jamais cette femme a eu une profession, ce serait le veuvage. Araldo n'avait que dix-huit ans quand son père est mort et comme il était enfant unique, il a considéré que c'était à lui de prendre soin de sa mère. Son père était employé de bureau ; il a laissé un peu d'argent, mais sa mère l'a rapidement fait disparaître. Elle tenait à tout prix à sauver les apparences. Araldo aurait dû aller à l'université, en droit, comme moi. Mais à cause du manque d'argent, il lui a fallu prendre un emploi et sa mère estimait que le plus sûr était qu'il devienne fonctionnaire, comme son père avant lui.

— C'est de cette façon qu'il est entré au greffe du tribunal ?

— Exactement. Il a travaillé dur, a eu de l'avancement et est devenu – même lui le savait – la risée de tous à cause du sérieux avec lequel il prenait son travail. Mais il n'y avait jamais assez d'argent ; puis, il y a cinq ans, sa mère est tombée malade ou a cru qu'elle était tombée malade. Du coup, il a fallu plus d'argent pour les médecins, les examens et les médicaments.

« Le moment est venu où il a dû choisir entre payer le loyer ou les soins de sa mère. Je lui ai proposé de l'aider, mais il n'a rien voulu savoir. Je savais qu'il réagirait ainsi, mais j'avais toujours autant envie de l'aider. Bref, ils ont déménagé ; ils ont quitté Cannaregio pour un petit appartement sombre à Castello. Où elle est devenue de plus en plus malade et a dû subir examen sur examen.

— Quelque chose n'allait pas chez elle ? » l'interrompit Vianello.

Penzo haussa les épaules, geste suffisamment éloquent. « C'est certain que quelque chose ne va pas chez elle, mais les examens n'ont rien révélé. »

Il se tut pendant si longtemps que Brunetti éprouva le besoin de le relancer. « Qu'est-ce qui est arrivé ?

— Il a voulu emprunter de l'argent à la banque pour faire face à ses dettes. Il avait assez de relations pour pouvoir parler directement avec le directeur, mais celui-ci lui a opposé un refus catégorique, sous prétexte qu'il ne présentait pas suffisamment de garanties.

— Ce directeur de banque n'aurait-il pas été le signor Fulgoni, par hasard ?

— Qui d'autre ? répondit Penza avec un petit rire amer.

— Je vois. Et ensuite ?

— Et ensuite, un beau jour, voilà que telle Vénus surgissant des flots ou descendant d'un nuage, la juge Coltellini vient s'encadrer dans la porte du bureau d'Araldo. Cela doit remonter à environ trois ans. Et elle lui raconte qu'elle a entendu dire qu'il cherche un nouvel appartement. »

Penzo regarda les deux policiers comme pour s'assurer qu'ils avaient bien saisi l'importance de ce nom avant de continuer. « Araldo lui répond que pas du tout, qu'il ne veut pas changer d'appartement. Sur quoi elle lui dit qu'elle est très déçue, parce qu'elle a un ami qui voudrait en louer un à la Misericordia, pourvu que ce soit à des gens *corrects*. Elle ajoute que le loyer ne l'intéresse pas, qu'il veut avant tout mettre des gens honnêtes et fiables dans cet appartement. »

Avez-vous jamais entendu pareille ineptie ? lisait-on dans le regard que Penzo leur adressa. « Avant de m'en parler, Araldo a commis l'erreur d'en informer sa mère.

— Laquelle a voulu déménager illico, n'est-ce pas ?

— L'appartement de Castello mesurait cinquante mètres carrés : deux pièces, pour deux personnes, dont une dame âgée et malade. Le chauffe-eau devait avoir quarante ans, ils ne savaient jamais quand ils auraient de l'eau chaude.

— Vous y êtes allé ? demanda Vianello.

— Je n'ai jamais mis les pieds dans aucun des appartements qu'ils ont occupés, répondit l'avocat d'un ton qui disait que la question était réglée. L'appartement de la Misericordia avait un loyer bon marché et il avait été restauré deux ans auparavant, avec un nouveau système de chauffage. Les charges étaient comprises. À la manière dont elle leur a présenté l'affaire, c'était eux qui faisaient une fleur au propriétaire. Ce qui était exactement le bon angle pour faire mordre la mère d'Araldo. Elle se considérait depuis toujours sortie de la cuisse de Jupiter. Du genre, ajouta-t-il avec amertume, à prendre tout le monde de haut.

— Il a donc accepté ? demanda Brunetti.

— Après en avoir parlé à sa mère, dit Penzo en secouant la tête avec une expression résignée, il n'avait plus le choix. Elle l'aurait rendu fou s'il avait refusé.

— Et après avoir déménagé ?

— Elle était folle de joie. Au début, en tout cas, répondit Penzo en regardant le sandwich qu'il avait abandonné. Mais elle ne restait jamais satisfaite bien longtemps. » Il appuya sur le pain blanc, puis retira son doigt. La mie resta comprimée. Il repoussa l'assiette et prit une gorgée d'eau.

Brunetti et Vianello attendirent.

« Au bout de six mois, la juge Coltellini a rendu un dossier à Araldo après une audience. Il a ramené le dossier dans les archives et vérifié que tous les documents s'y trouvaient bien. J'ai bien peur que ce soit le seul – que c'était le seul –, dans tout le tribunal, à prendre cette peine. Comme par hasard, il manquait une pièce, l'hypothèque d'une maison. Si bien qu'il est retourné voir la juge avec le dossier pour le lui dire. Elle lui a répondu qu'elle n'était pas au courant, que la pièce ne figurait pas dans le dossier quand elle l'avait consulté, ou en tout cas qu'elle ne s'en souvenait pas.

— Quelle a été sa réaction ?

— Il l'a crue, bien entendu. Elle était juge, après tout, et on l'avait élevé dans le respect de la hiérarchie et de l'autorité.

— Et ensuite ? demanda Vianello.

— Quelques mois plus tard, la juge a reculé la date d'une audience parce que le dossier de l'affaire avait disparu.

— Et où se trouvait-il?

— Sur le bureau de la juge, enfoui sous une pile. C'est Araldo qui l'a retrouvé, lorsqu'il est venu en fin de journée récupérer les dossiers des audiences.

— Il lui en a parlé?

— Oui. Elle s'est excusée et lui a dit qu'elle ne l'avait pas vu, qu'il avait dû rester coincé entre deux autres.

— Et cette fois? le relança Vianello.

— Il a continué à ne rien en penser. C'est en tout cas ce qu'il m'a dit. Après quoi, il a arrêté de m'en parler.

— Comment saviez-vous qu'il y avait des choses dont il aurait dû vous parler?

— Voyons, commissaire. Nous avons été en classe ensemble. Quarante ans que nous nous connaissions. On finit par savoir ce qui tarabuste quelqu'un, après tout ce temps.

— Vous lui avez posé la question? demanda Brunetti.

— Oui, deux ou trois fois.

— Et?

— Et il m'a dit de le laisser tranquille, que ça ne regardait que lui et son travail, qu'il ne voulait pas en parler. » Penzo regarda de nouveau son sandwich abandonné. Cette fois-ci, à l'aide de l'ongle de son pouce, il traça un X dans l'empreinte encore visible de son doigt. Puis il revint à Brunetti.

« J'ai donc renoncé à lui poser des questions sur ce sujet et nous avons essayé de continuer de nous voir comme si tout allait bien.

— Mais? »

Penzo prit son verre, fit tourner dedans ce qui restait d'eau et le vida. « Vous devez comprendre qu'Araldo était foncièrement honnête. Quelqu'un de bien et d'honnête.

— Ce qui veut dire?

— Ce qui veut dire que la seule idée qu'une juge puisse lui mentir le mettait dans tous ses états. Et ne pouvait que le mettre en colère.

— Qu'aurait-il pu faire? » demanda Brunetti.

Penzo haussa les épaules. « Bonne question : qu'est-ce qu'il aurait bien pu faire ? Il était pris au piège. Sa mère était aussi heureuse qu'on pouvait l'être. Allait-il lui enlever ça ?

— Était-il sûr qu'il perdrait l'appartement ? »

Penzo ne prit même pas la peine de répondre.

« Cet appartement était important pour elle, hein ?

— Vous n'imaginez pas, répondit Penzo sans hésiter. Elle avait une adresse chic, elle pouvait inviter ses amies – les rares qu'elle avait – pour qu'elles viennent baver de jalousie et voir combien ils s'en sortaient bien, même si son fils n'était qu'un employé. Et pas un avocat.

— Si bien que ?...

— Si bien qu'il n'en parlait plus. Si bien que je ne l'ai plus interrogé sur le sujet.

— Et ça s'est fini comme ça ? »

Penzo l'évalua d'un brusque coup d'œil, comme s'il se demandait s'il devait ou non se sentir offensé. « Oui, ça s'est fini comme ça. » Dans cette chaleur, tout le monde avait le visage et les mains qui brillaient de sueur et Brunetti ne remarqua pas tout de suite les larmes qui s'étaient mises à rouler sur les joues de l'avocat. Lui-même ne paraissait pas s'en être rendu compte ; en tout cas, il ne fit rien pour les essuyer. Elles commencèrent à couler de son menton et à tomber sur sa chemise blanche, où elles firent des taches qui disparurent rapidement.

« Je mourrai en regrettant de n'avoir rien fait. De ne pas l'avoir obligé à s'expliquer. De ne pas l'avoir forcé à dire ce qu'il faisait exactement. Ce qu'elle lui demandait de faire. » D'un geste machinal, Penzo essuya ses larmes. « Je ne voulais pas lui créer des ennuis.

— L'avez-vous vu, ce jour-là ? demanda Brunetti. Lui avez-vous parlé ?

— Le jour où il a été tué, vous voulez dire ?

— Oui.

— Non. J'étais à Belluno, pour m'entretenir avec un client, et je ne suis rentré que le lendemain matin.

— Quel hôtel ? » demanda Vianello.

Les traits de Penzo se pétrifièrent et il dut faire un effort pour se tourner vers l'inspecteur. « L'hôtel Pineta », dit-il d'une voix contrainte. Il se pencha, récupéra son porte-documents et sortit si rapidement du bar qu'aucun des deux policiers, l'eussent-ils voulu, n'aurait eu le temps de l'en empêcher.

23

Brunetti alla au bar et en revint rapidement, avec deux autres verres de vin blanc. Il en tendit un à Vianello et but une ou deux gorgées du sien.

« Eh bien, Lorenzo ? »

L'inspecteur reprit le cure-dent qu'il avait déjà utilisé pour déguster ses artichauts, et se mit à le casser en petits morceaux qu'il disposa côte à côte sur l'assiette où traînait encore le sandwich laissé par l'avocat.

« On commence par Fontana ou par Penzo ? »

Vianello releva brusquement la tête. « Par les deux en même temps. En fait, on a déjà commencé, pour Fontana. Nous apprenons tout d'abord qu'il est homosexuel, après quoi nous avons droit au pathétique récit de sa triste existence par quelqu'un – sauf erreur de ma part – qui a été son amant. Il serait donc judicieux d'établir où se trouvait Penzo, la nuit de la mort de Fontana.

— Cela signifie-t-il que son pathétique récit ne t'a pas convaincu ? » demanda Brunetti d'un ton plus cynique que ce qu'il aurait voulu.

Vianello cassa un autre fragment de son cure-dent. « Si, il m'a convaincu, et je le reste. Il est assez évident qu'il aimait Fontana.

— Mais ?

— Mais on voit tous les jours des gens tuer ceux qu'ils aiment.

— Exactement, confirma Brunetti.

— Cela veut-il dire que nous le traitons en suspect ?

— Cela veut dire que nous *devons* le traiter en suspect. » Brunetti regarda l'inspecteur dans les yeux. « Qu'est-ce que tu en penses, toi ?

— Je t'ai déjà dit que je crois que Penzo l'aimait », répondit Vianello. Puis il se tut quelques instants et c'est d'un ton presque désappointé qu'il reprit : « Mais je n'arrive pas à croire qu'il l'ait tué. »

Brunetti ne pouvait que souscrire à ces deux assertions ; restait cependant à dissiper un malaise qui s'était installé pendant leur conversation avec l'avocat. « Et tu penses que Penzo a pu être l'amant de Fontana ?

— Tu as entendu toi-même la manière dont il en a parlé, lui fit remarquer Vianello.

— Oui, mais aimer quelqu'un depuis quarante ans n'est pas la même chose que d'être son amant. » Vianello prit un air profondément sceptique, mais avant qu'il puisse répliquer, Brunetti ajouta : « Non, ce n'est pas la même chose, Lorenzo. » Il lui vint alors à l'esprit que lui et Vianello s'aimaient, sans aucun doute, mais ce n'était sûrement pas quelque chose qu'il pourrait dire, en tout cas pas à Vianello. Pas plus qu'il ne voudrait que Vianello le lui dise.

« Tu peux considérer que c'est différent, si tu veux, concéda Vianello, l'air de dire qu'il ne partageait pas cet avis. Mais si nous découvrons qu'il n'était pas à Belluno cette nuit-là, que faisons-nous ? »

Brunetti ne put que hausser les épaules.

De retour dans son bureau, c'est un Brunetti quelque peu déconfit qui s'installa près de la fenêtre, à guetter le moindre souffle de brise, tandis que dans sa tête, il essayait de faire le lien entre ce qu'il avait appris et ce qu'il savait déjà et de voir les possibilités qui en ressortaient. Penzo et Fontana étaient plus que des amis – mais qu'est-ce que cela impliquait, au juste ? Ou bien ils étaient carrément amants, une éventualité qu'il ne pouvait exclure. Puis il y avait Fontana ferraillant avec la juge Coltellini sur des dossiers de justice disparus. Puis Fontana dans une « bataille » de mots avec les autres locataires du palazzo. Et enfin le signor Puntera, riche homme d'affaires et propriétaire du palazzo en question, avec les doigts dans plusieurs pots de confiture et ayant donc de nombreuses raisons de chercher des amis accommodants au palais de justice.

Il renonça à trouver du réconfort dans la brise inexistante et descendit dans le bureau de la signorina Elettra. Sa porte était fermée. Il frappa, entendit quelque chose et entra. Au paradis. Il y faisait frais et sec, et il fut traversé d'un frisson, réflexe dû au froid ou au plaisir, il n'aurait su dire. Installée derrière son ordinateur, la jeune femme portait un cardigan bleu léger qui semblait être – mais était-ce possible, par cette canicule ? – en cachemire.

Il entra et referma vivement la porte. « Comment a-t-il réussi son coup ? » voulut-il savoir. Puis, incapable de contenir sa surprise, il ajouta : « C'est vous qui l'avez aidé ?

— Voyons, commissaire, se récria-t-elle d'un ton indigné. Vous savez ce que je pense de l'air conditionné. » Exact, il le savait. Ils avaient frôlé la prise de bec lorsqu'ils avaient parlé de ce sujet, lui-même estimant que c'était nécessaire pour certaines personnes et dans certaines circonstances – incluant sans le dire son propre domicile pendant les mois de juillet et août – alors qu'Elettra n'y voyait que pur gaspillage et donc un comportement immoral.

« Que s'est-il passé ?

— Le lieutenant Scarpa, dit-elle sans cacher son mépris, a un ami qui recycle des climatiseurs. Il lui en a fait installer un ici ce matin, dans le bureau du vice-questeur. » Elle se redressa dans son siège. « Je lui ai dit que je n'en avais pas besoin moi-même ; assez d'air frais passe ici chaque fois qu'on ouvre la porte. »

À ce moment précis, la porte en question, dans le dos de la signorina Elettra, s'ouvrit à la volée et alla claquer contre le mur. Mais au lieu d'air frais, ce fut un Patta volcanique qui fit irruption dans la petite pièce. « Ah, vous voilà ! J'essaie de vous joindre depuis des heures ! Entrez ! » Il n'avait pas crié : il n'en avait pas besoin. La violence de sa colère en annulait presque les effets de la climatisation.

Le vice-questeur effectua un demi-tour et voulut entrer dans son bureau, mais le battant avait rebondi contre le mur et s'était refermé, l'obligeant à l'ouvrir à nouveau.

Brunetti eut le temps de jeter un coup d'œil à la signorina Elettra, mais elle leva les mains en un geste d'impuissance et secoua la tête. Brunetti suivit Patta et referma la porte.

« Vous avez perdu la tête, ou quoi ? » demanda le vice-questeur d'un ton cassant avant de s'asseoir à son bureau. Il ne fit pas signe à Brunetti d'en faire autant, ce qui signifiait que c'était grave et que Patta était sérieux.

Brunetti se rapprocha, prenant soin de garder les bras le long du corps. « Qu'est-ce qui ne va pas, monsieur ?

— Ce qui ne va pas ? répéta Patta une fois, puis deux, sans doute au cas où quelqu'un, caché derrière le classeur, n'aurait pas bien entendu. Ce qui ne va pas, ce sont les deux coups de téléphone que j'ai reçus ce matin pour me signaler votre comportement quasi criminel. Voilà, ce qui ne va pas.

— Puis-je savoir qui vous a appelé, monsieur ? demanda Brunetti craignant déjà le pire.

— J'ai eu un premier appel du mari de la signora Fulgoni qui m'a dit que son épouse avait été très perturbée par la teneur des questions que vous lui aviez posées. » Patta leva une main et l'agita pour dissuader le commissaire de toute tentative de s'expliquer ou de se défendre. « Pis encore, il m'a dit que vous vous étiez permis d'interroger un enfant, à l'étage en dessous. » À l'idée des conséquences de cette bévue, Patta se leva de son fauteuil. Penché sur son bureau, sa voix de baryton couvrant sans peine le bourdonnement bas du climatiseur, il ajouta : « Un enfant, Brunetti, une fillette ! Savez-vous les ennuis que cela peut me valoir ?

— Et le second coup de téléphone, monsieur ?

— J'y venais. De la directrice des services sociaux, qui m'a appris qu'une plainte avait été déposée pour mauvais traitement d'une enfant par la police et qui me demandait ce qui se passait. »

Brunetti se retint de demander qui avait déposé cette plainte, sachant que Patta ne le lui dirait pas.

Le vice-questeur se rassit dans son fauteuil et reprit, mais d'une voix plus calme : « Heureusement, son mari est comme moi au Lion's Club et je les connais donc assez bien. Je lui ai assuré que c'était un pur malentendu et elle semble m'avoir cru. Au moins n'y aura-t-il pas d'enquête officielle. » Il était visiblement soulagé. « C'est un souci de moins. »

Brunetti ne bougea pas et garda le silence, décidant que la meilleure tactique consistait à laisser les vagues de la colère de Patta venir se briser contre lui jusqu'à ce que la marée s'inverse, moment où il pourrait alors lui offrir ses explications.

« Fulgoni est directeur de banque. Avez-vous seulement idée des relations que peut avoir quelqu'un comme lui ? De plus, c'est l'ami d'amis du questeur. » Patta se tut, le temps que l'énormité de cette information pénètre bien le commissaire, et c'est d'une voix plus calme qu'il enchaîna. « J'espère cependant pouvoir le convaincre de ne pas porter plainte. »

Patta ferma les yeux sur ces derniers mots et prit une profonde inspiration – histoire de bien faire comprendre à Brunetti à quel éprouvant traitement sa tolérance était soumise, du fait de l'inconscience et de l'irresponsabilité dont son subordonné, une fois de plus, avait fait preuve, et le calvaire que lui faisaient subir les charges de son poste.

« Très bien, dit-il d'une voix fatiguée. Ne restez pas planté là comme ça. Asseyez-vous et racontez-moi votre version des faits. »

Brunetti s'exécuta, prenant soin de rester le dos bien droit, de ne pas croiser les jambes, de garder les mains sur les genoux : surtout pas d'attitude agressive, comme les bras croisés sur la poitrine. « J'ai en effet eu un entretien avec la signora Fulgoni, vice-questeur : d'après le rapport du lieutenant Scarpa, elle et son mari lui avaient permis d'établir que le meurtre n'avait pas pu avoir lieu avant une certaine heure. Je voulais simplement vérifier s'ils n'avaient pas vu quelque chose d'inhabituel en rentrant au palazzo. Et également me renseigner sur les caves s'ouvrant sur la cour, au rez-de-chaussée : quelqu'un aurait facilement pu s'y cacher.

— Fulgoni n'a jamais parlé de ça, dit Patta du ton soupçonneux de celui qui est habitué à ce qu'on lui mente. Il a dit que vous aviez posé des questions personnelles à sa femme. »

Brunetti afficha une expression étonnée, comme s'il se sentait offensé tout en se demandant s'il avait le droit de l'être. « Non, monsieur. Je lui ai demandé à quelle heure elle et son mari étaient arrivés, elle m'a répondu, et je n'ai fait ensuite que la complimenter sur son domicile. J'ai juste voulu savoir si elle avait des relations avec les Fontana. Elle m'a répondu que non, sur quoi nous sommes partis, Vianello et moi.

— Oui, et vous êtes descendus interroger l'enfant », rétorqua Patta, de nouveau agressif.

Brunetti leva une main pour faire barrage à cette critique imméritée. « C'est un malentendu, ou tout au plus une exagération, monsieur. Nous sommes descendus, en effet, et nous avons sonné à l'appartement d'en dessous. C'est une fillette qui nous a répondu à travers la porte ; je lui ai dit que je voulais parler à sa maman. La porte s'est ouverte et j'ai vu une dame, un peu plus loin dans l'appartement (Brunetti n'éprouva pas le besoin de donner une description physique de la femme) et j'ai pensé que c'était la mère. Je suis donc entré en espérant pouvoir lui parler, mais dès que j'ai compris qu'il ne s'agissait pas de la maman de la fillette, nous sommes repartis. Immédiatement, monsieur. Vianello pourra vous le confirmer.

— Je n'en doute pas, répondit Patta, dans un de ces accès de sobriété qu'il avait de temps en temps et qui empêchaient Brunetti de le prendre pour un idiot complet. Comment allons-nous présenter cette affaire ? J'ai vu le rapport d'autopsie. La presse, j'en ai peur, ne va pas tarder à se jeter dessus.

— Ce ne sera sûrement pas Rizzardi qui l'alertera, répliqua Brunetti avec une telle sécheresse que Patta lui jeta un regard peu amène.

— Le dottor Rizzardi n'est pas le seul à travailler à la morgue, comme vous le savez, ni la seule personne à avoir accès au rapport. Une fois l'affaire connue, quel profil devons-nous adopter? »

Brunetti étudia les pieds du bureau de Patta, pensant à la manière dont la signora Fontana s'était arrangée pour ne pas savoir certaines choses, et cela pendant si longtemps. De quoi les mères rêvent-elles pour leurs fils? Qu'attendent-elles d'eux? Qu'ils aient une vie heureuse? Qu'ils leur donnent des petits-enfants? Des raisons d'être fières d'eux? Il connaissait des mères qui se contentaient que leurs fils ne touchent pas aux drogues et n'aillent pas en prison; d'autres qui souhaitaient les voir épouser une belle femme, ou faire fortune, gagner en statut social; quelques-unes, plus rarement, désiraient simplement les voir heureux. À quoi la signora rêvait-elle pour son fils?

« Eh bien? dit Patta, tirant Brunetti de sa rêverie.

— Rizzardi m'a dit que nous allions devoir attendre les résultats des examens un certain temps, monsieur.

— Oui, et alors?

— Et alors, je pense que nous devrions chercher qui aurait bien pu vouloir tuer… »

Patta ne laissa pas à Brunetti le temps de donner le nom de Fontana. « Il ne paraît pas être le genre d'homme qu'on voudrait tuer. Il pourrait s'agir d'une simple agression de rue. »

Brunetti fut tenté de lui demander pourquoi, dans ce cas, l'avait-on si sauvagement battu à mort, mais la prudence prit le dessus sur cette impulsion. « C'est effectivement la première chose à laquelle on pense, vice-questeur. Mais de toute façon, quelqu'un a voulu le tuer, quelqu'un l'a fait. » Il connaissait suffisamment bien son supérieur pour savoir qu'il allait maintenant suggérer que le crime soit considéré comme une simple agression dont le vol était le motif, pensant que cela tranquilliserait le plus les Vénitiens. Du coup, il lança une contre-attaque préventive : « Il serait peut-être risqué de parler de crime de rue, monsieur. Personne n'a envie de venir dans une ville où les gens se font dévaliser et tuer. »

Patta était certes sicilien, mais il avait consacré assez de temps aux personnes, politiciens ou autres, appartenant à la bonne société de Venise pour avoir fait sienne la foi des Vénitiens dans le tourisme. On pouvait bien sacrifier les petits enfants, réduire la population locale en esclavage, massacrer tout homme en âge de voter, violer des vierges sur les autels des dieux : ça ou pire encore, mais surtout, surtout ne touchez pas aux touristes, ne mettez pas le tourisme en péril. L'épée de Mars était infiniment moins puissante que leurs cartes de crédit; leurs facturettes pouvaient tout conquérir.

« ... vous m'écoutez, au moins?

— Oui, bien sûr, monsieur. Je pensais à la manière dont nous allons présenter les choses à la presse. » Brunetti, lui aussi, était au fait des arcanes du compromis.

Patta croisa les bras et étudia le dessus de son bureau, aussi dépourvu de papiers que son esprit l'était d'incertitudes. « Les résultats de l'autopsie vont finir par être rendus publics, tôt ou tard; nous devons dire que nous soupçonnons que sa mort est liée à sa vie privée.

— Sans aucune preuve? demanda Brunetti, qui pensait encore à la mère de Fontana.

— Bien sûr, qu'il y a des preuves. Le sperme d'un autre homme.

— Ce n'est pas cela qui l'a tué », se permit de répliquer Brunetti de façon inconsidérée.

Patta posa les coudes sur son bureau et appuya ses lèvres sur ses mains croisées, comme pour retenir ce qu'il aurait bien voulu dire à Brunetti. Les deux hommes restèrent ainsi face à face pendant quelques instants, puis Patta demanda : « Voulez-vous vous occuper de communiquer cette affaire aux journaux, ou dois-je demander au lieutenant Scarpa de s'en charger? »

Brunetti prit son ton le plus modéré, le plus modeste pour répondre. « Je pense qu'il vaudrait mieux que ce soit le lieutenant qui s'en occupe, monsieur.

— Vous êtes sûr de ne pas vouloir le faire, Brunetti? Après tout, vous avez des amis parmi les journalistes.

— Je vous remercie, monsieur, mais si je leur demande d'imprimer cette version des faits, je serai obligé de leur dire que je n'y crois pas. Le lieutenant est bien plus à l'aise que moi pour parler à la presse. » Brunetti sourit et se leva. Il ouvrit la porte, puis la referma ensuite soigneusement derrière lui : il ne voulait pas que s'échappe trop d'air froid du bureau du vice-questeur.

24

En sortant du bureau de Patta, Brunetti joua la prudence et ne s'arrêta pas pour parler avec la signorina Elettra. Une fois dans son antre, il appela la ferme alpestre où se trouvaient Paola et les enfants. Paola répondit à la septième sonnerie en donnant son nom.

« Il fait chaud et humide et les canaux les plus reculés empestent, dit-il en guise de salutation, avant d'ajouter : Comment se fait-il que tu ne sois pas en train de courir la montagne ?

— Nous sommes restés dehors toute la journée, Guido. Je lisais dans le patio.

— Je ne savais pas que les fermes avaient des patios, s'étonna-t-il, maussade.

— Est-ce que tu te sentirais mieux, si je te disais que c'est l'endroit où on tuait autrefois le cochon et que le dallage est en pente pour que le sang s'écoule dans une rigole ? Et que ça sent encore vaguement le sang de porc quand le soleil frappe directement le sol, ce qui m'empêche de me concentrer avec toute l'attention nécessaire sur la subtilité des dialogues dans *Les Européens* ?

— Tu racontes n'importe quoi.

— Oui.

— Pourquoi ?

— Pour que tu te sentes mieux. » Puis, ses exigences en matière de démonstration d'affection satisfaites, Paola demanda : « Comment ça se passe, là-bas ?

— Une personne importante dont j'ai interrogé la femme s'est plainte à Patta et j'ai donc eu droit à un quart d'heure de sa parano, cet après-midi.

— De quoi avait-il peur?

— Dieu seul le sait. De ne pas être invité au bal du Lion's Club – va savoir. S'ils en ont un. Je ne comprends pas ce type : il se comporte comme si nous vivions encore à la cour des Bourbons et rien ne pourrait le combler davantage que d'être reconnu par un prince. Si jamais il déjeunait avec ton père, il défaillirait probablement de bonheur.

— Mon père n'est pas un prince, lui fit-elle observer.

— Mais les comtes sont des aristocrates, c'est un peu pareil.

— La monarchie a été abolie en 1946, lui rappela-t-elle du ton sec d'une historienne.

— Jamais tu ne le croirais si tu avais vu les festivals de courbettes et de reptations auxquels j'ai eu l'occasion d'assister.

— Qu'est-ce qui se passe? demanda-t-elle, revenant à sa question et peu intéressée par les observations de Guido sur les us et coutumes de l'aristocratie.

— Deux témoins fiables ont décrit l'homme qui a été assassiné comme quelqu'un de bien. Par ailleurs, il s'est disputé avec ses voisins, il avait des ennuis avec une juge et il était probablement gay.

— Aussi riches et parlantes que soient ces informations, je ne suis pas certaine qu'elles me permettront d'identifier le tueur, si c'est pour cette raison que tu m'appelles.

— C'est vrai, il n'y a pas grand-chose à se mettre sous la dent, admit Guido. En réalité, je t'ai appelée pour te dire que toi et les enfants vous me manquez et que je voudrais de tout mon cœur être avec vous.

— Règle ce problème et rapplique. On pourra toujours rester une semaine de plus.

— Et avoir des enfants pourris gâtés? se récria-t-il avec une horreur feinte.

— Non, et avoir de vraies vacances », le corrigea-t-elle. Ils échangèrent encore quelques plaisanteries et Brunetti se sentait mieux quand il reposa le téléphone.

Il se mit à repasser dans sa tête la conversation qu'il avait eue avec la signora Fulgoni. Il lui avait demandé l'heure à laquelle elle et son mari étaient rentrés chez eux, et elle lui avait donné une fourchette horaire précise, déterminée par la cloche qui avait sonné minuit : il était rare que l'on puisse répondre avec autant d'exactitude. Ensuite, il lui avait demandé depuis combien de temps ils habitaient le palazzo, et sa réponse avait été également catégorique. C'est quand il avait voulu savoir comment ils avaient trouvé l'appartement que son attitude avait changé.

« Eh bien, il ne reste plus qu'à le découvrir, pas vrai ? » dit-il à voix haute.

Vianello, qu'il retrouva dans la salle des officiers, l'assura qu'il ne serait pas très difficile de trouver les informations concernant le bail de location, car il avait depuis peu appris comment accéder (euphémisme qui révélait que la signorina Elettra avait été son professeur) aux dossiers de la commune. Joignant les actes à la parole, tapant les noms de Puntera et des Fulgoni, il obtint en quelques minutes la date de ce bail ainsi que le numéro du dossier au bureau des enregistrements, où l'on pouvait en trouver une copie.

« Devons-nous nous rendre sur place pour le montant de leur loyer ? » demanda Brunetti.

Vianello ouvrit la bouche, hésita et prit un air gêné. « Pas vraiment.

— Je suppose que ça ne figure pas là-dedans, dit Brunetti en tapotant l'écran de l'ongle.

— Non, répondit l'inspecteur, avant de se reprendre aussitôt : Je veux dire, si.

— Oui ou non, Lorenzo ?

— Le montant du loyer apparaît forcément dans le bail, mais il ne se trouve pas dans les ordinateurs du bureau des enregistrements.

— Où est-il, alors ?

— Dans la déclaration de revenus de Puntera.

— Et cette déclaration, on la trouve aussi là-dedans? demanda Brunetti avec un mouvement de tête amical en direction de l'ordinateur, élevé ainsi au rang de métonymie de l'information.

— Oui.

— Eh bien? » Brunetti agita une main impatiente en direction de l'écran.

« Je ne sais pas comment y accéder, avoua Vianello.

— Ah... »

Brunetti retourna dans son bureau. Craignant que Patta ne soit toujours dans son refuge climatisé, Brunetti préféra appeler la signorina Elettra pour lui demander si elle pouvait chercher, dans la déclaration de revenus de Puntera, les loyers qui lui étaient payés pour les trois appartements du palazzo de la Misericordia.

« Rien de plus facile, commissaire », répondit-elle. Il reposa le téléphone, et lutta pour ne pas laisser cette réponse nonchalante entamer la considération qu'il avait pour l'inspecteur.

Il resta un moment à contempler le mur et la rappela. « Pendant que vous y êtes, lui dit-il, pouvez-vous vérifier s'il n'y a pas des frais d'avocat dans la colonne des dépenses, au cours des dernières années? Et des amendes qu'il aurait eues à payer pour l'une ou l'autre de ses sociétés. Ou des dommages et intérêts à quelqu'un. En fait, tout ce qui montrerait qu'il a eu maille à partir avec la justice.

— Bien entendu, signore. » Sur quoi Brunetti remercia en silence le ciel de lui avoir fait don de ce Mercure moderne qui, apparemment sans efforts, lui faisait parvenir toutes sortes de messages émanant de ce qu'il avait fini par considérer, avec le temps, comme le Cyber-Paradis. À son âge, ayant été élevé avec les préjugés d'une société où le papier régnait en maître, il était profondément troublé à l'idée que tant d'informations personnelles et privées fussent électroniquement à la disposition de quiconque trouvait le moyen d'y « accéder ». Bien entendu, il ne demandait qu'à profiter du brigandage informatique auquel se livrait la jeune secrétaire, mais cela ne l'empêchait pas de considérer de telles activités justement comme du brigandage.

Il se sentit soudain submergé par quelque chose qui était proche de l'épuisement. Il y avait la chaleur, la solitude dans laquelle il vivait, la nécessité de multiplier les ronds de jambe devant Patta pour pouvoir faire ce qu'il considérait comme juste, sans parler de la tache de sang dans la cour du palazzo, le sang de cet homme si bien, Fontana.

Il quitta la questure sans reparler à personne, prit le numéro 1 jusqu'à San Silvestro, entra chez Antico Panificio où il commanda une pizza à emporter avec saucisses piquantes, rucola, piments, oignons et artichauts, rentra chez lui, s'installa sur la terrasse et mangea en accompagnant la pizza de deux bières, les *Annales* de Tacite posées à côté de lui – la vision pessimiste qu'avait le sénateur romain de la politique étant la seule chose qu'il tolérait dans son état. Puis il alla se coucher et dormit profondément toute la nuit.

À son arrivée à la questure, le lendemain matin, le policier de service dit à Brunetti que l'inspecteur Vianello désirait lui parler. Brunetti le trouva dans la salle des officiers, où il parlait avec Zucchero, mais la jeune recrue s'écarta quand il le vit arriver.

« Que se passe-t-il ? demanda Brunetti.

— J'ai appelé les Fontana que j'ai trouvés dans l'annuaire, et l'un d'eux, un certain Giorgio, m'a dit qu'Araldo Fontana était son cousin. Je lui ai proposé d'aller le voir pour lui parler, mais il m'a dit qu'il préférait venir ici.

— As-tu eu l'impression qu'il avait des révélations à nous faire ? »

Vianello écarta les mains en un geste d'incertitude. « C'est tout ce qu'il a dit, qu'il allait venir nous parler.

— Qu'est-ce que tu lui as répondu ?

— Que tu serais ici à neuf heures.

— Très bien. Tu n'as qu'à monter avec moi. »

Le téléphone de Vianello sonna à ce moment-là et, d'un signe de tête, Brunetti lui dit de décrocher. Vianello donna son nom, écouta quelques instants. « Bien. Montre-lui le chemin jusqu'au bureau du commissaire Brunetti, s'il te plaît. » Il raccrocha. « C'est lui. Il vient d'arriver. »

Ils montèrent rapidement à l'étage. Brunetti ouvrit les fenêtres en grand, mais cela ne changea pas grand-chose ; la pièce resta étouffante de chaleur, l'air stagnant. Quelques minutes plus tard, Zucchero frappait au chambranle. « Un visiteur pour vous, commissaire. Le signor Fontana. » Il salua d'un geste vif et recula.

On lui avait décrit Araldo Fontana comme un homme de petite taille et des plus ordinaires, tel un personnage secondaire dans un roman ennuyeux. Brunetti avait eu une occasion de voir son corps la veille, mais sa couardise – il n'y avait pas d'autre mot – l'avait empêché de demander à Rizzardi de le lui montrer.

L'homme qui entra dans le bureau du commissaire avait l'air d'un personnage qui, lui, aurait tenté en vain de s'échapper des pages de ce même roman. De taille moyenne, de corpulence moyenne, ses cheveux, ni châtains ni blonds, allaient en se raréfiant. Il s'arrêta sur le seuil, puis s'avança vivement lorsque Zucchero referma la porte dans son dos. « Commissaire Brunetti ? » demanda-t-il.

Brunetti s'avança pour lui serrer la main.

« Giorgio Fontana », reprit l'homme. Il avait une poignée de main légère et brève. Il regarda Vianello, puis alla vers lui pour lui serrer aussi la main. « Nous nous sommes déjà parlé au téléphone, lui dit l'inspecteur. Je suis l'adjoint du commissaire. »

Vianello lui montra la chaise voisine de la sienne et attendit que Fontana soit assis pour en faire autant, tandis que Brunetti retournait derrière son bureau.

« Je suis très content que vous soyez venu nous parler, signor Fontana, commença Brunetti. Nous nous sommes mis à la recherche des parents de votre cousin, et vous êtes le premier que nous avons réussi à contacter. » Sa manière de présenter les choses sous-entendait que la police avait déjà trouvé d'autres noms, ce qui n'était pas le cas. Il eut un sourire qu'il espéra à la fois aimable et reconnaissant. « Vous nous faites gagner du temps en venant ici. »

Fontana eut un mouvement des lèvres qui pouvait être l'esquisse d'un sourire. « J'ai bien peur d'être le seul. » Voyant leur expression, il ajouta : « Mon père n'avait qu'un frère, le père d'Araldo, et je suis enfant unique. Si bien que je suis à moi seul toute la famille que vous ayez à chercher, conclut-il.

— Je vois, dit Brunetti. Merci pour cette précision. Nous vous serons reconnaissants pour toute l'aide que vous pourrez nous apporter.

— Quel genre d'aide ? demanda Fontana, presque comme s'il craignait de se faire taper.

— Oh, il s'agit avant tout de nous parler de votre cousin, de sa vie, de son travail – bref, de tout ce qui pourrait nous éclairer dans notre enquête. »

L'homme eut de nouveau un sourire nerveux, regarda tour à tour ses deux interlocuteurs, puis ses chaussures, et garda les yeux baissés quand il reprit la parole : « Tout ça sera dans les journaux ? »

Brunetti et Vianello échangèrent un bref coup d'œil ; les lèvres de Vianello firent la petite grimace de celui qui vient de découvrir un fait pouvant s'avérer intéressant.

« Tout ce que vous nous direz, signore, répondit Brunetti en prenant son ton le plus officiel, celui qu'il empruntait quand ça l'arrangeait d'affirmer une chose qu'il savait fausse, restera strictement confidentiel. »

Ces propos rassurants ne parurent en rien détendre Fontana, et Brunetti commença à se dire qu'ils avaient affaire à quelqu'un de perpétuellement tendu, ou du moins qui ne savait pas se détendre en présence d'autres personnes.

Fontana s'éclaircit la gorge mais n'alla pas plus loin.

« Nous avons eu un entretien avec votre tante, mais dans des moments aussi douloureux, il aurait été bien peu charitable de l'interroger sur son fils. » Puis, avec naturel, il transforma ce qu'il avait négligé de faire jusqu'ici en projet concret à venir. « Nous devons rencontrer certains de ses amis, cet après-midi.

— Ses amis ? demanda Fontana comme si le sens de ce terme lui échappait.

— Oui, les gens qui travaillaient avec lui, précisa Brunetti.

— Oh, dit Fontana en détournant les yeux.

— Le terme de collègue serait peut-être plus juste, n'est-ce pas, signore ? intervint alors Vianello.

— Oui, peut-être, admit finalement Fontana.

— Parlait-il de ses collègues de travail ? » demanda Brunetti. Comme Fontana ne répondait pas, il ajouta : « Nous ignorons complètement si vous étiez proche ou non de votre cousin, signor Fontana.

— Assez proche, fut la réponse de l'homme, laconique.

— Lui arrivait-il de parler avec vous de son travail ?

— Non, pas tellement.

— Puis-je vous demander alors de quoi vous parliez ensemble ? demanda Brunetti, affichant un sourire charmant.

— Oh, de choses diverses, d'affaires de famille, répondit Fontana, toujours aussi vague.

— De sa famille ou de la vôtre ? demanda Vianello d'une voix douce.

— C'est la même », répliqua Fontana d'un ton sec.

Vianello se pencha en avant et sourit à Fontana. « Bien sûr, bien sûr. Je voulais dire, parliez-vous de votre côté de la famille ou du sien ?

— Des deux.

— Vous parlait-il de sa mère, votre tante ? voulut alors savoir Brunetti, intrigué qu'ils aient pu passer autant de temps à parler d'une famille aussi restreinte.

— Rarement », admit Fontana. Ses yeux allaient de l'un à l'autre, et il regardait toujours celui qui avait posé la question, ne détournant pas les yeux pendant qu'il répondait, comme si on lui avait appris à le faire quand il était enfant et qu'il n'avait pas su faire autrement.

« Lui arrivait-il de parler de lui-même ? » demanda Brunetti sans élever le ton, s'efforçant de garder une voix calme et chaleureuse.

Fontana regarda longtemps le commissaire, comme pour deviner quel piège on pouvait bien lui tendre. « Des fois », répondit-il finalement.

Brunetti prit soudain conscience que s'ils continuaient à avancer à ce rythme, ils y seraient encore aux premières neiges, avec Fontana continuant à les regarder l'un après l'autre. « Étiez-vous proches ?

— Proches ? répéta Fontana comme s'il avait oublié qu'on lui avait déjà posé la question.

— Sur un plan amical, expliqua Brunetti sans perdre patience. Vous parliez-vous ouvertement, par exemple ? »

Fontana regarda Brunetti d'un air intrigué, à croire qu'il n'avait jamais pensé que deux hommes puissent se faire des confidences. « Oui, répondit-il au bout d'un moment, d'une voix plus basse.

— Vous parlait-il de sa vie privée ? » demanda Brunetti, empruntant la manière de parler du prêtre qui avait entendu sa première confession il y avait quelques dizaines d'années. Il eut l'impression que l'homme se détendait légèrement. « Signor Fontana, nous voulons trouver qui a pu commettre ce crime. » Il hocha la tête à plusieurs reprises. « Vous parlait-il de sa vie privée ? »

Le regard de Fontana alla de Brunetti à Vianello et de Vianello à ses genoux. « Oui, dit-il dans un souffle.

— Est-ce de cela que vous êtes venu nous parler, signor Fontana ? » Brunetti regretta de ne pas avoir pensé plus tôt à poser cette question.

Les yeux toujours baissés, Fontana répondit une fois de plus « Oui » dans un souffle.

Brunetti n'avait aucune idée de ce qui avait pu provoquer la mort d'Araldo Fontana, mais il n'y avait aucune trace de cette incertitude dans sa voix lorsqu'il dit : « Bien. Nous pensons que c'est peut-être là que se trouvent les raisons de sa mort. »

Cela suffit à encourager Fontana à détourner les yeux de ses genoux. Il regarda Brunetti, et le policier fut frappé par la tristesse qu'il lut dans les yeux de l'homme. « Moi aussi.

— Pourriez-vous nous parler un peu plus de lui, dans ce cas, signore ?

— C'était quelqu'un de vraiment bien, commença Fontana, surprenant Brunetti : c'était le terme même qu'avait employé la signora Zinka. Mon oncle était lui-même quelqu'un de bien et il a élevé son fils comme ça. » Si Brunetti trouva étrange que la mère ne soit pas mentionnée, il ne dit rien.

« Nous étions très proches, enfants, peut-être un peu moins en prenant de l'âge, mais je suppose que c'est assez normal. » Le ton était affirmatif, mais Brunetti sentit qu'en réalité c'était une question. Fontana respira plus à fond avant de poursuivre. « Je me suis marié et j'ai eu des enfants, si bien que les choses ont changé. » Brunetti sourit mais sans regarder vers Vianello. « J'avais moins de temps à consacrer à Araldo.

— Vous avez continué à le voir?

— Oh, bien sûr. Il est… il était le parrain de mes deux enfants et il prenait son rôle au sérieux. » Fontana se tut et détourna les yeux pour regarder, par la fenêtre ouverte, les toits de Venise de l'autre côté du canal. Brunetti eut l'impression qu'avoir parlé de ses enfants avait donné plus d'assurance à Fontana; cela en avait en tout cas donné davantage à sa voix. Le policier ne fit rien pour le relancer.

« Il était homosexuel. Araldo », dit l'homme au bout d'un moment.

Brunetti hocha la tête, voulant signifier par là que la police était déjà au courant.

Fontana mit une main dans sa poche et en sortit un mouchoir de coton. Il s'essuya le visage et rangea le mouchoir. « Il me l'a dit il y a des années de ça. Quinze ans, ou peut-être plus.

— Avez-vous été surpris? demanda Brunetti.

— Pas tellement. » L'air absent, Fontana regarda ses genoux, pinça le pli de son pantalon et fit courir les doigts dessus, mais le geste ne changea rien à la pesante chaleur humide de la pièce et de la ville. « Pas du tout, même. Pas vraiment, se corrigea-t-il. Cela faisait des années que je m'en doutais. Non pas que je considère cela comme important.

— Mais pour ses parents, c'était important, d'après vous? demanda Vianello. Ils ont été surpris?

— Son père était déjà mort quand il me l'a dit.

— Et sa mère ?

— Je ne sais pas. Elle est beaucoup plus fine qu'elle n'en donne l'impression. Elle a très bien pu le savoir. Ou s'en douter.

— Et c'est une chose qui lui aurait déplu ? » insista Vianello.

L'homme haussa les épaules, ouvrit la bouche, la referma puis se décida, parlant vite : « Du moment que personne d'autre ne le savait et qu'il payait le loyer, cela ne la gênait pas, pas vraiment. »

Brunetti intervint. « Voilà une remarque inhabituelle, à propos de la mère de quelqu'un.

— C'est une femme inhabituelle », répliqua Fontana, lui adressant un regard aigu.

Il y eut un silence. Aussi intéressante que fût cette discussion, Brunetti commençait à penser qu'elle ne les mènerait nulle part. Il était temps de revenir à la mort de Fontana. « Arrivait-il que votre cousin vous parle de sa vie privée ?

— De sa vie *sexuelle*, vous voulez dire ?

— Oui. »

Fontana essaya une fois de plus de dégager le pli de son pantalon, mais une fois de plus, ce fut l'humidité qui l'emporta. « Il m'a dit… » Il s'arrêta pour s'éclaircir la gorge à plusieurs reprises. « Il m'a dit une fois qu'il m'enviait. » Puis il se tut.

« En quoi vous enviait-il, signor Fontana ? fut obligé de demander finalement Brunetti.

— Il enviait l'amour que j'ai pour ma femme. » L'homme détourna les yeux après avoir fait cette remarque.

« Et pourquoi ça ? »

Une fois de plus, Fontana s'éclaircit la gorge, toussa deux ou trois fois et répondit, mais sans regarder le commissaire. « Parce que – ce sont ses propres mots – il n'avait jamais réussi à faire l'amour avec quelqu'un qu'il aimait. »

25

Brunetti hocha de nouveau la tête, comme s'il détenait déjà cette information. C'est en mettant toute la sympathie possible dans sa voix qu'il dit : « Cela a dû rendre sa vie bien difficile. »

Fontana haussa les épaules de manière presque imperceptible. « Oui, d'une certaine manière, mais pas vraiment.

— Je crains de ne pas comprendre, mentit Brunetti en songeant à la mère d'Araldo Fontana.

— De cette façon, il dissociait sa vie affective de sa vie sexuelle. Il m'aimait, il aimait sa mère, il aimait son ami Renato, mais nous étions... comment exprimer cela ? hors limites sur un plan sexuel. » Il se tut un moment, comme s'il réfléchissait sur ce qu'il venait de dire. « Eh bien, peut-être pas Renato, je suppose. Mais je crois bien qu'Araldo ne pouvait tolérer la moindre confusion dans sa vie. En séparant les choses, il évitait tout malentendu. C'est ce qu'il s'imaginait en tout cas. » Il haussa de nouveau légèrement les épaules. « Je ne sais pas comment l'expliquer, mais c'est clair pour moi. Parce que je le connais, vous comprenez. Je sais comment il est... comment il était.

— Il y a un moment, signore, vous nous avez dit penser que sa vie privée pouvait avoir un rapport avec sa mort, lui rappela Brunetti. Pourriez-vous être un peu plus explicite sur ce point ? »

Fontana croisa les mains bien symétriquement sur ses genoux et répondit en s'adressant à Brunetti. « En cloisonnant les choses, Araldo était libre – si c'est bien le mot – d'avoir des relations sexuelles anonymes. Quand nous étions plus jeunes… ce genre de comportement était acceptable, j'imagine. Mais moi, j'ai changé. Araldo, non. »

Brunetti laissa le silence se prolonger une nouvelle fois avant de demander : « C'est lui qui vous l'a dit ? »

Fontana inclina la tête de côté. « Plus ou moins.

— Excusez-moi, mais je ne suis pas sûr de comprendre. » Ce qui était sans doute faux, mais il tenait à ce que Fontana exprime ce qu'il avait en tête.

« Il me donnait certains détails, il répondait à mes questions, il faisait plus ou moins allusion à des choses. » Brusquement, l'homme se leva. Mais c'était simplement pour décoller son pantalon de l'arrière de ses cuisses et faire quelques pas sur place pour les libérer du tissu. Il se rassit et reprit ses explications. « Je savais ce qu'il voulait dire, même s'il ne le faisait pas explicitement.

— Vous a-t-il dit où ces rencontres avaient lieu ?

— Ici et là. Au domicile de ses partenaires.

— Jamais chez lui ? »

Fontana eut un regard sévère pour Brunetti. « Vous avez rencontré sa mère, non ?

— Oui, évidemment », répondit le commissaire, qui regarda la surface de son bureau avant de poser de nouveau les yeux sur Fontana.

Comme pour s'excuser de la brusquerie de sa réaction, Fontana reprit, plus doucement : « Un jour où j'allais leur rendre visite chez eux, comme l'interphone du portail était cassé, j'ai appelé Araldo avec mon portable. Il est descendu m'ouvrir. Pendant que nous traversions la cour, il s'est arrêté et a regardé autour de lui. Puis il a dit quelque chose où il était question de son petit nid d'amour.

— Comment avez-vous réagi ? voulut savoir Vianello.

— J'étais gêné, et j'ai fait comme s'il n'avait rien dit… Je ne savais pas comment réagir, à vrai dire, reprit-il après une hésitation. Nous avions été si proches, pendant notre enfance, et voilà qu'il sortait une chose pareille. Je ne comprenais pas.

— Il était peut-être gêné en réalité, lui aussi », offrit Brunetti. Mais il revint aussitôt à la question elle-même. « A-t-il jamais mentionné un nom ou fait une remarque qui nous permettrait d'identifier un de ses… » Quel mot Giorgio Fontana avait-il employé, déjà ? Sûrement pas *amant*. « … un de ses partenaires ? »

Fontana secoua la tête. « Non. Jamais. Il aurait trouvé que c'était mal. » Il attendit d'être interrogé sur ce point mais comme rien ne vint, il continua. « Il se sentait le droit de parler de sa vie personnelle, mais il ne m'a jamais rien dit de ses partenaires : ni nom, ni âge, rien.

— Simplement qu'il ne pouvait pas les aimer, c'est ça ? » demanda Vianello d'un ton attristé.

Fontana hocha la tête. « Ou qu'il n'avait pas le droit de les aimer », dit-il dans un murmure.

Les informations que donna ensuite Giorgio Fontana ne leur apprirent rien de plus. Jamais son cousin ne l'avait présenté à quelqu'un qui n'était pas un ami d'école ou un collègue de travail, jamais il n'avait parlé de qui que ce soit avec une affection particulière, sinon de Renato Penzo, dont il disait que c'était son meilleur ami. Il était toujours parti en vacances avec sa mère et avait dit une fois en plaisantant que c'était encore plus de boulot que le boulot lui-même.

Au cours des derniers mois, il avait paru nerveux et préoccupé, et lorsque Giorgio lui en avait fait la remarque, Araldo lui avait simplement répondu qu'il avait quelques ennuis au travail et à la maison.

« Plusieurs personnes à qui j'ai parlé, dit Brunetti, l'ont présenté comme quelqu'un de particulièrement bien, et vous avez vous-même utilisé ce terme. Pouvez-vous me dire ce que vous entendez par là ? »

Fontana parut perplexe. « Mais tout le monde sait parfaitement ce que cela veut dire. » Il regarda Vianello pour chercher confirmation, mais l'inspecteur garda le silence.

Finalement, Brunetti se décida à le dire lui-même. « Beaucoup de gens auraient pensé que ce n'était pas quelqu'un de bien du seul fait qu'il était homosexuel.

— Mais c'est ridicule ! se récria Fontana. Pendant toute l'année dernière, il a récupéré des vêtements pour cette femme… cette domestique… comment s'appelle-t-elle ?

— Zinka ? proposa Brunetti.

— Oui. C'était pour les envoyer à sa famille, en Roumanie. Et je sais que son ami Penzo essaie de lui obtenir un permis de séjour. Sans parler de la patience de saint dont il faisait preuve envers sa mère. Il aurait fait n'importe quoi pour la rendre heureuse. Et il était incapable de la moindre malhonnêteté. Incapable. » Puis, comme si un souvenir lui revenait, il ajouta : « Ah, j'allais oublier. Il m'a dit, il y a environ deux mois, qu'il aurait bien aimé déménager, mais qu'il savait à quel point cela aurait bouleversé sa mère et qu'il ne pouvait supporter cette idée.

— A-t-il dit pour quelle raison ? »

Fontana secoua la tête. « Je n'ai pas bien compris. Cela concernait son travail d'un côté, et de l'autre il disait que ce n'était pas bien pour eux d'habiter dans ce palazzo. Mais il ne m'a pas expliqué le rapport.

— Pensez-vous qu'il aurait fini par déménager ? »

Fontana ferma les yeux et haussa les sourcils. Quand il les rouvrit, il soutint le regard de Brunetti. « Si cela avait dû bouleverser sa mère… » Mais il n'acheva pas sa phrase.

« Vous pensez vraiment que cet appartement est si important que ça aux yeux de votre tante ? demanda Brunetti, d'un ton réellement surpris.

— Vous lui avez parlé, n'est-ce pas ?

— Oui.

— Vous avez vu ses petites joues rouges et sa coiffure ?

— Oui. »

Fontana se pencha si brusquement en avant sur sa chaise que Vianello eut un mouvement de recul involontaire. « Ma tante est une vraie harpie, dit Fontana avec une violence qui étonna Brunetti et laissa Vianello bouche bée. Si elle ne peut avoir ce qu'elle veut, elle le fait payer aux autres. Et cet appartement, elle le veut. Je crois qu'elle n'a jamais rien autant voulu de sa vie. »

Pendant un moment, aucun des trois hommes ne trouva quelque chose d'approprié à dire. C'est finalement le commissaire qui eut l'idée de demander : « Et cela suffisait à empêcher votre cousin de faire ce qu'il voulait ?

— Je ne sais pas, mais maintenant que j'y pense, j'en viens à me dire que c'était pour cette raison qu'il était si nerveux, les dernières fois où je l'ai vu.

— Votre cousin a-t-il jamais mentionné le nom de la juge Coltellini ? » demanda brusquement Brunetti.

Fontana ne put cacher sa surprise. « Oui, en effet. Depuis un an, non plutôt deux, il m'en parlait. Il en était fou. Elle était toujours charmante avec lui, elle paraissait apprécier son travail... Araldo avait de temps en temps le béguin pour une femme, en particulier parmi celles qu'il rencontrait sur son lieu de travail et qui avaient plus de pouvoir ou de responsabilités que lui.

— Qu'est-ce qui se passait avec ces femmes ?

— Oh, il finissait par s'en lasser, tôt ou tard. Ou bien elles faisaient quelque chose qu'il désapprouvait et elles repassaient sous sa ligne d'horizon ; il les traitait alors comme tout le monde.

— C'est ce qui est arrivé avec la juge Coltellini ? » Tandis qu'il posait sa question, Brunetti prit conscience du changement radical de Giorgio Fontana, dans son attitude comme dans ses réactions vis-à-vis d'eux, depuis qu'il était entré dans ce bureau. Sa timidité avait disparu ; il disait les choses sans détour. L'homme incertain et hésitant avait laissé place à quelqu'un d'intelligent et de sensible. Sa nervosité initiale provenait peut-être de la peur qu'inspirait aux citoyens ordinaires la seule idée d'avoir affaire à la police.

Brunetti n'entendit pas le début de la réponse de Fontana. « ... qui a fait changer les choses. Lorsqu'il se mit à moins parler d'elle – alors qu'il en avait été tellement entiché – je lui ai posé la question, et il m'a répondu qu'il s'était trompé sur son compte. Et ce fut tout. Il a refusé d'en dire davantage.

— Avez-vous revu votre tante depuis sa mort ? »

Fontana secoua la tête et resta un moment immobile et silencieux. « L'enterrement a lieu demain. Je la verrai à cette occasion. J'espère ensuite ne plus jamais la revoir. Jamais. »

Les deux policiers attendirent.

« Elle lui a pourri la vie. Il aurait dû partir vivre avec Renato quand il en avait encore la possibilité.

— C'était quand ? » demanda Brunetti.

Quand Fontana tourna son regard vers Brunetti, celui-ci y lut plus de tristesse que jamais. « C'est sans importance maintenant, n'est-ce pas ? Il aurait pu le faire, il aurait dû le faire, mais il ne l'a pas fait, et à présent il est mort. »

Giorgio Fontana se leva, tendit la main à Brunetti par-dessus le bureau, puis serra celle de Vianello. Il ne prit pas la peine d'ajouter quoi que ce soit et quitta le bureau.

26

Aucun des deux policiers ne voulut rompre le silence qui s'était installé dans le bureau après le départ de Fontana. Au bout d'un certain temps, Brunetti se leva et alla machinalement auprès de la fenêtre, mais il n'y trouva pas le moindre souffle de brise pour alléger cette impression d'écrasement laissée aussi bien par la chaleur que par les propos de Giorgio Fontana. « Ma femme et mes enfants dorment sous des édredons et nous, nous devons aller demain à un enterrement, dit finalement le commissaire, toujours tourné vers la fenêtre.

— De toute façon, sans Nadia et les enfants, je n'ai rien de mieux à faire, répondit un Vianello chagrin. Je vais me mettre à parler tout seul. Ou à manger au McDo.

— C'est probablement moins dangereux de parler tout seul, ricana Brunetti avant d'ajouter, plus sérieusement : Tu veux bien m'écouter une minute ? »

Vianello croisa les bras, se laissa glisser sur son siège, étendit ses jambes et posa une cheville sur l'autre.

Brunetti se tourna pour s'appuyer au rebord de la fenêtre, mains posées derrière lui. « Les échantillons d'ADN que Rizzardi a récupérés sur le corps de Fontana ne nous sont d'aucune utilité tant que nous ne pouvons pas les comparer à ceux de quelqu'un d'autre. Penzo et Fontana n'étaient pas amants, bien que je ne sache trop quelles conclusions il faut en tirer. La mère a pu savoir qu'il était gay, mais elle semble avoir eu pour priorité de conserver l'appartement. Fontana a eu un temps une forme de béguin pour la juge Coltellini, mais s'est ravisé pour des raisons qui restent à déterminer. Fontana préférait les relations sexuelles anonymes. Quelqu'un, au tribunal, prétend qu'il aimait le sexe dangereux. Il s'est disputé avec ses deux voisins, mais nous ignorons à quel sujet. Certaines des affaires qu'avait à juger Coltellini ont subi des reports d'audience à répétition. Fontana refusait de parler d'elle. Il se demandait s'il n'allait pas quitter l'appartement, mais il n'avait probablement pas le courage de le faire. »

Vianello croisa ses chevilles dans l'autre sens. Brunetti retourna s'asseoir à son bureau. « C'est un puzzle dont nous avons beaucoup de pièces sans pouvoir les assembler.

— Elles ne le font peut-être pas, observa Vianello.

— Quoi ?

— Elles ne s'assemblent peut-être pas. Il a peut-être dragué quelqu'un et l'a ramené dans la cour. Et là, les choses ont mal tourné. »

Brunetti appuya son menton sur une main. « J'espère que cette hypothèse ne part pas du principe que les gays auraient des pratiques sexuelles toujours dangereuses.

— Fais-moi un peu confiance, Guido, tu veux bien ? dit Vianello avec une pointe d'exaspération. Nous avons beaucoup de petits faits sans liens les uns avec les autres et encore plus d'inférences, mais nous avons aussi quelqu'un dont la tête a été frappée à trois reprises contre une sculpture en marbre – une mort peu banale pour quelqu'un de bien, sauf s'il a fait preuve de beaucoup d'imprudence.

— Ou s'il a eu affaire à quelqu'un qui n'est pas bien du tout et dont le comportement est imprudent, ajouta vivement Brunetti.

— Je pense que… », commença Vianello, mais il fut interrompu par Pucetti, qui entra comme un bolide dans le bureau et dont l'élan manqua de peu de lui faire heurter la chaise de Vianello. « L'hôpital », réussit-il à articuler, s'arrêtant pour reprendre son souffle. « Ils ont appelé. » Au même instant, le téléphone de Brunetti sonna.

« Commissaire ? dit une voix que Brunetti ne connaissait pas. L'hôpital a appelé, il y a un incident au laboratoire.
— Quoi ?
— Il semble qu'il y ait une sorte de prise d'otage.
— Une *quoi*? s'exclama Brunetti, se demandant si les gens ne regardaient pas un peu trop la télévision.
— Apparemment, quelqu'un s'est enfermé dans le labo et profère des menaces.
— Qui t'a appelé ?
— Le concierge. Le personnel s'est enfui du labo. L'un d'eux l'a appelé.
— Qu'est-ce que tu veux dire, le personnel s'est enfui ? » Il couvrit le microphone de la main et se tourna vers Vianello. « Descends et réquisitionne Foa. Nous avons besoin de la vedette. »

Vianello répondit d'un hochement de tête et partit, suivi de Pucetti.

Brunetti reprit la communication juste à temps pour entendre l'explication. « C'est ce qu'a dit au concierge la personne qui l'a appelé.
— Et qu'est-ce qu'elle a dit d'autre, la personne en question ?
— Je ne sais pas, monsieur. Le concierge a commencé par faire le 113, mais comme personne ne répondait, il nous a appelés, nous. C'est tout.
— Rappelle-le et dis-lui que nous arrivons. »

Une fois dehors, en plein soleil, Brunetti se rappela qu'il avait laissé une fois de plus ses lunettes de soleil dans son veston et son veston dans son bureau. Assommé par la lumière du matin, il sauta dans le bateau, à demi aveuglé. Vianello le prit par le bras pour l'aider à garder l'équilibre et l'entraîna dans la cabine pour trouver un peu d'ombre. En dépit des fenêtres et de la porte ouvertes, la chaleur les accablait.

Foa exécuta un demi-tour impeccable et prit la direction du Rio Santa Marina. Il brancha la sirène pour avertir les bateaux qu'une vedette de la police arrivait à contresens, ralentit, s'engagea dans le Rio dei Mendicanti et vint se ranger devant le débarcadère réservé aux ambulances de l'hôpital. Brunetti et Vianello sautèrent sur le quai. Le commissaire demanda à Foa de les attendre, puis les deux hommes prirent la direction de l'hôpital d'un pas vif, comme s'ils avaient affaire à une urgence médicale. Tout cela ne leur avait pas pris cinq minutes.

Brunetti en tête, ils longèrent le cloître puis tournèrent à gauche et montèrent à l'étage du laboratoire. La porte de ce dernier se situait à l'extrémité d'un couloir; cinq personnes se tenaient devant la porte donnant dans ce même couloir, trois en blouse blanche et deux dans la tenue bleue des gardes. Brunetti reconnut l'un des assistants de Rizzardi, Comei.

« Que se passe-t-il? » lui demanda-t-il.

Les yeux bleus et exorbités du jeune homme ressortaient d'une façon inquiétante sur son bronzage. Les vacances étaient terminées.

Il lui fallut quelques secondes pour reconnaître Brunetti, et à ce moment-là, la tension qui l'habitait diminua un peu. « Ah, commissaire, dit-il en lui agrippant le bras comme s'il se noyait et que seul Brunetti pouvait le sauver.

— Qu'est-ce qui s'est passé, Comei? demanda Brunetti, avec l'espoir que le son de sa voix le calmerait.

— J'étais dans le labo et tout d'un coup, elle s'est mise à crier, puis elle a balancé quelque chose. Après quoi, elle a fichu en l'air tout ce qui se trouvait sur son bureau : du verre, des produits chimiques, des échantillons de sang. Il y en a partout. » L'homme regarda ses pieds et empoigna à nouveau Brunetti par le bras. « *Oddio*. Regardez, regardez ce qu'elle a fait. »

Brunetti baissa la tête vers le point indiqué par l'index de Comei et vit une tache rouge sur l'un des sabots en plastique vert du technicien.

« Elle est devenue folle », reprit Comei. Un cri soudain, en provenance du fond du couloir, vint lui donner raison.

« De qui s'agit-il? demanda Brunetti.

— D'Elvira, la technicienne.

— Elvira Montini? »

Comei acquiesça d'un air absent, comme si le nom n'avait pas d'importance. Il se pencha et délicatement, tirant le tissu à hauteur du genou, remonta l'ourlet de son pantalon pour exposer sa cheville et le haut de son pied nu. Quatre traînées sanglantes s'incurvaient sur son cou-de-pied.

L'homme s'appuya lourdement sur Brunetti. *« Oddio, oddio »*, murmura-t-il. Puis il s'écarta et se tint immobile, sans quitter le sang des yeux.

Brunetti était sur le point de lui dire quelque chose lorsque Comei partit brusquement vers l'intérieur de l'hôpital.

Un autre bruit, celui d'un objet lourd heurtant le sol, leur parvint à ce moment-là.

Une femme en blouse blanche s'approcha alors de lui. « Vous êtes de la police ? demanda-t-elle.

Brunetti fit oui de la tête. « Pouvez-vous nous expliquer ce qui est arrivé ? »

Grande et mince, la femme donnait l'impression d'être compétente. « Je suis la dottoressa Zeno, répondit-elle sans tendre la main. C'est moi la responsable de ce laboratoire. »

De nouveau, Brunetti acquiesça.

« Il y a environ une demi-heure, j'ai posé une question à la signora Montini – c'était à propos d'un échantillon de sang qu'elle avait analysé la semaine dernière. Ses résultats ne correspondaient pas à ceux faits à l'hôpital de Mestre, il y a trois jours, et le médecin de la patiente a appelé pour savoir s'il n'y avait pas eu une erreur quelque part, car la brusque différence constatée n'avait aucun sens pour lui. » Elle se tut un instant. « J'ai fait des vérifications et j'ai vu que c'était la signora Montini qui avait pratiqué la première analyse. » Le Dr Zeno regarda tour à tour Brunetti et Vianello. « Ce n'était pas la première fois qu'un tel incident se produisait ou que j'aie à l'interroger pour un problème semblable. »

Brunetti essaya d'avoir l'air de suivre.

« Je suis allée lui parler, mais dès que j'ai évoqué la question… » Elle parut perdre un peu le contrôle de sa voix.

« Elle m'a arraché la liste des nouveaux résultats des mains et l'a déchirée, après quoi elle s'est mise à renverser ce qu'il y avait sur son bureau, des flacons et un microscope, notamment. Comei travaille à côté d'elle.

— Et ensuite, dottoressa ?

— Elle m'a bousculée et s'est mise à crier. » Comme si elle venait de s'entendre parler, elle se corrigea rapidement. « Non, pas bousculée, mais elle m'a plus ou moins pris le bras pour me détourner d'elle. Elle ne m'a pas fait mal.

— Ensuite ?

— Elle a pris un cutter et a commencé à le brandir. Elle nous a dit de sortir. Tous. Quand j'ai essayé de lui parler...

— Elle vous a menacée, dottoressa ?

— Non, non, répondit Zeno d'un ton de plus en plus douloureux. Elle a placé le cutter au-dessus de son poignet et a dit qu'elle allait s'entailler si nous ne sortions pas. »

Elle prit une profonde inspiration, puis une deuxième. « Nous nous sommes tous réfugiés ici. J'ai appelé la sécurité et quelqu'un est allé prévenir le concierge. Ensuite, on m'a dit que vous alliez venir rapidement, et nous n'avons pas bougé d'ici. » Brunetti pensa qu'elle en avait terminé, mais il se trompait. « J'ai appelé le dottor Rizzardi à son domicile. Elle s'est toujours bien entendu avec lui.

— Il va venir ?

— Oui. »

Brunetti échangea un coup d'œil avec Vianello, dit aux cinq personnes présentes de ne pas bouger et entra dans le couloir en compagnie de l'inspecteur. La porte se referma doucement derrière eux, les confinant dans la chaleur tenace du couloir. Un faible bruit leur parvenait du laboratoire, comme le bourdonnement d'une machine laissée en marche dans une salle lointaine.

« Nous n'attendons pas Rizzardi ? » demanda Vianello.

Brunetti lui montra la porte du labo, simple panneau de bois blanc comportant un unique hublot. « Je préfère commencer par y jeter un coup d'œil, pour me faire une idée de ce qu'elle fabrique. »

Ils parcoururent le couloir aussi silencieusement qu'ils purent, mais comme ils approchaient, le bruit devint assez fort pour couvrir celui de leurs pas. Brunetti se coula lentement près de la fenêtre ronde, conscient qu'un mouvement brusque serait plus facilement perçu de l'intérieur. Deux pas prudents, et il fut à même d'avoir une vision parfaite de l'intérieur du laboratoire.

Il y avait l'accumulation habituelle d'objets divers bien rangés : des flacons de toutes formes sur des étagères de bois; des pots d'apothicaire alignés le long d'un mur; des balances et des ordinateurs à chaque poste de travail; des livres et des carnets de notes posés à côté des ordinateurs. Une table au milieu de la salle était entièrement vide. Mais on aurait cru qu'il y avait sur le sol, tout autour, les restes d'un naufrage : un écran d'ordinateur, des débris de verre et des papiers au milieu de petites flaques rouges.

Brunetti tourna la tête. Une femme en blouse blanche était penchée sur l'un des éviers profonds du labo, lui tournant le dos. Le bruit et la vapeur provenaient des torrents d'eau chaude qui coulaient sur ce qu'elle devait tenir à la main. Il pensa à ses enfants, à la Police de l'Eau et combien ceux-ci condamneraient le gaspillage de toute cette eau chaude et de l'énergie nécessaire à sa production.

Il se mit de côté pour laisser Vianello voir la scène. Le bruit de l'eau lui aurait permis de parler d'une voix normale mais l'inspecteur préféra murmurer : « Pourquoi elle se lave les mains ? »

Comme les nobles romains, pensa Brunetti, bousculant Vianello pour enfoncer le battant. Tout en courant, il s'empara du combiné d'un téléphone et arracha le fil. Au moment où il la rejoignait, la femme s'effondra sur le rebord de l'évier et il vit du rouge – ou plutôt du rose, s'écoulant par la bonde.

Il l'attrapa, la tira en arrière et l'allongea sur le sol, puis se servit du cordon du téléphone pour lui faire un tourniquet au bras droit. Vianello s'accroupit à côté de lui pour faire la même chose au bras gauche de la femme, utilisant lui aussi un cordon de téléphone.

La figure de la femme allongée était très pâle ; ses cheveux, qui retombaient à hauteur de ses épaules, avaient plus de blanc que de brun. Elle ne portait aucun maquillage, mais rien n'aurait pu effacer la lourdeur de ses traits et cacher sa peau grumeleuse.

« Trouve-moi quelqu'un », dit Brunetti. Vianello se leva et fila. Le commissaire regarda les poignets de la femme ; elle s'était profondément entaillée, mais perpendiculairement à l'axe des veines, ce qui laissait quelque espoir. Les tourniquets improvisés avaient arrêté la double hémorragie, même si un peu de sang avait coulé sur le sol.

Ses yeux s'ouvrirent. Elle avait peu de sourcils et de cils et des iris d'un brun poussiéreux. « Je ne voulais pas le faire », dit-elle. Le grondement permanent de l'eau rendait difficile de comprendre ce qu'elle disait.

Brunetti acquiesça, comme s'il comprenait. « Nous faisons tous des choses que nous regrettons par la suite, signora.

— Mais il me l'avait demandé », dit-elle, après quoi elle ferma les yeux si longtemps que Brunetti pensa qu'elle était évanouie. Puis elle les rouvrit pour dire : « J'avais tellement peur... peur qu'il me quitte si je ne le faisais pas.

— Ne vous inquiétez pas pour ça maintenant, signora. Ne vous agitez pas. On va venir vous chercher bientôt. » Ils étaient dans un hôpital : pourquoi cela prenait-il autant de temps ?

Il entendit des pas, leva les yeux et vit Rizzardi. Le médecin vint s'agenouiller de l'autre côté de la femme. Il poussa un soupir qui était presque un gémissement lorsqu'il la vit. « Elvira, qu'est-ce que tu as fait ? » demanda-t-il. Brunetti remarqua qu'il la tutoyait. On aurait dit un parent désappointé par un enfant ayant fait une bêtise.

« Dottore, répondit-elle, ouvrant de nouveau les yeux. Je ne voulais pas créer tous ces ennuis. »

Rizzardi plaça l'une de ses mains sur celles d'Elvira. « Tu n'as jamais causé le moindre ennui, Elvira. Bien au contraire. Si j'avais autant confiance dans ce labo, c'était uniquement grâce à toi. »

Elle ferma une fois de plus les yeux et des larmes en jaillirent. Elles poussèrent Rizzardi à ajouter : « Ne pleure pas, Elvira. Il ne va rien arriver. Tout va s'arranger.

— Il va me quitter, dit-elle, gardant les yeux fermés, tandis que les larmes coulaient dans ses oreilles.

— Mais non. Une fois qu'il saura ce que tu as fait, il voudra t'aider », répondit Rizzardi. Puis le légiste regarda Brunetti, comme s'il cherchait à savoir s'il donnait ou non les bonnes répliques.

« Il ne pourra plus utiliser les résultats du labo, à présent. Plus jamais les gens ne croiront qu'il les aide. » Elle ferma les yeux, les rouvrit, regarda Rizzardi. « Mais il les aide, dottore. Il les aide vraiment. » Elle sourit et, un instant, son visage acquit une certaine beauté. « Et il m'aide. »

Il y eut du vacarme derrière eux. Brunetti se tourna et vit trois aides-soignants qui bloquaient la porte avec la civière à roulettes qu'ils poussaient. Ils cognèrent contre le chambranle à plusieurs reprises, jusqu'à ce que l'un d'eux ait l'idée de passer devant pour la guider. Puis deux d'entre eux se précipitèrent vers la femme allongée, forçant Brunetti et Rizzardi à s'écarter.

Le policier et le légiste se relevèrent. Exaspéré par le bruit de l'eau, Brunetti fonça vers l'évier et ferma le robinet. Vianello, entré à la suite des aides-soignants, alla se placer à côté de Rizzardi. Le troisième aide-soignant arriva avec la civière. Il enclencha un levier et celle-ci s'abaissa presque jusqu'au sol. À trois, ils soulevèrent la femme et l'allongèrent dessus. Une autre manipulation, et la civière se releva jusqu'à une hauteur d'environ un mètre. L'un d'eux introduisit l'aiguille d'une perfusion déjà attachée au brancard dans le bras de la femme.

Rizzardi s'avança et entoura le poignet d'Elvira de la main, le retenant quelque temps, soit pour estimer son pouls, soit pour tenter comme il pouvait de la rassurer. « Conduisez-la aux urgences », dit-il.

Un des aides-soignants voulut dire quelque chose, son collègue, celui qui paraissait le responsable du trio, lui coupa la parole. « Il est médecin. »

Lorsque Rizzardi lâcha le poignet d'Elvira, celle-ci ouvrit les yeux. « Vous venez avec moi, dottore ? » Rizzardi lui sourit, et Brunetti prit alors conscience de n'avoir que très rarement vu le médecin légiste sourire, depuis tant d'années qu'il le connaissait. « Bien sûr », dit-il. Sur quoi les aides-soignants repartirent vers la porte en poussant la civière.

27

Sa belle-mère fut la première personne qui vint à l'esprit de Brunetti. Il ignorait dans quelle mesure Gorini avait profité des examens de laboratoire sans aucun doute altérés par la signorina Montini, mais il savait par contre qu'elle l'avait fait pour son profit à lui, par amour pour lui – afin qu'il ne la quitte pas. Si Gorini était capable de ce genre de choses, pas question que Donatella Falier ait affaire à lui.

« Il ne faut pas laisser la mère de Paola le voir. » Vianello, qui avait été mis au fait de l'échange de son supérieur avec la signorina Montini, comprit tout de suite. Le commissaire sortit son portable, trouva le numéro du palazzo Falier et l'eut rapidement au bout du fil.

« Ah, Guido. Comme c'est agréable d'entendre ta voix. Comment vont Paola et les enfants ? demanda-t-elle, comme si elle ne parlait pas deux fois par jour avec sa fille.

— Bien, bien. Mais c'est à propos de cette autre chose que je t'appelle. »

Après un bref silence, elle dit : « Oh, tu veux parler de ce charlatan, Gorini ?

— Oui. As-tu déjà fait quelque chose pour le contacter ?

— De manière indirecte seulement. Figure-toi qu'une de mes amies, Nuria Santo, le consulte depuis des mois. Elle m'a dit qu'elle serait ravie de me présenter à lui. Elle est convaincue qu'il a sauvé son mari.

— Ah… et comment ça ? » Brunetti avait parlé de sa voix la plus douce, ne manifestant en apparence qu'une curiosité des plus modérées.

« C'est relatif à son taux de cholestérol. D'après elle, c'est absurde : Piero a un appétit d'oiseau, il ne mange jamais de fromage, il n'aime pas la viande, mais son mauvais cholestérol – oui, si j'ai bien compris, il y a un bon et un mauvais cholestérol… » La comtesse se tut un instant. « N'est-ce pas absurde que la nature soit aussi manichéenne ? »

Brunetti ignora la remarque, s'astreint à la patience et attendit qu'elle reprenne la parole.

« Bref, je ne sais pas comment ils calculent les taux, mais le sien était stratosphérique et le bon cholestérol ne pouvait rien y faire. D'après ce que m'a raconté Nuria, Gorini lui a recommandé je ne sais quelle infusion particulière – elle coûte un prix fou – en lui garantissant que cela ramènerait le mauvais cholestérol à un taux normal. Ce qui fut le cas ; elle est maintenant convaincue que l'homme est un saint, et elle répand la bonne parole parmi toutes nos amies.

— As-tu déjà pris rendez-vous avec lui ? demanda Brunetti de son ton le plus dégagé.

— Mardi prochain, répondit-elle en riant. C'est un petit malin, hein ? Faire mariner les gens une semaine avant de les recevoir.

— Donatella ? Je préférerais que tu n'y ailles pas. »

Tout autant alertée, peut-être, par le changement dans sa voix que par ce qu'il venait de dire, elle demanda : « Est-ce que je dois en parler à Nuria ? »

Comment mettre l'amie de Donatella en garde sans effrayer sa proie ? « Tu pourrais peut-être lui suggérer d'annuler son rendez-vous. »

La comtesse resta silencieuse quelques instants. « Tu ne pourrais pas être plus explicite, Guido ?

— Pas maintenant. Mais rassure-toi, tu sauras tout. » Il se rendit compte qu'il avait parlé précipitamment, la poussant à raccrocher.

« Bien. Je vais lui dire. Merci, Guido. » Et elle coupa la communication.

Brunetti regarda Vianello. « Tu ne sais rien de cette conversation, bien entendu. »

Il fallut un moment à l'inspecteur pour déterminer de quelle conversation il s'agissait. « Non, répondit-il quand il eut percuté. Rien. Je suis arrivé trop tard.

— Elle a fait ça par amour pour lui, dit Brunetti, oppressé par ce que sa remarque avait de pathétique.

— Elle a fait quoi, au juste ? demanda Vianello d'un ton impatient.

— Elle a dit que Gorini – je suis certain que c'est de lui qu'elle parlait – utilisait les résultats des examens de laboratoire pour convaincre les gens qu'il les guérissait. Elle a dit que sans ces résultats, les gens ne croiraient plus en lui. Et que dans ce cas-là, il la quitterait. » Brunetti leva la main, en un vague geste d'incompréhension ou d'acceptation. « Alors elle les changeait. » Vianello n'avait pas entendu la femme dire à Rizzardi qu'elle ne voulait pas causer d'ennuis, mais le commissaire ne se sentait pas le cœur de le répéter.

Vianello regarda autour de lui, dans le laboratoire, les flacons contenant des fluides de différentes couleurs toujours debout sur leurs étagères, les divers appareils sans doute trop lourds pour que la signorina Montini essaie de les démolir et les récipients de toutes sortes dont seul un professionnel aurait compris l'usage. Brunetti avait l'impression de suivre sans peine les réflexions de l'inspecteur. Il vint à son aide. « Il lui suffisait de convaincre une première personne qu'il l'avait guérie pour que le mot se répande. » Il tapota la poche dans laquelle il avait rangé son portable. « Ma belle-mère vient de me raconter qu'une de ses amies est persuadée qu'il a sauvé son mari en lui faisant prendre une infusion miracle qui a fait baisser son taux de cholestérol.

— Ça devient un concours, hein, une fois qu'on a trouvé quelqu'un qui paraît faire des miracles.

— Mon médecin est meilleur que ton médecin, dit Brunetti. Il suffit de convaincre une seule personne qu'on l'a guérie, et bientôt, tous ses amis viennent sonner à ta porte, c'est tout juste s'il ne te faut pas une gaffe pour les repousser.

— Reste le problème des examens, objecta Vianello. Qu'est-ce qui lui garantissait que ce serait Montini qui les pratiquerait ? »

Mais avant que Brunetti puisse spéculer sur cette question, ils furent dérangés par un bruit à la porte. La dottoressa Zeno s'avança d'un demi-pas dans le labo. « Pouvons-nous revenir, maintenant ? demanda-t-elle.

— Oui, oui, bien sûr. » Brunetti se dirigea vers elle. « J'aimerais vous parler un moment, dottoressa. »

Ils eurent rapidement une idée assez claire de la manière dont la signorina Montini s'y était prise. Les laborantins se connaissaient tous depuis longtemps, si bien que très souvent, ils se répartissaient le travail entre eux au choix. En général, les premiers arrivés au labo traitaient les premiers échantillons livrés, ou ceux qu'ils préféraient faire, les autres prenaient ce qui restait. Comme la signorina Montini était la plupart du temps la première arrivée, elle avait le choix.

La dottoressa Zeno ne mit guère de temps à comprendre le genre de combine à laquelle ils pensaient, et elle leur dit qu'il n'y aurait rien de plus facile que de vérifier quels examens, parmi tous ceux pratiqués par Montini, avaient présenté de mauvais résultats devenus bons en un court laps de temps.

Il ne lui fallut que quelques minutes devant l'ordinateur pour avoir les données et elle les imprima pour Brunetti, qui les trouva tout à fait remarquables : parmi les personnes dont les analyses avaient été faites par Montini, plus de trente, toutes ayant plus de soixante ans, avaient initialement présenté un taux anormalement élevé de mauvais cholestérol – et celui-ci était retombé progressivement à un niveau normal en l'espace d'environ deux mois. On retrouvait le même schéma pour des cas de diabète de l'adulte, avec des pics de glucose qui retrouvaient un niveau normal en quelques mois.

« Très fort, ce salopard », s'exclama Vianello, quand la méthode employée par Gorini devint évidente. Puis une remarque plus pratique lui vint à l'esprit. « Comment se fait-il que personne ne s'en soit aperçu ? »

La signora Zeno appuya sur quelques touches et un nombre apparut à l'écran : 73 461.

« Qu'est-ce que c'est ? demanda l'inspecteur.

— Le nombre des examens qui ont été pratiqués le mois dernier », répondit le médecin d'un ton parfaitement calme. Sur quoi elle enfonça le clou. « Et ça ne concerne que ceux des patients dans les hôpitaux de Venise, pas ceux qui sont envoyés par des médecins qui prélèvent eux-mêmes les échantillons. » Elle sourit et demanda à Vianello s'il voulait voir aussi ce chiffre.

Vianello leva les mains comme si elle s'apprêtait à lui tirer dessus. « Vous avez gagné, dottoressa. Je n'avais pas la moindre idée...

— Comme la plupart des gens, dit-elle, la victoire modeste, même parmi ceux qui travaillent à l'hôpital. »

Brunetti entendit un bruit et remarqua que deux des laborantins regardaient vers la porte. Il se tourna à son tour et vit Rizzardi. C'était incompréhensible : le médecin légiste, en temps normal impeccablement tiré à quatre épingles, avait l'air hagard et son costume était chiffonné, comme s'il avait dormi dedans. Il avança de quelques pas dans la salle, et ouvrit les mains en un geste d'impuissance.

« On lui a bandé les poignets et branché une transfusion, mais l'infirmière a été appelée ailleurs à ce moment-là », commença-t-il en s'adressant à Brunetti. Il sortit son mouchoir, s'essuya le front, le visage et les mains. « Elle en a profité pour arracher les bandages et débrancher le goutte-à-goutte. » Il secoua la tête.

Brunetti ne put s'empêcher de penser alors à Caton, le plus noble des républicains de Rome. Lorsqu'il jugea la vie intolérable pour lui, il s'ouvrit l'estomac ; et lorsque ses amis voulurent lui porter secours, il s'arracha lui-même les viscères, car la mort était préférable à une vie sans honneur.

« Je rentre chez moi, dit Rizzardi. Ce n'est pas moi qui la ferai. » Et il repartit.

La dottoressa Zeno laissa Brunetti pour aller parler aux techniciens. « Qu'est-ce qu'il ne fera pas ? demanda Vianello.

— L'autopsie, je suppose », dit Brunetti, qui aurait préféré que l'inspecteur ne pose pas la question.

Cela coupa net l'herbe sous les pieds de Vianello.

« Ce qui signifie que l'affaire est… » Il faillit dire « au point mort », mais ne put s'y résoudre. « … classée, maintenant. » Sans le témoignage de la signorina Montini, et en admettant qu'elle ait consenti à témoigner, il n'y avait aucune preuve contre Gorini. Les erreurs, cela arrive, et il s'en produit de toutes sortes dans les hôpitaux. Avec pour conséquence que des gens souffrent et meurent.

« Nous ne savons même pas si ce sont seulement les examens de cholestérol et de glucose qui ont été trafiqués.

— Tu penses qu'elle a pu mettre la vie de personnes en danger ? »

Non, Brunetti ne le pensait pas, mais cela n'était tout de même pas très rassurant pour tous ceux dont elle avait analysé le sang. « Ils vont devoir refaire tout son travail », dit Brunetti, songeant que cela ne pourrait avoir lieu que sur ordre de Patta ou peut-être du directeur de l'hôpital. Quant à agir contre Gorini, c'était exclu. Avec la mort de la signorina Montini, l'homme ne courait plus aucun risque, et il était très improbable qu'elle ait gardé des traces écrites de ses falsifications de résultats. Elle n'aurait certainement pas laissé des documents aussi compromettants au domicile qu'elle partageait avec Gorini, ni à l'hôpital, dans le laboratoire où elle s'était déshonorée.

« La seule chose que nous pouvons faire, dit alors un Brunetti résigné, c'est appeler les polices d'Aversa et de Naples pour leur dire qu'il est ici. »

28

Comme Brunetti l'avait anticipé et redouté, il fut impossible de persuader le vice-questeur Patta d'exiger que soient refaits les examens effectués par la signorina Montini. Il avait déjà rejeté l'idée d'enquêter sur le signor Gorini et ses agissements. L'individu – Patta avait là-dessus des informations de première main – avait soigné l'épouse d'un des membres du conseil municipal, et l'idée d'inquiéter cet élu, devant l'absence complète de preuves, lui paraissait impensable.

Brunetti insista néanmoins pour qu'au moins, on fasse refaire les examens. Patta botta habilement en touche. « Avez-vous une idée, Brunetti, de l'argent que perd notre Sécurité sociale, tous les ans ? » Le commissaire ne répondit pas. « Et vous voulez contribuer à creuser ce déficit à cause de ne je sais quelle théorie selon laquelle un guérisseur aurait corrompu cette femme en l'obligeant à falsifier des rapports médicaux ?

— Un guérisseur qui trimballe un casier judiciaire long comme le bras, dottore.

— Une longue histoire de mises en examen sans suite, plus exactement, le corrigea Patta. Ce n'est tout de même pas à quelqu'un comme vous, commissaire, qu'il faut rappeler que ce n'est pas la même chose. » Patta lui adressa un sourire amical, comme s'il plaisantait avec un vieil ami qui n'avait jamais compris la différence.

Mais Brunetti s'entêta. « Si cette femme a trafiqué les résultats, vice-questeur, il faut refaire les examens. »

Patta sourit de nouveau, mais il n'y avait pas trace de bonne humeur dans ses paroles. « En l'absence de la moindre preuve que cette femme ait été impliquée dans une activité criminelle – indépendamment de ce que vous soupçonnez, commissaire –, je crois qu'il serait irresponsable de notre part de semer inutilement un vent de panique parmi les personnes dont il faudrait refaire ces examens. » Il se tut, réfléchissant à ce qu'il voulait ajouter. « Ou d'affaiblir d'une manière ou d'une autre la confiance qu'ont nos concitoyens dans les institutions de l'État. »

Comme cela arrivait si souvent quand Brunetti avait affaire à Patta, il fut forcé d'admirer l'habileté avec laquelle son supérieur parvenait à métamorphoser ses pires lâchetés – en l'occurrence son ambition aveugle et son refus catégorique d'agir s'il n'en tirait pas un bénéfice personnel direct – en modèles de comportement à l'apparente probité.

Sans prendre la peine d'expliquer ou de justifier ce changement de sujet, Brunetti déclara alors qu'il avait prévu d'assister à l'enterrement de Fontana, le lendemain matin.

Patta ne put résister à la tentation. « Parce que vous espérez y voir l'assassin ? demanda-t-il avec un sourire, invitant Brunetti à partager la plaisanterie.

— Non, monsieur, répondit Brunetti d'un ton neutre. Seulement pour que sa mort n'ait pas l'air d'être traitée comme une chose insignifiante. » Le bon sens et l'instinct de survie l'empêchèrent d'ajouter « aussi » à la fin de sa phrase. Il se leva, émit une formule de politesse et laissa le vice-questeur pour monter dans son bureau, où il passa deux coups de téléphone décevants à ses collègues de Naples et d'Aversa. Puis il retourna chez lui et passa le reste de la journée et la soirée à lire les *Pensées pour moi-même* de Marc Aurèle, plaisir qu'il ne s'était pas offert depuis plusieurs années.

Les funérailles eurent lieu à l'église de la Madonna dell'Orto, la paroisse natale de la mère de Fontana, lieu qui avait toujours été le centre spirituel de la vie de celle-ci. Brunetti et Vianello arrivèrent dix minutes avant le début de la messe et s'assirent dans la douzième rangée. Vianello avait un costume bleu foncé tandis que celui de Brunetti était en lin et gris foncé. Il était content d'avoir un veston, l'église étant le premier endroit frais où il pénétrait depuis qu'il était sorti du bureau de Patta.

La chaleur avait tenu à l'écart les amateurs habituels d'enterrement et de sensations morbides, si bien qu'il n'y avait qu'une cinquantaine de personnes présentes, assises en petits groupes disséminés ici et là dans les rangées du devant. Après avoir fait ce décompte approximatif, Brunetti s'aperçut que cela faisait à peu près une personne par année de la vie du défunt.

Les deux policiers étaient trop loin pour voir qui était dans les premières rangées réservées à la famille et aux proches ; mais les gens n'allaient pas tarder à quitter l'église, derrière le cercueil, et donc à se montrer.

Une musique d'orgue sans âme s'éleva – une musique qui aurait très bien convenu, par exemple, à l'ascenseur de quelque demeure respectable, sinon opulente. Un bruit vint se superposer à l'orgue et les deux policiers se levèrent et se tournèrent.

Un cercueil couvert de fleurs, posé sur des roulettes, s'avança dans l'allée, poussé par quatre hommes en noir paraissant totalement étrangers à ce que la scène pouvait contenir d'émotion. Lorsque le cercueil s'arrêta au pied de l'autel, tout le monde se rassit et la messe commença. Brunetti resta attentif pendant les premières minutes, mais la cérémonie était devenue encore plus morne que lorsqu'il avait assisté, enfant, aux funérailles de ses grands-parents et de ses oncles et tantes. Les paroles étaient en italien et l'incantation magique du latin lui manquait. Soudain conscient du silence, il se demanda si le glas, durant la messe, ce son tragique qui avait accompagné tant de membres de sa famille et encore récemment sa propre mère jusqu'à leur dernier séjour, n'avait pas été également banni par cette modernisation qui avait tout banalisé.

Tandis qu'il se levait, s'asseyait ou s'agenouillait brièvement, porté par la marée des souvenirs, Brunetti réfléchit à l'étrangeté de cette mort. La signorina Elettra avait

« accédé » aux archives du palais de justice et avait reconstitué l'historique légal du signor Puntera. L'affaire contestée de l'entrepôt et celle de l'ouvrier blessé avaient toutes les deux été confiées à la juge Coltellini ; dans les deux cas, les délais anormalement longs étaient dus à des vices de procédure identiques : dossiers égarés ou rangés au mauvais endroit. De plus, d'autres affaires attribuées à cette même juge avaient subi des délais du même ordre. À chaque fois, comme le montraient les recherches effectuées par Elettra, une des parties en cause tirait un bénéfice de ces reports. La juge, en revanche, était propriétaire de son domicile, et ce n'était pas à Puntera qu'elle l'avait acheté.

La banque dont le signor Fulgoni était le directeur avait consenti un prêt à un taux particulièrement intéressant au signor Puntera ; quant au signor Marsano, il était avocat dans un cabinet qui avait plaidé une affaire pour un client – et qui avait perdu – contre le signor Puntera. Sur la déclaration de revenus du signor Puntera, figuraient les loyers reçus pour les trois appartements, dont celui des Fontana, loyer de quatre cent cinquante euros par mois, soit environ vingt pour cent du prix du marché.

Le prêtre fit le tour du cercueil, plongeant à plusieurs reprises son goupillon dans l'eau bénite pour l'en asperger. Brunetti songea avec quelle perfection les rituels de la Rome préchrétienne – prêtres marmonnant des incantations supposées chasser les mauvais esprits, ou lisant l'avenir dans des entrailles d'animaux – se fondaient dans ceux de l'Italie moderne ; les mauvais esprits étaient écartés à coups de tisane magique (hors de prix) ou de goupillon, et l'avenir révélé par des cartes. Les siècles passent, nous n'apprenons rien.

Puntera avait lui aussi adopté l'ordre nouveau : rien de ce qu'il avait fait n'était inhabituel en ces temps modernes, et il était peu vraisemblable que l'on puisse prouver quoi que ce soit contre la juge Coltellini sur les manipulations auxquelles elle s'était livrée en faveur de l'homme d'affaires. Avec un cynisme amer, Brunetti dut reconnaître que ni l'un ni l'autre n'auraient vraiment couru un danger si Fontana avait choisi de révéler ce qu'il savait. Le seul risque consistait en quelques embarras temporaires pour l'homme d'affaires et la juge – mais si de tels embarras avaient été un frein à l'avancement, il n'y aurait ni gouvernement ni Église.

Le retour des grondements de l'orgue mit un terme aux réflexions de Brunetti et signala la fin de la messe ; les deux policiers se levèrent et firent face à l'allée.

Avec une lenteur solennelle, les quatre croque-morts poussèrent le cercueil vers la sortie ; juste derrière arriva la signora Fontana, la tête couverte d'un voile noir qui se confondait avec la robe noire à manches longues qu'elle portait. Un homme que Brunetti ne reconnut pas marchait à ses côtés, la soutenant par le bras. À deux pas derrière eux, il reconnut le neveu, lequel le salua d'un signe de tête en passant. Brunetti identifia d'autres personnes, notamment des employés du palais de justice ; il vit avec surprise que la juge Coltellini se trouvait parmi eux. Tout le monde défilait en regardant droit devant soi ou à ses pieds.

Il remarqua un couple plus jeune se tenant par le bras, suivi de près par Zinka, mal fagotée dans une robe trop serrée et trop longue pour elle. Elle avait le visage en sueur et les yeux gonflés, mais pas à cause de la chaleur, pensa Brunetti. À sa droite, séparé d'elle par une longueur de bras, marchait l'avocat Penzo, l'air d'être ailleurs, ou d'avoir envie d'être ailleurs.

En voyant le couple suivant, Brunetti se dit qu'il avait eu tort de penser que la canicule avait eu raison des habitués des enterrements. Le maréchal des logis Derutti et sa femme étaient bien connus dans Venise : on les voyait lors de toutes les funérailles, auxquelles l'ancien carabinier tenait à assister en grand uniforme alors qu'il avait quitté les rangs de ce corps plus de vingt ans auparavant. En voyant passer le maréchal des logis, Brunetti conclut que la cérémonie était terminée et il passa à son tour dans l'allée, Vianello sur les talons.

Ralentis par la solennité de mouvement qu'imposait la situation, il fallut aux deux hommes un certain temps pour regagner l'entrée de l'église. De l'intérieur, Brunetti vit qu'on faisait rouler le cercueil, toujours sans glas, vers un bateau amarré à la berge. À l'extérieur, le dallage réfléchissait la lumière avec une telle violence que Brunetti en resta quelques instants aveuglé. Il se tourna vers l'église et, protégé par son ombre, fouilla dans ses poches. Il sentit ses lunettes de soleil dans la droite, emberlificotées dans son mouchoir. Il tira, mais elles résistèrent. Il ouvrit les yeux – juste deux fentes étroites – pour voir ce qui se passait, mais avant même d'avoir pu les baisser, il aperçut la signora Fulgoni qui sortait à cet instant de l'église ; elle passa dans la lumière aveuglante du soleil au bras d'une autre femme, encore plus grande qu'elle mais pas aussi mince. Les deux étaient en costume à épaulettes, et elles s'arrêtèrent au même moment pour mettre leurs lunettes de soleil.

Il tira une fois de plus et les lunettes se libérèrent de sa poche. Il les chaussa et regarda de nouveau vers la signora Fulgoni, et se rendit compte à ce moment-là que la personne qui lui tenait le bras était en fait un homme qui portait des lunettes de soleil identiques à celles de la femme ; plus grand, certes, mais avec la même touche de féminité et la même coupe de cheveux soignée. Ils descendirent ensemble les marches de l'église et suivirent les autres jusqu'au bord de l'eau.

« Et les écailles lui sont tombées des yeux », murmura Brunetti. Il n'avait pas fini sa phrase qu'il se demandait pourquoi il avait la manie de toujours jouer les cuistres.

« Quoi ? demanda Vianello.

— Patta a plaisanté sur le fait que l'assassin vient toujours à l'enterrement de sa victime », répondit Brunetti.

Sans comprendre et les yeux bien à l'abri derrière ses verres foncés, Vianello se tourna vers l'esplanade, devant l'église, et les gens qui s'étaient regroupés autour du bateau s'apprêtant à transporter le cercueil de Fontana jusqu'à San Michele. Il vit ce qu'avait vu Brunetti : la mère du défunt, qui montait dans le bateau devant la séparer à jamais de son fils, la silhouette rigide de Penzo à côté du cylindre trapu qu'était Zinka, le maréchal des logis, bras tendu dans un salut qui n'en finissait pas, et deux personnes de haute taille qui se tenaient à la gauche de l'ancien carabinier.

Devant la perplexité de l'inspecteur, Brunetti lui dit : « Attends un peu que ces deux-là se retournent. »

Ils attendirent, attentifs, oubliant soudain le soleil et la chaleur. L'homme qui accompagnait la signora Fontana l'aida à monter à bord et l'escorta jusque dans la cabine. On détacha l'amarre et le bateau se dégagea lentement de la rive. Sur le quai, la petite foule resta immobile tandis que le bruit du moteur diminuait jusqu'à disparaître, ne laissant que le silence derrière lui. Puis, tous en même temps, comme s'ils obéissaient à quelque commandement, les gens qui se tenaient sur l'esplanade se tournèrent vers la gauche ou vers la droite et entreprirent de s'éloigner d'un lieu synonyme de chagrin.

Penzo, remarqua Brunetti, ne partit pas dans la même direction que Zinka, qui avait rejoint le jeune couple. Tous trois prirent la direction de la Misericordia, Zinka emboîtant le pas aux jeunes gens.

La signora Fulgoni donna l'impression de surveiller l'homme et la femme de hautes tailles, car elle resta immobile, accrochée au bras de la personne qui l'accompagnait, pendant que tous les autres franchissaient le pont et disparaissaient dans les ruelles, de l'autre côté. Elle leva la tête et dit quelques mots à son compagnon. Ils prirent alors la même direction que le dernier couple restant, l'homme et la femme de hautes tailles, qui venaient également de se mettre en mouvement.

Comme le compagnon de la signora Fulgoni était de leur côté, Brunetti et Vianello purent le voir de profil. Il n'y avait rien d'étrange, cependant, à ce que la signora Fulgoni soit accompagnée par un homme. Elle lui dit quelque chose. Il s'arrêta et se tourna vers elle. Ils eurent un échange, apparemment aimable, puis l'homme se dégagea, et eut un geste qui semblait la chasser. Fut-ce la manière dont son poignet bougea, la main finissant par se tendre brusquement vers le sol, qui révéla la vérité à Vianello ? Ou le mouvement sec de la tête, un mouvement inconscient qui était une violente parodie de colère ?

« Mon mari est directeur de banque », dit Vianello.

Au zénith, le soleil les écrasait littéralement, les clouant sur le dallage, et ils reprirent conscience de son poids. Brunetti consulta sa montre à l'instant précis où sonnaient les cloches d'une autre église, et le bruit roula sur la ville et sur eux. Stupéfait, il leva les yeux vers le clocher de la Madonna dell'Orto et vit que les cloches y étaient immobiles, sans vie. « Les cloches ne sonnent pas », dit-il avec stupéfaction.

29

Comme Brunetti l'avait anticipé et redouté, l'histoire se répétant, Patta s'opposa fermement à l'idée d'interroger le signor et la signora Fulgoni – séparément – sur la question de leurs déplacements, la nuit où Fontana était mort. Patta lui fit de plus remarquer qu'on ne pouvait pas obliger quelqu'un à donner un échantillon d'ADN pour l'éliminer comme suspect – ni, en fait, pour quelque raison que ce soit.

Brunetti avait gardé un souvenir cuisant de la réaction de son supérieur, lorsqu'il lui avait dit pour quelles raisons il tenait à interroger les Fulgoni. « Quoi ? Vous voudriez que je mette ma position en jeu simplement parce que vous *pensez* qu'il est gay ? » Même si le vice-questeur n'avait aucune sympathie particulière pour les homosexuels, la colère dans laquelle il s'était mis l'avait fait se lever à moitié de son fauteuil et se pencher sur son bureau. « Il s'agit d'un directeur de banque, Brunetti ! Avez-vous une idée des ennuis que cela entraînerait ? »

Tels étaient les mécanismes de l'esprit de Patta. Ceux qui contrôlaient les cloches de la Madonna dell'Orto n'étaient pas moins étranges ; voilà deux semaines qu'elles avaient cessé de fonctionner. Le curé de la paroisse, lorsque Brunetti lui avait posé la question, lui avait expliqué qu'il était impossible, pendant les longues vacances d'été, de trouver un artisan capable de les réparer, si bien qu'elles n'égrenaient plus ni le passage des heures, ni celui de la vie à la mort.

La signora Fulgoni avait donc menti.

Cela avait soulevé la curiosité de Brunetti, qui s'interrogeait sur le mari. Il commença par se dire que la banque était une activité comme une autre, dont le domaine était l'argent et non la production de crayons ou d'outils de jardinage. Cette similitude impliquait que comme ailleurs, les employés adoraient rapporter des commérages sur leurs supérieurs, et par là leur façonner une certaine réputation. Il était bien connu à la questure que la signorina Elettra – pour des raisons qu'elle n'avait jamais entièrement expliquées et que personne n'avait vraiment sondées – avait quitté son travail à la Banca d'Italia pour venir travailler à la questure ; Brunetti lui demanda donc de récolter, parmi ses amis qui travaillaient encore dans ce secteur, les rumeurs qui pouvaient courir sur le directeur de banque Lucio Fulgoni.

La jeune secrétaire monta dans son bureau l'après-midi même. Il lui fit signe de s'asseoir. « Je suppose que vous avez déjà découvert quelque chose ? demanda-t-il.

— Pas vraiment, et rien de définitif, en tout cas, répondit-elle.

— Que voulez-vous dire ?

— Eh bien, qu'un certain nombre de rumeurs courent sur lui. »

Il ne l'interrompit pas pour lui demander de quel genre de rumeurs il s'agissait : directeur de banque ou pas, elles devaient avant tout concerner sa vie sexuelle.

« Ce sont des spéculations, d'après deux personnes avec qui j'ai parlé, sur ses préférences sexuelles. Toutes les deux m'ont dit que le bruit court qu'il serait gay, mais personne ne semble capable d'en apporter la preuve. » Elle haussa les épaules, comme pour signifier que c'était une situation des plus classiques.

« Dans ce cas, observa Brunetti, pourquoi cette rumeur ?

— Il est difficile d'y échapper, répondit-elle sans hésiter. Il suffit qu'un homme se comporte de manière particulière ou fasse certaines remarques, et il y aura toujours quelqu'un pour en déduire quelque chose. Et une fois la rumeur lancée, elle ne peut qu'empirer – comme dans l'air de *La Calomnie.* » Elle le regarda dans les yeux. « Le fait qu'il n'a pas d'enfant est considéré comme une preuve. »

Brunetti ferma les yeux un instant, puis demanda : « A-t-il fait des avances à quelqu'un, à la banque ?

— Non, jamais. En tout cas, aucun de mes deux informateurs ne l'a mentionné. » Elle réfléchit quelques instants avant d'ajouter : « Si jamais une chose pareille s'était produite, tout le monde serait au courant. Vous n'avez pas idée à quel point les banquiers sont conservateurs. »

Brunetti joignit les mains devant lui, appuyant les doigts sur ses lèvres. « Et la femme ?

— Riche, des ambitions sociales, peu aimée de manière générale. »

Brunetti garda pour lui la réflexion qui lui vint à l'esprit – que cette description aurait très bien pu convenir aux épouses de pas mal d'hommes à qui il avait affaire.

« On a l'impression, se permit-elle alors d'ajouter, que ce dernier point resterait vrai même si les deux premiers ne l'étaient pas.

— Vous l'avez rencontrée ?

— Non, répondit-elle en secouant la tête, mais vous, si.

— En effet, et je comprends pourquoi les gens peuvent ne pas l'aimer. »

La secrétaire ne prit pas la peine de demander une explication.

« C'est peut-être que nous ne nous adressons pas aux bonnes personnes pour avoir des informations, dit finalement Brunetti, cédant à la tentation qui le travaillait depuis sa conversation avec Patta.

— On devrait interroger des gigolos plutôt que des banquiers, c'est ça ?

— Non. Nous devrions nous adresser directement aux Fulgoni. » Brunetti se rendit compte qu'il en avait plus qu'assez des bruits de couloir, d'écouter aux portes et de faire ami-ami avec des informateurs. Qu'on leur pose directement la question et qu'on en finisse.

Brunetti, anticipant son châtiment pour avoir désobéi à la directive de Patta de ne pas persécuter les Fulgoni, se soumit de lui-même à la flagellation du soleil en retournant à pied à son domicile. Lorsqu'il passa devant le bas-relief du Maure et de son chameau, il fut tenté de lui demander son avis sur la meilleure manière de traiter les Fulgoni, mais cela faisait des siècles que le Maure n'avait qu'une ambition, se détacher du mur du palazzo de Venise avec sa bête de somme et son chargement, et retourner dans sa lointaine patrie orientale – si bien que Brunetti résista à cette impulsion.

Il s'annonça à l'interphone et la signora Fulgoni ouvrit la porte sans poser de question ni protester. Brunetti, dans la cour, décrivit un arc de cercle ; le contour à la craie du corps de Fontana avait été nettoyé depuis un bon moment, et il n'en restait que les volutes d'une vague trace grisâtre courant jusqu'au puisard, au milieu de la cour. Le ruban de scène de crime avait aussi disparu, mais les lourdes chaînes fermaient toujours les caves.

Comme la fois précédente, la signora Fulgoni l'attendait à la porte de l'appartement et, là encore, elle ne serra pas la main qu'il lui tendit. À la voir ainsi, avec son brushing impeccable, l'air plus que jamais d'une cariatide avec rouge à lèvres, Brunetti se demanda si elle n'avait pas trouvé le moyen de s'empaqueter sous vide pendant plusieurs jours. Il la suivit dans le couloir jusqu'à la même pièce que la dernière fois et qui lui renvoya de nouveau l'impression d'être faite pour la mise en scène plus que pour y vivre.

« Signora, dit-il lorsqu'ils furent assis l'un en face de l'autre, j'aimerais vous poser d'autres questions sur la soirée de la mort du signor Fontana. Nous ne comprenons pas très bien les explications que vous nous avez données. » Il ne prit pas la peine de sourire.

Elle parut surprise, presque offensée. Comment un policier aurait-il pu ne pas comprendre ce qu'elle avait dit ? Et comment avait-il le toupet, quel que soit son grade, d'oser mettre en doute la précision de ses déclarations ? Mais elle ne s'abaisserait pas à poser ces questions : elle attendrait la suite.

« Vous m'avez dit qu'au moment où votre mari et vous aviez quitté la Strada Nuova, après une promenade nocturne pour échapper à la chaleur, vous aviez entendu les cloches de la Madonna dell'Orto sonner minuit. Êtes-vous sûre qu'il était bien minuit, signora, et pas minuit et demi, ou une heure ? » Le sourire de Brunetti était encore plus innocent que ne le paraissait sa question.

Telle la maîtresse de la datcha regardant un serf remettre en question son choix de petites cuillères pour le thé, la signora Fulgoni dévisagea Brunetti pendant de longues secondes. « Ces cloches ont sonné pendant des générations, répondit-elle enfin avec une indignation qu'elle était trop polie pour manifester autrement. Seriez-vous en train de me dire que je suis incapable de les reconnaître ou de ne pas savoir le nombre de coups sonnés ?

— Certainement pas, signora, dit Brunetti avec un sourire modeste. Vous avez peut-être confondu avec les cloches moins précises d'une autre église ? »

Elle laissa apparaître les premières fissures dans le mur de sa patience. « Je suis membre de cette paroisse, commissaire. Permettez-moi de vous dire que je sais reconnaître les cloches de notre église.

— Bien sûr, bien sûr », convint Brunetti d'un ton neutre, qui la surprit peut-être : après s'être aussi vertement fait remettre en place, il aurait dû tomber au sol et ramper jusqu'à la porte. « Vous avez déclaré, signora, que vous et votre mari n'aviez aucun contact avec la victime.

— C'est exact », répondit-elle d'un ton guindé, croisant les mains sur ses genoux pour renforcer ses paroles.

Le moment de porter l'estocade était venu. « Alors comment se fait-il que des… traces laissées par votre mari et par le signor Fontana aient été retrouvées au même endroit dans la cour ? »

L'aurait-il véritablement frappée d'une épée qu'elle n'aurait pas pu avoir l'air plus choquée. Sa bouche s'ouvrit, et elle leva une main pour la couvrir. Elle le regarda comme si elle le voyait pour la première fois et que cette vision ne lui plaisait pas du tout. Mais il ne lui fallut qu'un instant pour retrouver son sang-froid et faire disparaître tout signe de surprise de son visage.

« Je n'en ai pas la moindre idée, commissaire, répondit-elle, méditant quelques instants sur ce mystère. Bien évidemment, mon mari a pu croiser le signor Fontana dans la cour sans juger utile de m'en parler. Il l'a peut-être aidé à déplacer quelque chose, par exemple. »

Un directeur de banque qui aide un voisin à déménager, voilà qui était une idée franchement incongrue pour Brunetti, mais il laissa passer cette suggestion saugrenue et se contenta d'un hochement de tête apparemment compréhensif.

« Et votre mari n'a pas quitté l'appartement sans vous de la soirée, signora ? Pour aller prendre un peu l'air, ou aller chercher une bouteille dans votre cave ? »

Elle se redressa et c'est d'une voix plus tendue qu'elle répondit. « Êtes-vous en train de suggérer que mon mari aurait quelque chose à voir avec la mort de cet homme ?

— Bien sûr que non, signora, répondit calmement Brunetti, même si c'était précisément ce qu'il insinuait. Il aurait cependant pu voir quelque chose d'inhabituel, ou quelque chose de déplacé – et vous en avoir parlé puis l'oublier lui-même. Vous savez, la mémoire nous joue des tours bizarres, parfois. » Il regarda l'idée faire son chemin dans l'esprit de la signora Fulgoni.

Elle leva les yeux sur l'une des peintures accrochées au mur qui lui faisait face, l'étudia assez longtemps pour s'imprégner de sa stricte horizontalité, et revint sur lui. Elle serra les lèvres, baissa les yeux, puis les releva avec un air de surprise embarrassée. « Il y a bien un détail…

— Oui, signora ?

— Le chandail, répondit-elle comme si elle s'attendait à ce que Brunetti comprenne l'allusion.

— Le chandail ? Quel chandail ? »

Elle émit alors le « Ah… » de quelqu'un qui retourne soudain dans la réalité et se remémore les circonstances d'une conversation. « Bien sûr. Le chandail vert clair. C'est un Jaeger qu'il a acheté il y a des années, à col en V. Quand nous étions en vacances à Londres. Et il a pris l'habitude de le mettre sur ses épaules chaque fois qu'il va faire une marche. Oui, même par cette chaleur », ajouta-t-elle avant que Brunetti ait le temps de lui poser la question. Sa voix se fit soudain plus douce. « C'est devenu un peu comme un talisman pour lui – pour nous deux d'ailleurs –, quand nous sortons le soir.

— Et qu'est-il arrivé à ce chandail, signora ?

— À notre retour, ce soir-là, mon mari s'est rendu compte qu'il ne l'avait plus sur les épaules. » Elle croisa les bras et posa les mains sur ses propres épaules – où il n'y avait effectivement aucun lainage. « Il est tout de suite redescendu le chercher. Nous n'avions pas croisé beaucoup de monde dans la rue, et il espérait le retrouver à l'endroit où il l'avait perdu.

— Je vois. Et il l'a retrouvé ?

— Oui. Oui. À son retour, il m'a dit qu'il était tombé au pied du Ponte Santa Caterina. Presque aux Gesuiti.

— Si bien qu'il a refait l'itinéraire que vous aviez suivi, signora ? demanda Brunetti après avoir calculé la distance entre le domicile des Fulgoni et le pont.

— Forcément. J'étais déjà couchée ; je me suis contentée de lui demander s'il l'avait retrouvé, et j'ai bien peur de m'être endormie tout de suite après qu'il m'a répondu oui.

— Je vois, je vois, dit Brunetti. Il est tout de même surprenant qu'il n'ait pas mentionné cet incident dans la déposition qu'il a faite auprès du lieutenant Scarpa.

— Comme vous l'avez dit vous-même, commissaire, la mémoire nous joue des tours bizarres. » Une fois de plus, elle n'attendit pas l'objection de Brunetti pour ajouter : « Et c'est aussi étonnant qu'il ait fallu vos questions pour que je m'en souvienne à mon tour. » Comme pour souligner l'étrangeté de la chose, elle porta une main à son front et lui adressa un regard vague.

« D'après vous, signora, combien de temps a-t-il été absent ? »

Elle détourna le regard le temps de piocher dans ses souvenirs, attitude si courante chez les Vénitiens. « Il lui fallait un quart d'heure pour aller jusqu'au pont, je suppose, car il devait marcher lentement. Le double, autrement dit. » Et comme si elle n'était pas sûre qu'il puisse faire le calcul lui-même, elle ajouta : « Une demi-heure, tout au plus.

— Merci, signora », répondit Brunetti en se levant. Le temps d'arriver jusqu'à la banque du signor Fulgoni, le veston de Brunetti lui collait au dos et son pantalon le gênait à chaque enjambée. Une fois dans l'air climatisé de l'entrée, il s'essuya le visage et le cou avec son mouchoir. Heureusement, la température était réglée à un niveau agréable et non pas glacial, et il s'y adapta sans peine. Il traversa alors le hall dallé de marbre et s'approcha d'un bureau derrière lequel se tenait une jeune femme en costume impeccable. Elle leva les yeux, et sans doute ne vit-elle qu'un homme ébouriffé, au veston froissé, car c'est avec un mépris mal dissimulé qu'elle demanda : « Puis-je vous aider, signore ? » Elle s'était exprimée en italien, mais avec un accent vénitien.

Brunetti prit son portefeuille et en sortit sa carte de police. « Je souhaite m'entretenir avec le signor Fulgoni », dit-il en choisissant volontairement de parler en vénitien. Sur quoi, s'inspirant du fort accent des amis avec lesquels son père jouait aux cartes dans les *osterie* de sa jeunesse, il ajouta : « Je voudrais lui parler d'un meurtre. »

La jeune femme bondit sur ses pieds à une vitesse qui l'aurait mise en sueur sur-le-champ, s'il n'y avait eu la climatisation. Elle regarda Brunetti, puis vers sa gauche, avant de décrocher son téléphone et de composer un numéro.

« J'ai ici une personne qui voudrait parler avec le signor Fulgoni », dit-elle. Elle écouta quelque temps et ajouta : « Il est policier. » Sur quoi elle se tourna vers Brunetti avec un sourire conciliant, répondit « oui » deux fois au téléphone et raccrocha.

« Je vais vous guider », reprit-elle, prenant soin, lorsqu'elle précéda Brunetti vers le fond de la banque, de ne pas marcher trop près de lui.

Brunetti avait lu un jour un article dans une revue (laquelle, il ne s'en souvenait plus) qui analysait l'emplacement des différentes pièces d'une maison en fonction des souvenirs ataviques des dangers potentiels. Les pièces où les personnes se sentaient invariablement les plus vulnérables – d'après cet article – étaient les plus éloignées de l'entrée, l'endroit par où le danger pouvait faire irruption dans la maison. Raison pour laquelle les chambres étaient au premier étage ou au fond de la maison ; cela obligeait l'envahisseur à s'ouvrir un chemin en franchissant par la force des positions moins bien défendues, ce qui alertait l'occupant des lieux et lui donnait le temps d'organiser sa défense ou de fuir.

Brunetti ne doutait pas que la signora Fulgoni avait déjà téléphoné à son mari, en espérant peut-être lui donner le temps de s'esquiver par une fenêtre ou d'affûter sa hache.

Deux bureaux encadraient une porte, dans le fond de la banque, tels des serre-livres contenant un rare incunable. Une deuxième jeune femme se tenait derrière l'un d'eux ; l'autre était inoccupé.

La première secrétaire s'arrêta et eut un geste vers Brunetti. « Voici le policier. »

Brunetti dut retenir son envie de gronder et de prendre un air menaçant – puis se souvint qu'au pays de l'argent-roi, on n'aimait pas trop voir les policiers s'immiscer dans les lieux du culte. Si bien qu'il sourit aimablement à la deuxième jeune femme qui se tourna et ouvrit la porte sans frapper. Peu de risque de prendre le signor Fulgoni par surprise.

L'homme se dirigeait déjà vers Brunetti. Vêtu d'un costume gris foncé des moins voyants, il portait une cravate marron ornée d'un motif fin ton sur ton et une pochette de la même couleur. Brunetti se mit à chercher les signes de féminité qui l'avaient frappé, lors des funérailles, mais n'en retrouva aucun.

Le banquier avançait d'un pas précis. Ses traits étaient carrés, ses cheveux bien coupés. Il avait des sourcils en accent circonflexe, des pommettes fermement dessinées et un nez long. « Je suis désolé, commissaire, mais on ne m'a pas donné votre nom », dit Fulgoni d'une voix profonde, rassurante. Il serra la main de Brunetti et le conduisit jusqu'au canapé qui occupait un coin de son bureau.

Brunetti se présenta donc pendant le trajet, préférant s'asseoir sur le fauteuil en cuir en face du canapé, dans lequel Fulgoni s'installa alors. « Puis-je vous offrir quelque chose, commissaire ? » Il avait une voix séduisante, très musicale, et il parlait l'italien sans la moindre trace d'accent vénitien.

« Merci, dottore, répondit Brunetti. Plus tard, peut-être. »

Fulgoni sourit et remercia la jeune femme, qui quitta la pièce.

« Ma femme m'a appelé et m'a parlé de votre visite, dit Fulgoni. Elle m'a dit qu'il y avait une certaine confusion à propos de l'heure à laquelle nous sommes rentrés chez nous, la nuit où le signor Fontana a été tué.

— Oui, entre autres choses. »

Fulgoni ne fit pas semblant d'être surpris. « Je suppose que ma femme vous a donné les éclaircissements que vous souhaitiez.

— En effet. Elle m'a parlé de votre chandail, comment vous étiez ressorti pour le chercher. »

Fulgoni ne réagit pas et resta tranquillement assis, étudiant le visage de Brunetti tandis que le policier étudiait le sien. « Ah, oui, le chandail », dit-il au bout d'un moment. À la manière dont il prononça le mot « chandail », Brunetti comprit que celui-ci avait une importance fondamentale pour lui, sans pour autant comprendre laquelle.

« Elle m'a expliqué qu'au retour de votre promenade, vous vous étiez rendu compte que vous aviez perdu votre chandail vert. Que ce chandail avait de la valeur à vos yeux – je crois même qu'elle a utilisé le terme de talisman. Raison pour laquelle vous étiez ressorti pour le chercher.

— Vous a-t-elle dit que je l'avais retrouvé ?

— Oui. Et que vous le lui aviez dit à votre retour.

— Et ensuite ?

— Et ensuite, qu'elle s'est endormie.

— Vous a-t-elle dit, par hasard, combien de temps je suis resté dehors ? À chercher mon chandail ?

— Elle n'en était pas sûre, mais elle l'a estimé à une demi-heure.

— Je vois », dit Fulgoni. Il s'enfonça un peu dans le canapé, redressant le buste. Il soutint le regard de Brunetti pendant quelques instants puis détourna les yeux et les garda fixés sur le mur en face. Brunetti n'interrompit pas ses réflexions.

Une bonne minute passa avant que le banquier ne reprenne la parole. « Ma femme m'a dit que vous – je veux dire la police – aviez trouvé des traces de moi et du signor Fontana dans la cour. Au même endroit dans la cour, pour être précis.

— C'est exact.

— Quel genre de traces ? demanda-t-il, obligé de s'éclaircir la gorge. Et où ? »

Piégé par son mensonge, Brunetti attendit quelque temps avant de répondre. Fulgoni lui jeta un coup d'œil, mais détourna rapidement les yeux. Brunetti risqua : « Je crois que vous connaissez la réponse à ces deux questions, dottore. »

Seul un homme honnête ou suffisamment candide pour se laisser tromper par l'air convaincu de Brunetti pouvait se satisfaire d'une telle réponse.

« Ah », laissa échapper Fulgoni en un long soupir – semblable au bruit qu'émet un nageur quand il sort de la piscine, la course terminée. « Pouvez-vous me répéter ce que ma femme vous a dit, exactement ? » Il s'efforçait de parler calmement.

« Que vous étiez sortis tous les deux vous promener pour échapper à la chaleur de votre appartement, et que lorsque vous êtes rentrés, vous vous êtes rendu compte que vous aviez laissé tomber votre chandail quelque part et vous êtes ressorti pendant environ une demi-heure avant de revenir avec.

« Je vois », dit Fulgoni. Puis il regarda Brunetti droit dans les yeux. « Et vous pensez que ce laps de temps m'aurait suffi pour descendre dans la cour et tuer Fontana ? En lui fracassant le crâne contre le lion de pierre ?

— Oui, répondit Brunetti sans hésiter. Vous en auriez eu le temps.

— Mais cela ne signifie pas pour autant que je l'ai fait, n'est-ce pas ?

— Sans mobile, cela n'aurait aucun sens, répondit Brunetti.

— Bien entendu. Et est-ce que les échantillons que vous dites avoir trouvés vous fourniraient ce mobile ?

— Oui, ils le fourniraient », répondit Brunetti, qui, sensible à la formule utilisée par le banquier, employa lui aussi le conditionnel.

Fulgoni prit Brunetti par surprise en se levant soudainement. « Je crois que je n'ai pas envie de rester plus longtemps à la banque, commissaire. »

Brunetti se leva à son tour mais ne répondit rien.

« Pourquoi ne pas retourner chez moi et aller y jeter un coup d'œil ? proposa Fulgoni.

— Si vous pensez que cela peut contribuer à éclaircir les choses », répondit Brunetti, qui n'avait cependant aucune idée de ce qu'il voulait dire par là.

Fulgoni décrocha son téléphone et demanda que l'on fasse venir un taxi.

Les deux hommes restèrent côte à côte sur le pont, sans rien dire, tandis qu'ils remontaient le Grand Canal et passaient sous le pont du Rialto. Il faisait grand soleil, mais la brise, sur l'eau, les rafraîchissait un peu. Brunetti avait constaté depuis longtemps qu'en général, la tension poussait les gens à parler ; celle qui habitait Fulgoni était visible à la manière dont ses articulations blanchissaient, tandis qu'il s'agrippait au garde-fou. Mais tout aussi souvent, la colère les rendait muets tandis qu'ils mettaient toute leur énergie à repasser les événements dans leur tête, cherchant peut-être à savoir à quel moment ils avaient perdu le contrôle.

Le taxi accosta au même endroit que Foa, le jour où on avait découvert le corps. Fulgoni paya le taxi, ajoutant un pourboire généreux, puis sauta sur la rive et se tourna pour voir si Brunetti avait besoin d'aide. Mais le commissaire était déjà à ses côtés.

Toujours en silence, ils allèrent jusqu'au pont et le franchirent. Ils s'arrêtèrent devant le portail et Brunetti attendit pendant que Fulgoni sortait ses clefs et ouvrait.

Le banquier se dirigea immédiatement vers la cave qui contenait les cages à oiseaux et prit une profonde inspiration devant la chaîne fermée d'un cadenas. « Je suppose que c'est ici que vous avez trouvé vos échantillons ? » demanda-t-il avec un geste vers l'intérieur.

Brunetti avait pensé à retirer les clefs des cadenas de la salle des pièces à convictions et les sortit de sa poche. Il les essaya les unes après les autres jusqu'à ce qu'il ait trouvé la bonne, détacha le cadenas et poussa la grille. Il était presque midi, si bien que le soleil tombait à peu près à la verticale et n'éclairait pas l'intérieur du local. Fulgoni tâtonna un instant et trouva l'interrupteur.

Ignorant les cages à oiseaux, il se rendit directement près des cartons empilés à côté. Brunetti le regarda lire les étiquettes, que le corps de Fulgoni l'empêchait de déchiffrer lui-même. Finalement il en repéra un et le tira à lui, provoquant l'avalanche de ceux placés au-dessus. Il posa ensuite le carton sur une petite table ronde au plateau rayé à laquelle Brunetti n'avait pas prêté attention. Fulgoni peina avec l'adhésif, ancien et cassant, qui fermait le carton, mais il réussit à le retirer en un seul long ruban. Il se tourna alors vers Brunetti. « Cela vous plairait-il de l'ouvrir, commissaire ? »

Brunetti passa devant Fulgoni et ouvrit les deux premiers rabats, puis les deux autres. Il vit un chandail gris à col roulé.

« Je crois qu'il faut chercher vers le fond, commissaire », ajouta Fulgoni, partant d'un petit rire sans la moindre trace d'humour.

Brunetti repoussa le premier chandail ; dessous il y avait un cardigan bleu plus épais, fermé par une fermeture Éclair. Et dessous encore, le chandail vert léger à col en V. « Oui, regardez l'étiquette », dit Fulgoni au moment où les yeux de Brunetti se posaient dessus et où il reconnaissait la marque.

Le policier laissa retomber les deux premiers vêtements à leur place, replia les rabats et se tourna vers le banquier. « Cela veut-il dire que vous n'êtes pas ressorti pour aller chercher votre chandail ?

— Ce carton a été rempli à la fin de l'hiver, commissaire. Et donc non, je ne suis pas sorti pour aller le chercher. » Il posa le chandail négligemment sur l'empilement de cartons, puis se pencha pour ramasser la bande d'adhésif détachée.

Gardant les yeux sur le ruban marron pendant qu'il l'enroulait autour de deux doigts, il dit : « Ma femme déteste le bazar. Ou le désordre. » Il glissa le cylindre qu'il venait de faire dans sa poche et regarda Brunetti. « Je me suis toujours efforcé de respecter ses souhaits. » Il eut un mouvement de tête vers les cages à oiseaux. « En voilà d'ailleurs la preuve, je suppose. Comme nous n'avions pas d'enfants, une année, elle a décidé qu'elle voulait des oiseaux. Elle en a rempli la maison. » Il eut un geste de magicien vers les cages. « Mais ils sont morts ou tombés malades, et nous les avons donnés. Ceux qui n'étaient pas malades, du moins.

— Et ceux qui l'étaient ? demanda Brunetti avec l'impression qu'on attendait sa question.

— C'est ma femme qui s'en est occupée quand ils sont morts. » Il se tourna vers Brunetti. « J'ai toujours été beaucoup plus sentimental qu'elle, et j'aurais voulu les enterrer de l'autre côté de la cour, sous les palmiers. » Il eut un vague geste englobant la cour. « Mais elle les a mis dans des sac-poubelle et les éboueurs les ont emportés.

— Cependant, vous avez gardé les cages… »

Fulgoni parcourut des yeux l'empilement de cages en bois ou en métal, comme s'il était intrigué. « Oui, nous les avons gardées. Je me demande bien pourquoi. »

Brunetti, cette fois, savait que la question n'appelait pas de réponse.

« Ma femme aime peut-être les cages, reprit Fulgoni avec un sourire désolé. Je n'avais jamais envisagé la chose sous cet angle. » Il alla jusqu'à la grille métallique et tira la partie mobile à lui. Après quoi il resta un moment devant, regardant vers la cour, tenant à deux mains les barres verticales. Puis il se tourna vers Brunetti. « Mais où est l'intérieur de la cage, commissaire ? De ce côté-ci, ou de l'autre ? »

Brunetti pouvait faire preuve d'une patience infinie et il se contenta donc d'attendre, sans rien manifester, que le banquier reprenne la parole. Il avait déjà eu souvent droit à ces moments de vérité, et il avait fini par les voir comme une sorte de grand déballage, la personne ayant décidé de mettre les choses clairement au point, ne serait-ce que pour elle-même.

Fulgoni posa le bout des doigts de sa main droite sur ses lèvres, comme pour prouver à quel point il était plongé dans ses pensées. Lorsqu'il retira ses doigts, des taches brunes restèrent dans la région de ses lèvres ; les yeux de Brunetti se portèrent sur les mains de l'homme, mais il n'y vit que la rouille déposée par les barres, et non pas le sang de Fontana.

Brunetti ferma les yeux, prenant soudain conscience de la chaleur qui régnait dans la cage où ils étaient enfermés.

« J'aimerais vous montrer quelque chose, commissaire », reprit Fulgoni d'une voix tout à fait normale, au bout d'un long moment. Lorsqu'il rouvrit les yeux, le banquier s'essuyait les mains avec le mouchoir de sa pochette. Il fut frappé de voir les doigts du banquier devenir plus propres mais le mouchoir conserver sa couleur.

Fulgoni repassa devant Brunetti pour s'approcher des cages à oiseaux empilées. Il les étudia un instant, puis se pencha pour en examiner une de la rangée du bas. Sur quoi il s'accroupit, la prit par les côtés et se mit à la secouer en tous sens pour la libérer de l'empilement.

Il finit par l'arracher et les cages imitèrent les cartons, dégringolant dans l'espace dégagé où elles restèrent coincées de travers.

Fulgoni porta la cage sur la table et la posa à côté du carton. « Jetez donc un coup d'œil, commissaire. » Il recula d'un pas pour que son ombre ne tombe plus sur la cage.

Brunetti se pencha pour l'étudier : il vit une structure en bois, aux barreaux faits de fines tiges de bambou, une *« made in China »* tout ce qu'il y avait de plus classique. Mais au fond, au lieu de papier, il y avait un tissu rouge. On aurait dit qu'il était en coton léger, et à côté, un élément séparé faisait penser à… une manche, peut-être ? Oui, c'était bien une manche, et là, tout au fond, il y avait le col. Donc un chandail, un vêtement d'été léger en coton rouge. Fulgoni se tenait à côté de lui, immobile et silencieux, si bien que Brunetti reporta son attention sur le tissu rouge, intrigué que le banquier ait tenu à le lui montrer. Juste en dessous du col, il y avait un motif, ou en tout cas une nuance de couleur. Plus sombre que le reste, il était informe ; une fleur, peut-être ? L'une de ces grosses fleurs comme un coquelicot ou une anémone ?

Puis, sur le haut de la manche, il remarqua une autre fleur, plus petite et plus sombre. Plus sèche.

Brunetti tendit la main pour ouvrir la cage mais Fulgoni le retint par le bras. « N'y touchez pas, commissaire. Vous ne voudriez pas contaminer une pièce à conviction. » Il n'y avait pas trace de sarcasme dans sa voix, seulement de l'inquiétude.

Brunetti examina longuement le chandail avant de demander : « Avez-vous pris des précautions en le mettant ici ?

— Je l'ai ramassé avec mon mouchoir une fois ma femme remontée à l'appartement. Je ne savais pas que cela arriverait, mais je voulais qu'il y ait...

— Qu'il y ait quoi ?

— Une preuve de ce qui s'est réellement passé.

— Et pouvez-vous me dire ce qui s'est réellement passé, signore ? »

Fulgoni se rapprocha de la grille, peut-être simplement pour trouver un peu d'air plus frais. Les deux hommes transpiraient abondamment et, depuis qu'elles avaient été dérangées, il émanait des cages une odeur poussiéreuse et nauséabonde.

« Araldo et moi, nous nous utilisions mutuellement, si l'on peut dire. Il aimait que les choses aillent vite et restent anonymes, et je n'avais pas d'autre possibilité que de l'accepter. » Fulgoni soupira, ce qui lui fit sans doute respirer les émanations des cages, car il se mit à tousser violemment. Il se plia en deux et la main qu'il porta à sa bouche ne fit qu'étaler un peu plus la tache de rouille.

Une fois sa toux calmée, il se redressa et reprit ses explications. « Nous nous rencontrions ici. Araldo appelait cet endroit (il le dit d'un ton volontairement mélodramatique avec un geste du bras qui englobait le plafond bas et les poutres poussiéreuses) notre petit nid d'amour. » Il reprit son mouchoir et s'essuya le visage, déposant une couche plus légère de rouille sur son front. « Je suppose que ma femme était au courant. Mon erreur a été de croire qu'elle s'en fichait. »

Il resta silencieux si longtemps que Brunetti dut le relancer. « Et cette nuit-là ?

— Ce fut assez proche de ce que vous a décrit ma femme, si ce n'est que c'est son chandail qui a été perdu. Un chandail en coton rouge. Je lui ai dit que j'allais ressortir le chercher. Il n'était pas tombé dans le secteur de Santa Caterina, mais juste de l'autre côté du premier pont. Quand je suis sorti, j'ai vu que le portillon de la boîte aux lettres de Fontana était ouvert. C'était notre signal. Si je le voyais lorsque je rentrais en compagnie de ma femme, je prétextais l'envie de faire une marche, je redescendais et je sonnais chez lui depuis l'extérieur, pour qu'il ait une excuse pour sortir. Ensuite, nous trouvions refuge dans notre nid d'amour.

— C'est ce qui s'est passé ?

— Oui. J'ai posé le chandail de ma femme sur la rampe de l'escalier, où il ne risquait rien. Araldo est descendu. Ça ne nous prenait jamais longtemps. Araldo n'avait aucune envie de perdre du temps à parler, pas de préliminaires, rien. Quand nous avions terminé, c'était lui qui sortait le premier – nous faisions très attention.

— Mais pas toujours, hein ?

— Signor Marsano, vous voulez dire ?

— Oui. »

Fulgoni secoua la tête à ce souvenir. « Nous étions dans la cour, un soir où il a ouvert la porte. Nous ne faisions rien de spécial, mais cela devait tout de même être évident pour lui. » Il haussa les épaules. « Ce n'était qu'une raison de plus d'être prudent. Après, je veux dire.

— Et ce soir-là ?

— Araldo est donc parti le premier et il traversait la cour quand j'ai entendu la voix de ma femme. Il n'y avait pas de lumière ici, et j'ai donc pensé que si je restais tranquille et silencieux, tout se passerait bien. Et que j'arrêterais. J'ai toujours voulu arrêter, dit-il d'une voix chagrine, tout en sachant que j'en étais incapable. »

Fulgoni s'essuya une fois de plus la figure, et Brunetti était sur le point de lui suggérer de passer dans la cour lorsque l'homme reprit la parole. « Je suis donc resté ici, pris au piège, et je les ai entendus qui se disputaient. Je ne l'avais jamais entendue parler ainsi de toute ma vie, je ne l'avais jamais vue perdre son sang-froid de cette façon. » Il se tourna et entreprit de remettre de l'ordre dans les cages. De la poussière se mit à monter et il fut repris d'une quinte de toux.

« Après quoi j'ai entendu un bruit, enchaîna-t-il, une fois calmé. Pas une voix, mais un bruit, et encore d'autres bruits, puis un bref éclat de voix et encore des bruits. Puis plus rien. »

Il montra le vieux canapé. « J'étais là, le pantalon autour des chevilles, et il m'a fallu un certain temps avant de sortir voir ce qui s'était passé. » Puis, d'une voix qu'il s'efforça de rendre plus ferme, il se corrigea : « Non, ce n'était pas la raison. J'avais peur de ce que je trouverais. J'ai entendu des bruits de pas montant un escalier, mais j'ai encore attendu. Quand je me suis finalement approché de la grille... là, dit-il en montrant les barres verticales qui les séparaient de la cour, la lumière était allumée et je l'ai vu sur le sol. Puis le minuteur s'est éteint. Je suis donc retourné jusqu'à l'interrupteur et j'ai rallumé, marchant dans le noir tout en sachant qu'il était là, sur le sol. » Il s'arrêta pendant ce qui sembla un long moment.

« Quand je suis revenu, j'ai vu ce qu'elle avait fait. Elle avait dû voir le chandail sur la rampe en descendant ; elle savait donc que j'étais là. Elle a dû le voir qui sortait d'ici et s'était...

— Mais le chandail ?

— Il était à côté de lui. Elle devait le tenir à la main quand elle... » Un instant, Fulgoni eut l'air d'être sur le point de vomir, puis cela passa. « J'ai pris mon mouchoir.

J'avais compris comment la scène pouvait être interprétée. Je ne voulais pas qu'il lui arrive quelque chose. » Après quoi, tel un homme qui découvre l'honnêteté, ou le courage, il ajouta : « Ni à moi. »

Il prit deux profondes inspirations sur ces mots, et souffla. « J'ai donc enroulé ma main dans mon mouchoir et j'ai porté le chandail ici, où je l'ai caché dans la cage. Je l'ai étalé pour l'aplatir un peu.

— Et ensuite, signore, qu'avez-vous fait ?

— J'ai refermé ce local à clef, je suis remonté et je me suis couché. »

30

Paola, qui n'avait pas la légitimité que confère un permis de conduire, mais couverte par un mari commissaire de police, alla jusqu'à la gare de Malles en voiture pour chercher Guido, mettant non seulement sa vie en danger, mais aussi celle de ses enfants. Tous se rendirent ensuite directement à la Posta, à Glorenza, où Raffi et Chiara prouvèrent qu'ils avaient passé l'essentiel de leur temps à arpenter la montagne en dévorant une assiette de speck de la taille d'une chambre à air, des tagliatelles au *finferlo* frais, et un strudel à l'abricot accompagné d'une glace à la vanille.

Raffi comme Chiara étaient dans un semi-coma le temps d'arriver jusqu'à la ferme, et il fallut les tirer de la voiture et les pousser jusque dans la maison, où ils disparurent dans leur chambre respective – Chiara prit cependant le temps de serrer son père dans ses bras et de lui marmonner des mots affectueux à l'oreille.

Plus tard, vautré devant le feu de cheminée, alors que Brunetti sirotait un verre de schnaps Marillen, Paola s'absenta une minute pour aller leur chercher des chandails. À son retour, elle posa celui de Guido sur ses épaules mais celui-ci préféra se lever et l'enfiler.

« Raconte-moi », dit-elle en s'asseyant à côté de lui.

Il ne toucha pas à son verre pendant qu'il lui décrivait les événements de la matinée : les funérailles de la signora Montini, auxquelles il avait assisté en compagnie de Vianello et de Rizzardi, ainsi que de deux ou trois des collègues de travail de la défunte.

Paola ne posa pas de questions, espérant que, emporté par son élan, il déviderait toute l'histoire.

« La cérémonie a eu lieu à San Polo, alors qu'elle allait à l'église aux Frari. Mais le prêtre des Frari n'a pas voulu dire la messe pour une suicidée. » Il se tourna, appuyé à l'accoudoir du canapé pour mieux voir Paola. « C'était pathétique. Nous avions fait envoyer des fleurs, mais notre gerbe était la seule. Le prêtre a regardé sa montre à deux reprises pendant la messe, et il s'est mis à parler plus vite chaque fois. » Dans l'église, mourant de chaud et épuisé par une nuit sans sommeil, Brunetti n'avait pu s'empêcher de se rejouer la scène, qui datait de moins de quinze jours, où il avait attendu que la tante de Vianello sorte de la maison de cette femme.

Il vit le cercueil ordinaire, les voiles de deuil, sentit l'encens. « Mais au moins, la cérémonie a été courte. Ensuite, ils l'ont conduite à San Michele.

— Et tu es venu directement ici ? » demanda Paola.

Guido hésita un instant avant de répondre : « J'ai commencé par rendre un service à Vianello.

— Lequel ?

— J'ai parlé avec sa tante. »

Paola ne put cacher sa surprise. « Mais je croyais qu'elle était quelque part, en vacances avec son fils ? »

Guido se leva pour ajouter une bûche au feu, la plaça à l'aide du tisonnier sur ce qui restait de la précédente, et retourna sur le canapé. « Pourquoi aimons-nous tant les feux ? demanda-t-il.

— C'est atavique. On ne peut rien y faire. Les cavernes. Les mammouths. Parle-moi de la tante de Vianello.

— Son cousin avait appelé Lorenzo la veille et lui avait dit que sa mère était retournée à Venise, et nous sommes donc allés la voir après l'enterrement.

— Comme si l'enterrement ne suffisait pas, hein ? dit-elle en lui tapotant le genou.

— En fait, ça s'est mieux passé que ce qu'on craignait. Lorenzo lui avait déjà parlé de moi et elle savait donc qui j'étais. Et il me semble qu'elle m'a cru. Elle avait beau être très en colère contre son fils et son neveu, elle m'a tout de même écouté.

— Et qu'est-ce que tu lui as raconté ?

— Tout ce que nous avons appris sur Gorini. J'avais les rapports de police avec moi.

— Tu as donc violé le secret de l'enquête.

— Apparemment, oui.

— Bien. Et comment a-t-elle réagi ?

— Elle les a tous lus. Elle m'a posé quelques questions, sur ce que faisaient les différentes branches de la police, et si ces documents étaient crédibles.

— Tu lui as dit que oui ?

— Bien sûr.

— Et où était Vianello, pendant tout ce temps ?

— Assis sur une chaise, essayant d'être invisible.

— Et elle a fini par te croire ?

— Elle n'avait plus tellement le choix, après avoir vu tout ça », répondit Guido. La femme vigoureuse qu'il avait suivie rue Garibaldi était restée assise entre lui et Vianello, le visage baigné de larmes, silencieuse, tendue ; sa main ridée s'agrippait aux papiers comme si elle pouvait en extraire la vérité en les serrant.

« Tu ne m'as toujours pas dit comment elle avait réagi.

— Ça lui a pris du temps, mais elle a fini par tout nous expliquer. » Brunetti ne décrivit pas comment la vieille dame avait laissé tomber les papiers au sol pour prendre son mouchoir et s'essuyer les yeux et les joues. « Elle nous a dit qu'elle avait acheté la tisane spéciale pour son mari lorsque les résultats des analyses avaient montré qu'il souffrait de diabète. » Il déboucha la bouteille, ajouta un peu de schnaps à son verre et remit le bouchon en place d'un coup sec sur le goulot.

« Après quoi, elle a dit à Lorenzo qu'elle avait été bien folle, reprit-il d'un ton plus léger, et qu'elle allait appeler son fils pour s'excuser.

— Et qu'est-ce qu'a répondu Vianello ?

— Qu'elle n'était pas folle, et qu'il allait la ramener dans sa famille pour la fin des vacances.

— Et toi?

— Moi, j'ai pris le premier train pour venir ici », répondit-il, omettant de parler de son irritation devant ce qu'il soupçonnait être du cinéma de la part de la tante de Vianello. Au cours de sa carrière, Brunetti avait eu droit à tellement de scènes de larmes arrivant fort à propos qu'il avait toujours du mal à être convaincu de leur sincérité.

« Et Gorini? » demanda Paola.

Il haussa les épaules. « Va savoir. Il a disparu. Nous sommes allés dans l'appartement de Montini après sa mort. Mais il n'y avait pas trace de notre lascar. Rien. » Il fit tourbillonner la liqueur dans son verre mais ne le porta pas à ses lèvres.

« Qu'est-ce qui va se passer?

— Pour lui? Rien, sans doute. Il va aller s'installer ailleurs, trouver une nouvelle femme naïve, la séduire, et par son intermédiaire, faire les poches à d'autres personnes tout aussi naïves.

— Comme la tante de Lorenzo?

— Je suppose. »

Abandonnant le sujet de la tante de Vianello et des personnes dans son genre, Paola dit alors : « Et les Fulgoni? »

Brunetti émit un petit bruit dégoûté et prit une gorgée de schnaps. « Elle prétend qu'elle est descendue, qu'elle a trouvé Fontana en sang et qu'elle s'est servie du chandail retrouvé sur la rampe pour tenter d'arrêter l'hémorragie. Sur quoi son mari est sorti de la cave et elle a compris ce qu'il y avait entre eux et ce qui s'était passé. Ensuite, elle a couru jusqu'à son appartement sans pouvoir se résoudre à appeler la police.

— Et son histoire à propos des cloches qu'elle aurait entendues? Pourquoi avoir raconté ça, sinon pour faire croire qu'il avait été assassiné plus tard dans la nuit?

— Elle m'a dit que c'était une idée de son mari, pour donner l'impression que Fontana avait été assassiné après leur retour. S'il n'y avait pas de corps quand ils étaient rentrés de promenade et qu'il était déjà minuit passé, la conclusion était que Fontana avait été tué alors qu'ils se trouvaient déjà chez eux.

— Ce qui m'étonne, par contre, c'est qu'elle t'ait raconté cette fameuse histoire de chandail perdu. »

Brunetti y avait lui-même réfléchi pendant le long voyage en train depuis Venise. « Qui sait ? Elle a peut-être pensé que quelqu'un avait vu son mari dehors, pendant qu'il cherchait celui qu'elle avait réellement perdu, et qu'il valait donc mieux dire à la police qu'il était ressorti. De cette façon, nous pourrions croire le reste.

— Est-ce qu'elle essayait de le protéger, d'après toi ?

— C'est possible. Au début, du moins, répondit Guido.

— Dans ce cas, pourquoi mentir et dire que c'était son chandail à lui ? »

Brunetti haussa les épaules. « La surprise ? Ou alors, elle voulait instinctivement prendre ses distances avec le crime, ou que les soupçons retombent sur lui. À moins qu'elle ne soit seulement qu'une piètre menteuse.

— Comment tout cela va se terminer ? »

Brunetti se pencha pour poser son verre vide sur la table basse, puis s'enfonça de nouveau dans le canapé. « Tant que l'un ou l'autre n'avouera pas, cela ne débouchera sur rien.

— Et si aucun des deux n'avoue ?

— L'affaire va tourner en boucle pendant des années, et les avocats les mettront sur la paille, répondit Brunetti.

— Mais est-ce qu'il n'y a pas assez d'éléments pour les confondre ? » demanda Paola, la confusion et l'irritation le disputant dans sa voix.

Brunetti, peut-être simplement pour ne pas s'endormir, se leva et s'approcha de nouveau du feu, se contentant d'en éprouver la chaleur. La sensation sur ses jambes était étrange et délicieuse à la fois. Il regarda par la fenêtre qui donnait au nord ; un pan de blanc étincelait sous la lune. Il n'aurait su évaluer à quelle distance il se trouvait : certainement loin, et pourtant il semblait près. « C'est l'Ortler ? demanda-t-il.

— Oui. »

Il s'éloigna du feu et revint à la question de Paola. « Il y a assez de preuves pour inculper l'un ou l'autre, mais pas assez pour les inculper tous les deux. » Il pensa avec un certain écœurement au spectacle qui allait s'ensuivre dans les médias : du sang, un mort, des amours scabreuses au milieu de cages à oiseaux. Il y avait largement tous les ingrédients pour contenter un public avide de sensations malsaines. « Peu de chances que ça arrive, ajouta-t-il.

— Et lui, tu le crois ? »

Guido ne répondit pas tout de suite. « J'aimerais bien, dit-il au bout d'un moment, hésitant encore un instant avant d'ajouter : Mais j'ai du mal. »

Paola attendit d'être sûre qu'il avait fini avant de proposer d'aller se coucher.

Plus tard, allongé et encore éveillé, il regarda l'Ortler, visible depuis leur lit : d'un blanc immaculé, étincelant, rayonnant en l'absence de toute présence humaine.

« Mon talisman », dit Brunetti en prenant Paola dans ses bras. Puis il s'endormit.

Photocomposition Datagrafix

Impression réalisée par

CPI
BRODARD & TAUPIN

La Flèche

pour le compte des Éditions Calmann-Lévy
31, rue de Fleurus, Paris 6e
en février 2013

PAPIER À BASE DE FIBRES CERTIFIÉES

calmann-lévy s'engage pour l'environnement en réduisant l'empreinte carbone de ses livres. Celle de cet exemplaire est de :
610 g éq. CO_2
Rendez-vous sur www.calmann-levy-durable.fr

N° d'éditeur : 5185632/01
N° d'imprimeur : 71411
Dépôt légal : février 2013
Imprimé en France